비뢰도 飛雷刀

## 비뢰도 26
### 검류혼 장편 新무협 판타지 소설

초판 1쇄 찍은 날 § 2008년 12월 17일
초판 3쇄 펴낸 날 § 2009년 1월 7일

지은이 § 검류혼
펴낸이 § 서경석

편집장 § 문혜영
편집 § 서지현

펴낸곳 § 도서출판 청어람
등록번호 § 제1081-1-89호
등록일자 § 1999. 5. 31
어람번호 § 제2-1643호

주소 § 경기도 부천시 원미구 심곡2동 163-2 서경B/D 3F (우) 420-822
전화 § 032-656-4452 팩스 § 032-656-4453
http://www.chungeoram.com
E-mail § eoram99@chollian.net

ⓒ 검류혼, 2005

ISBN 978-89-251-1618-1 04810
ISBN 89-5831-855-4 (세트)

※ 파본은 구입하신 서점에서 교환하여 드립니다.
※ 저자와 협의하여 인지를 붙이지 않습니다.
※ 이 책은 도서출판 청어람과 저작자의 계약에 의해 출판된 것이므로,
무단 전재 및 유포·공유를 금합니다.

# 비뢰도

飛雷刀

FANTASTIC ORIENTAL HEROES

검류혼 장편 신무협 판타지 소설

**26**

격돌! 사천왕

도서출판 청어람

## 목차

9년 전 _7

평화, 그것은 뭐에 쓰는 물건이냐? _20

오(五). 다섯 _24

미(美)는 준비되는 데 오랜 시간이 걸린다 _55

미폭국, 그 영원한 미의 세계를 위해 _80

남해도로 향하는 첫 번째 관문 _87

남해도 명물. 바가지 시장 _100

건곤이 하나로 만날 때 _121

거구의 남해왕? _ 141

숙사 포위(包圍) _ 162

혼을 사는 동전 _ 178

알까기 _ 190

격돌! 가장 비싼 비기 대 가장 깊은 오의 _ 200

해외 유학과 현지처(現地妻)의 상관관계 _ 215

꿈에서 깨어나다 _ 223

발동(發動)! 석괴압살관(石塊壓殺關)! _ 249

락비오의 수련 과정 _269

법과 힘 _277

지켜야 할 책임과 피로 이어진 혈연 _286

개안(開眼)! _304

무명(無名), 나서다 _320

비류연과 그 일당들의 좌담회 _327

**9년 전**
—쏟아지는 비, 폭우, 질퍽이는 바닥

마천십삼대 대장 회의가 끝났다.

각 기숙사의 대장들은 자신이 담당하게 된 역할을 수행하기 위해 떠났다. 자기 자리로 돌아와 앉은 적포인은 자리에 몸을 파묻은 채 눈을 감았다. 그의 오른쪽 어깨로부터 묵직한 느낌이 전해졌다.

"이제 시작이야… 이제……."

눈을 감고 있는 그의 귓가로 구 년 전 내리던 폭우 소리가 먼 산에서 돌아오는 메아리처럼 들려오기 시작했다.

\* \* \*

쏴아아아아아아아아!

첨벙! 첨벙! 첨벙!

쏟아지는 비, 질퍽이는 진창 속을 내달리며,

그는 도망쳤다.

어깻죽지로부터 피가 흘러내리고 있었지만, 아랑곳하지 않은 채 달렸다. 달리는 기세를 늦추려는 기미는 전혀 보이지 않는다.

또 실패했다. 또다시 패배했다.

젠장! 젠장! 젠장!

어깨의 상처는 증오해 마지않은 형으로부터 입은 검상이었다.

그자는 언제나 자기가 원하는 것을 손에 넣고 만다. 자신의 모든 걸 빼앗아간다.

돈도 권력도 명예도 전부.

자신의 삶을 가로막고 있는 가장 큰 벽이 아직도 아무런 상처도 없이 굳건하게 서 있다는 게 마음에 들지 않았다.

'쳇, 그 아이, 예린이만 망가뜨릴 수 있었으면 그자에 평생 지워지지 않는 상처를 남길 수 있었는데!'

마지막 순간에 방해하고 들어올 줄이야……. 방심했다.

자신의 배신이 그에게 조금이라도 타격을 줄 수 있을지는 의문이다.

"어차피 그동안 나는 있으나 마나 한 놈이었으니까!"

하지만 적어도 그자의 인생에 오점은 남길 수 있으리라. 그는 그 오점이 일평생 지워지지 않기를 바라 마지않았다.

콰직!

눈앞을 가로막는 나뭇가지를 강철의 오른손으로 거칠게 쳐내자, 나뭇가지가 나무째로 부서져 나간다. 과연 전설의 마기(魔器)인 '서풍(西

風)의 광란(狂亂)', 실로 대단한 위력이 아닐 수 없었다.

'서천멸겁이 남긴 이 힘만 있다면······.'

그자에게 앙갚음을 하는 것도 꿈은 아니다.

'언제가 반드시······.'

오늘 당한 것은 아직 그가 이 서천의 유산(遺産)을 완전히 사용할 수 없었기 때문일 뿐이다. 결코 자신이 그 저주받을 자보다 약해서 진 것은 아니었다. 결코. 결코!

그러니 그자에게 불안감을 안겨주기 위해서라도 자신은 살아야 한다. 살아서 다시 복수해야 한다. 자신의 삶에서 모든 것을 빼앗아간 그자에게, 자신의 친형에게!

계획이 실패한 이상 더 이상 이곳에 있을 수 없었다. 이곳이 백도무림의 영역인 이상 정천맹주인 그의 손바닥 안이나 다름없었다.

그자의 손길이 미치지 못하는 곳으로 도망가 잠시 동안 몸을 숨겨야 했다. 심장 속에 박힌 가시처럼, 자신이 살아 있다는 사실 자체가 그의 마음을 좀먹어 가리라.

"크하하하하하하! 크하하하하하하!"

나일천은 광소했다.

나백천의 신경을 갉아먹을 수 있다는 것만으로도, 그를 불안에 떨 수 있게 만드는 것만으로도 그는 기쁜 것이다.

조카의 정신을 할퀴어놓은 상처는 쉽사리 아물지 않을 것이다. 딸이 망연자실한 모습을 보고 그자가 괴로워하기를 그는 진심으로 바라고 또 바랐다. 그런 자그마한 보상조차 없이는 분이 풀리지 않는 것이다.

자, 어디로 갈까?

문득 마지막 받았던 비밀 서찰을 떠올렸다. 보낸 곳도, 보낸 사람도 알 수 없는, 누군가로부터 비밀리에 보내진 한 통의 서찰. 최후로 받은 서찰에는, 만일 일이 실패하면 동정호로 오라고 적혀 있었다.
―자신이 그곳에서 기다리고 있다고.
암중에 자신을 도와준 신비인. 나일천 역시 아직 그자의 정체를 모르고 있었다.
'일단 동정호로 가볼까.'
흑도의 두 축(軸) 중 하나인 마천각이 있는 그곳이라면 추적의 손길도 약해질 터. 덤으로 그에게 그동안 서찰을 보내 정보를 알려주던 자의 정체를 알아낼 수 있는 기회가 되리라. 그자는 과연 자신에 도움이 될까, 아니면 해가 될까?
'뭐, 상관없겠지. 뭣 하면 죽여 버리면 되고!'
나일천은 다시 한 번 그 서찰들에 대해서 떠올린다.
한쪽 팔을 잃고 거의 폐인에 가까운 생활을 하고 있던 그의 앞에, 어느 날 느닷없이 도착한 한 통의 서찰.
보낸 곳도 보낸 이도 적혀 있지 않은 그 한 통의 서찰이 그 모든 일의 시작이었다.

당시 나일천은 그의 형인 나백천에 대해 깊은 증오심을 품고 있었다.
낳아준 어머니가 다른 그의 형 나백천은 모든 면에서 축복받은 존재였다. 그가 철이 들 무렵부터 그는 이미 확고부동한 자리에 앉아 있었다. 그는 모든 면에서 뛰어난 기재인 그의 형과 모든 면에서 일일이 비교를 당해야 했다. 그의 재능이 남에 비해 떨어지지 않는데도, 아니, 오히려 뛰어난데도.

―내가 더 일찍 태어났더라면.

이런 굴욕을 당하는 일은 없었을 텐데. 한참이나 늦게 태어난 죄로 모든 것을 빼앗겼다, 그렇게밖에 생각되지 않았다. 그래서 분했다. 원망스러웠다. 아무리 나이가 들어도, 무림에서 어느 정도의 명성과 지위를 얻게 되어도 그 박탈감은 사라지지 않았다. 그런 무기력한 박탈감을 안고 평생을 살아가기엔 그의 자존심이 너무 높았다. 그래서 그는 형 나백천에게 도전했다. 가문의 후계자라는 권리를 걸고.
결과는 비참했고, 대가는 비쌌다.
무모한 도전의 대가로 그는 오른쪽 팔을 잃었다. 당황한 나백천은 사고라고 주장했지만, 그는 믿지 않았다.

―분명 일부러 그런 게 틀림없어! 일부러! 일부러!

촉망받는 검객이었던 그는 이 일을 계기로 완전히 폐물로 전락하고 말았다. 검을 휘두를 오른팔이 없는 그는 주변에서 보기엔 폐물, 혹은 쓰레기에 불과했다. 정천맹에서 어느 정도 쌓아 올렸던 지위도 심하게 흔들렸지만, 나백천에 의해 어찌저찌 무마되었다. 그러나 그 결과, 뒷담화는 더욱 심해졌다.
무리도 아니었다. 남들이 보기엔 형의 위광으로 겨우 자리보전이나 하는 무능력자 팔병신으로 비춰졌으리라. 나백천에 대해 노골적인 적개심을 표출하며 술 퍼마시기를 일삼던 그는 사천 변방의 지부로 쫓겨나게 되었다. 명백한 좌천이었다.

그는 사천 변방에서 형 나백천을 향한 증오심을 더욱더 강하게 불태웠다. 그러나 무림의 기둥이 되어버린 형을 쓰러뜨릴 방도가 없었다. 게다가 검을 쥘 오른손과 검을 휘두를 오른팔은 이미 그의 어깨에 붙어 있지 않았다. 그는 점점 더 폐인이 되어갔고, 사람들 사이에서 점점 더 잊혀졌다.

그런 그에게 느닷없이 구원의 손길이 뻗어왔다.

어느 날 그 앞에 날아온 한 통의 서찰.

그곳에 적혀 있는 것은 바로 그가 그의 증오를 풀 수 있는 방법, 잃어버린 오른쪽 팔을 다시 찾을 수 있는 방법이 적혀 있었다.

그것은 바로 '서천멸겁'이 남긴 마병(魔兵) 철갑마수 '서풍의 광란'을 손에 넣는 것이었다.

그 서찰에는 현재 그것이 어디에 있는지, 그것을 손에 넣기 위해서 나일천이 해야 할 일이 무엇인지에 대해 상세하게 적혀 있었다.

그날부터 그 무기명 서찰은 계속해서 그의 앞으로 배달되었다. 그럴수록 서풍의 광란이 보관되어져 있는 비고(秘庫)의 정보가 더욱 갱신되어 갔다.

나일천 스스로도 그곳에 대한 정보를 자체적으로 입수했다. 그리고는 받은 정보와 종합해서 어떻게 그것을 손에 넣을지 면밀히 계획을 짰다. 그런 다음 범행 예고 서찰을 보내자 예상대로 큰 소동이 일어났다.

그리고 결행일이 찾아왔다.

나일천은 업무를 핑계로 정천맹 본부로 찾아간 다음, 몰래 형 나백천의 집무실로 숨어들어 가 제칠(七)비고의 열쇠를 빼냈다. 무림맹주의 동생이라는 배경은 아직도 이곳에서 통용되고 있었기 때문에 쉽게 제칠비고로 접근할 수 있었다. 형의 이름을 팔고 접근해 비고 안으로 들어갔다. 범행 예고가 있었기 때문에 그에 대비해서 비고의 보관 상태를 점검해 본다는 것이 그 핑계였다. 하지만 아무리 그라도 마지막 심처(深處)까지는 들어가지 못했다.

"이곳부터는 오직 맹주님 본인만 출입할 수 있습니다."

제칠비고의 최고 관리자인 비고장(秘庫長)이 그의 앞을 가로막고 섰다.

"그래? 그럼 할 수 없지."

나일천의 좌장이 질풍처럼 비고장의 심장을 때렸다.

"컥!"

단 일격에 비고장의 심장은 짜부라졌다. 내가중수법의 수법으로 인한 즉사였다. 마지막 관문인 만년한철로 만들어진 특수 자물쇠는 나일천이 나백천의 집무실에서 몰래 빼낸 열쇠를 이용해 뚫었다.

마침내 열고 들어간 제칠비고의 안에 그것이 봉인되어 있었다. 사람의 피를 먹고 싶어하는 강철의 검은 마수 '서풍의 광란' 이 서천이 남긴 비급과 함께 들어 있었다. 특수한 암호로 적혀 있어 아직 아무도 해석하지 못했기에 이 비고 안에 같이 봉해져 있었던 것이다.

그는 그것을 몰래 가지고 나온 후 다시 아무 일도 없었던 것처럼 태연히 사천으로 출발했다. 죽은 비고장과 텅 빈 제칠비고가 발견되었을 때는 그는 이미 남창에 머물러 있지 않았다.

사천에 도착한 나일천은 독자적으로 키워놓은 비밀 경로를 통해 '마치 서천이 가지고 간 것처럼 꾸민' 서찰을 보냈다. 물론 몽땅 거짓말은 아니었다. 그는 서천멸겁이 되기로 이미 결정을 내려두고 있었던 것이다.

다시 아무 일도 없었다는 듯 사천으로 돌아온 그는 철갑마수를 장착하고 몰래 서천의 무공을 익히기 시작했다. 그는 무기명 서찰 덕분에 그 해독법을 알고 있었으므로 비급 해독에는 아무런 문제가 없었다.

철갑마수 '서풍의 광란'은 놀라운 마기였다.

오른팔은 이미 잘려 나가고 없는데도 미세하게 기를 조종함으로써 마치 진짜 오른팔처럼 자연스럽게 움직이는 게 가능했다.

"놀랍군. 정말 놀라워! 이것만 있으면, 이것만 있으면 그자를 쓰러뜨리는 것도 불가능하지 않겠어!"

잃어버린 팔을 되찾은 그는 철갑마수를 자신의 것으로 만들기 위해 이를 악물었다. 그리고 기회를 기다렸다.

어느 정도 서천의 무공을 익히고 철갑마수를 쓸 수 있게 되자 그는 자만하고 말았다. 적당히 때가 되었다고 생각한 그는 나백천을 유인하기로 했다. 다시 비밀리에 서찰을 보내자, 나백천은 그의 계획대로 사천 지부로 시찰차 왔다. 의외의 수확까지 있어 조카까지 함께 대동한 상태였다. 어리지만 이상할 정도로 사람을 사로잡는 마력을 품고 있는 그 여자아이는 완벽하기 그지없는 나백천의 유일한 약점이라고도 할 수 있었다. 여조카의 신비한 마력은 소문 이상이라 나일천 역시 진짜로 욕정을 느낄 정도였다.

'오호!'

그 순간 나백천에게 치명적인 정신적 상처를 남길 수 있는 방법이 떠올랐다. 그때 생긴 빈틈을 틈타 공격한다면 천하의 나백천이라 해도 속수무책이라 그렇게 확신했다.

그러나…….

때가 일렀다. 조금만 더 시간이 있었으면 모든 것이 완벽했을 것을. 나백천은 그의 상상 이상으로 딸아이의 안위를 걱정하고 있었던 것이다. 그 근엄해 보이던 무림맹주가 거의 병적이라고 해도 과언이 아닐 정도로 심각무쌍한 딸 바보 아빠일 줄은 꿈에도 몰랐던 것이 패착이었다.

서천의 무공을 완전히 자신의 것으로 만들지 못한 그는 아직 나백천의 상대가 되지 못했다.

또 한 번의 패배.

그 순간 그가 쌓아놓았던 모든 것이 무너졌다. 있을 곳조차 사라졌다. 그의 존재는 이제 정천맹의 힘이 미치는 모든 영역에서 지워질 것이 분명했다.

그래서 그는 동정호로 향했다. 정천맹의 힘이 덜 미치는 곳으로.


악양루(岳陽樓).

동정호에서 가장 유명한 명소 중 하나인 그곳에 그자는 얼굴에 청동 가면을 쓴 채 기다리고 있었다. 그 가면의 이마 부분에는 북(北)이라고 새겨져 있었다. 하늘에는 구멍이라도 뚫린 듯 여전히 폭우가 쏟아져 내리고 있었다. 그러나 그자의 옷은 이 폭우 속에서도 단 한 방울도 젖지 않은 채 멀쩡했다. 보이지 않는 기의 막이 빗물을 튕겨내고 있는 것이다.

세우불침(細雨不侵)의 경지.

그러나 이자는 세우(細雨:보슬비)가 아니라 매서운 폭우(暴雨) 속에서도 옷 하나 젖지 않고 있으니 그 내공의 깊이를 짐작할 수조차 없었다.

그는 자리에 선 채 몰래 끌어올렸던 내공을 다시 흐트러뜨리고는 손에서 힘을 뺐다. 지금은 저자와 싸워봤자 득보다는 실이 더 많을 게 분명했던 것이다.

"넌 대체 누구냐?"

"이 청동가면을 보고도 그런 어리석은 질문을 하다니, 내가 사람을 잘못 봤나? 조금은 더 똑똑한 줄 알았는데?"

세차게 쏟아지는 폭우 속에서도 그자의 목소리만은 귓속에 날아와 박히는 것처럼 똑똑히 들렸다.

"설마……."

"바로 그 설마지. 내가 바로 사천멸겁의 우두머리이자 천겁령을 총괄하는 북천멸겁이다. 즉, 서천멸겁의 계승자가 된 자네의 상관이기도 하지."

누군가의 밑에 들어가는 것, 그것은 그가 가장 싫어하는 일이었다.

"웃기지 마라! 누가 너 따위한테!"

촤좌좌좌좍!

나일천의 오른손에 장착된 철갑마수 '서풍광란'이 북천의 심장을 꿰뚫기 위해 주욱 늘어났다. 그의 출수에 의해 발생한 경력에 휘말린 폭우가 사방팔방으로 튕겨져 나갔다. 그러나 그 일초는 너무도 손쉽게 북천의 손에 의해 제압되었다.

"아직 서천의 정수를 완전히 얻지 못했군. 지금으로서는 전대 서천의 반에도 미치지 못해."

아쉽다는 듯 북천은 고개를 가로저었다. 그는 발끈해서 소리쳤다.

"뭣이라! 날 모욕할 셈이냐!"

북천은 나일천의 말을 무시하고는 자기 할 말을 계속했다.

"하지만 얻은 후의 시간을 생각하면 이 정도도 나쁘지는 않아, 나쁘지는."

북천의 음성은 낮고 무거웠다. 그리고 그 안에는 사람을 압박하는 힘이 있었다. 그가 그렇게 추구하던 사람을 지배하는 지배자의 권위가 느껴지는 목소리였다.

"그에게 복수하고 싶나?"

북천이 물었다.

"물론이오. 그걸 위해서라면 귀신이든 악마든 뭐든지 되어주겠소."

북천을 대하는 그의 말투가 조금 바뀌었다. 지금 싸워봤자 아직 승산이 보이지 않았다. 적을 져서 좋을 것 없다고 판단한 것이다.

"그렇다면 때를 기다려라."

북천의 말투는 충고라기보다 명령에 가까웠다.

"때? 무슨 때를 기다리란 말이오?"

"하늘과 땅이 뒤집힐 때를."

"……."

"그때가 되면 나백천이 쌓아 올린 모든 것, 지키고자 노력한 모든 것이 무너지고 파괴되고 잿더미가 되는 것을 볼 수 있을 것이다."

"호호호호, '모든 것'을 말이오?"

나일천의 눈에서 열망 섞인 광기가 희번덕거렸다.
"모든 것을!"
"기다릴 수 있겠나?"
힘 주어 대답한 다음, 되물었다.
"물론."
이 증오심은 시간이 지나도 결코 식지 않아. 그를 파멸시킬 수만 있다면 얼마든지 기다려 주지, 그는 그렇게 생각했다.
"난 백 년을 기다렸다. 하지만 자넨 그렇게까지 오래 기다릴 필요는 없다고 약속하지. 앞으로 십 년, 그 안에 세상이 바뀐다. 그동안 몸을 숨기고 힘을 기를 곳을 마련해 주겠다."
"그곳이 어디요?"
"마천각."
"마천각?"
"이제부터 자네는 사천멸겁의 일원이다. 천겁령의 요람(搖籃)에 온 걸 환영하지."

　　　　　　＊　　　　＊　　　　＊

의자에 몸을 누이고 있던 적포인이 다시 눈을 떴다.
"그로부터 구 년… 기나긴 기다림이었소. 이 동생이 지난 구 년 동안 정성스럽게 준비한 선물을 기쁘게 받아주면 좋겠소. 크크크크."
즐거워서 참을 수 없다는 듯 적포인의 입에서 메마른 웃음이 새어 나왔다.

"아시오? 지금부터가 진짜 절망의 시작이오. 당신의 모든 것이 무너지는 것을 멀뚱히 지켜보며 자신의 무력함에 한껏 절망하는 게 좋을 거요. 하하하하! 으하하하하하하!"

터져 나온 적포인의 홍소는 대청이 떠나갈 듯 우렁찼다. 그리고 미친 듯한 그 웃음은 길게 이어지며 한동안 사라질 생각을 하지 않았다.

겨우 웃음이 멎자 적포인의 눈빛은 얼음보다 더 차갑게 변해 있었다. 그 눈동자에는 오직 바닥을 알 수 없는 증오와 악의만이 맴돌고 있었다.

### 평화, 그것은 뭐에 쓰는 물건이냐?
―서해왕 락비오

평화. 어쩐지 좋은 울림을 주는 말이다.

듣는 것만으로도 마음이 차분해지고 가슴 한 켠이 따뜻해진다. 보통 사람들은 전쟁보다는 평화를 바란다고 한다. 그러나 모든 사람이 평화를 바라는 것은 아니다. 전쟁시에 더 많은 돈을 벌어들이는 사람들이 있는가 하면, 평화시에는 자신의 존재 가치를 찾지 못하는 그런 사람도 있다. 지금 비류연과 대치하고 있는 서해왕 락비오도 그런 사람 중 하나였다.

평화란 뼛속 깊이까지 전사인 그에게 있어 활약할 기회를 빼앗아가는 일종의 장애물이었다. 그는 좀 더 자신의 힘을 세상에 과시하고 싶었다. 또한 세상에서 자신의 힘이 얼마나 통할지 확인하고 싶었다. 자신이 약해지고 있는지 강해지고 있는지 알 수 없는 그런 상황은 그가 가장 싫어하는 상태였다. 불안해지기 때문이다.

그래서 이번에 위에서 내려온 뜬금없는 임무는 그에게 있어 좋은 기회였다. 좀처럼 적대 세력이나 침입자들이 나타나지 않는 이 마천각이라는 거대한 조직에 오랜만에 생겨난 균열이었던 것이다.

이 단단하고 거대한 조직에 대든 것, 그 자체만으로도 그는 이 침입자라는 존재를 인정하기로 했다. 어느 정도 이상의 배짱과 실력이 없다면 그저 그 일(침입)을 상상하는 것만으로도 겁에 질려 벌벌벌 떨었을 테니까.

이 마천각을 적으로 돌린다는 것은 흑도 전체를 적으로 돌린다는 것과 다름없는 이야기였다. 그만한 상징성을 이곳은 가지고 있었다. 게다가 그동안 이곳에서 축적되어 온 전투 기술은 최강이라 부르기에 부족함이 없는 수준에 이르러 있었다.

마천각은 백 년 동안 어떻게 싸워야 잘 싸울 것인가, 어떻게 하면 강해질 것인가만을 줄곧 연구해 오던 곳이다. 그런 곳에 쳐들어오려면 무림을, 아니, 세계를 적으로 돌릴 각오가 있지 않으면 안 된다.

'무림공적이 되는 것도 두렵지 않다는 이야기겠지.'

뭐, 이 경우 흑도 쪽의 척살 대상이 된다는 것이겠지만, 별반 다를 것 없다. 공적으로 낙인찍히면 백도 쪽도 이쪽에 손을 댈 수 없기 때문이다.

'기대에 걸맞게 좀 강한 놈들이었으면 좋겠군.'

진심으로 락비오는 그렇게 생각했다. 침입자가 너무 약하면 자신의 활약이나 역량이 두드러져 보이지 않을 것 아닌가. 그런 경우는 곤란했다. 적이 어느 정도 이상 강해야 그의 활약 역시 함께 두드러져 보이는 것이다. 그래야 그의 힘이 각과 맹에 좀 더 인정받을 수 있게 될 것이다.

그렇게 되면 이곳 마천각을 졸업한 후에 '흑천맹'의 특수 전투 부대 '굉천(轟天)'에 대장 급으로 발탁될 수도 있었다. 피에 굶주린 전사들이 우글거리며 언제나 싸움의 선두에 서서 적을 향해 돌진하는 최전선 실전 부대 '굉천'. 그곳이야말로 그의 힘이 위력을 발휘할 수 있는 가장 적재적소의 장소였다. 마천각 같은 배움의 장소는 그에게 어울리지 않았다. 좀 더 실질적으로 무력을 휘두를 수 있는 전장이 그는 좋았다.

굉천(轟天).

흑도 전체를 조정하기 위한 전투 조직, 그곳은 외부의 적에 대한 신속한 대응과 내부의 적을 제재하기 위한 실전 부대였다. 비록 전투 부대지만 가장 직접적인 무력을 행사한다는 점에 있어서 강호에 막대한 발언권을 가지고 있었다. 그리고 이곳에 소속된다는 것만으로도 흑도의 존경과 두려움을 동시에 받을 수 있게 된다. 물론 그의 목표는 일개 평대원이 아니었다.

굉천에는 여러 개의 부대가 있는데 그 부대 중 하나의 대장이 되는 것이 그의 목표였다. 하지만 지금 그쪽의 장들은 대부분 십여 년 전부터 강호에 명성을 얻어온 초고수들이었다. 그러니 공석이 생긴다 해도 그 자신까지 차례가 올지는 미지수였다.

그가 비록 마천십삼대의 대장이라는 전력을 가지고 있다 해도, 외부에서 보기에는 그냥 보기 좋으라는 의미의 전시 행정으로서 학생 네 명을 대장을 세운다고 보고 있었다.

즉, 무교관보다 실력이 떨어지지만, 학생들의 자율성을 높이기 위한 조치로 보고 있는 것이다. 때문에 학생 출신의 대장들은 금방금방 교체된다. 오래도록 그 자리를 지키고 있는 무교관과는 입장이 다르다.

물론 락비오 본인은 자신의 능력, '금강반탄신공'에 자신을 가지고 있었다. 제대로 싸운다면 다른 무교관 출신의 마천십삼대 대장과도 대등하게 싸울 수 있다는 사실에 의심을 품은 적은 단 한 번도 없었다. 직접 싸워 그 사실을 증명해 보고 싶은 마음도 없잖아 있었지만, 사사로운 비무는 각규(閣規)로 엄격히 금지되어 있어 지금까지 못하고 있었을 뿐이다. 하지만 그래서는 세간의 인식을 바꾸지 못한다. 자기를 다른 마천십삼대 대장보다 한두 단계 낮춰보고 있을 것이 분명했다. 뭔가 눈에 확 띄는 활약이 필요했다.

힘이야말로 정의.

그런 의혹을 불식시키기 위해서는 자신의 힘으로 자신의 능력을 증명하는 수밖에 없었다. 그리고 그 기회가 마침내 제 발로 찾아온 것이다.

이제 남은 것은 그의 힘으로 승리를 손아귀에 쥐는 것뿐이었다.

## 오(五). 다섯
―운도 실력?

그 순간은 무척 짧았다.

그러나 효룡에게는 그 시간이 마치 몇 달이나 지난 것처럼 느껴졌다.

지금 락비오는 운균을 돌려 나온 숫자에서 맨 첫타를 때리기 위해 천천히 주먹을 뒤로 빼고 있는 중이었다.

나온 숫자는 오(五). 이제 그는 비류연을 향해 다섯 발이나 먹일 수 있었다. 게다가 물러나면 지는 내기이다 보니 비류연은 한 발자국도 움직일 수 없었다. 저 거구의 강격을 고스란히 몸으로 받아내지 않으면 안 된다. 운도 실력이라면, 지금 비류연의 실력은 참으로 형편없다는 말이 된다.

'저 녀석 과연 괜찮을까?'

평소라면 그다지 걱정하지 않았을 것이다. 걱정하는 쪽이 오히려 바보 같게 느껴지고 마는 것이다. 그럴 시간이 있다면 무림의 평화 같은 거창한 것이나, 이웃집 멍멍이가 아침밥을 챙겨 먹었는지 걱정하는 쪽이 오히려 더 낫다. 이 세계가 멸망해도 어쩐지 멀쩡히 살아 있을 것 같은 녀석, 그게 바로 비류연이란 친구였다.

그가 생각하기에 그의 친구인 비류연의 특기는 뇌광 같은 '빠르기'였다.

어두운 하늘을 가르며 한순간에 번쩍이는 섬광처럼 쾌속무비한 보법으로 상대의 공격을 완전 회피하며 번개 같은 기술로 적을 쓰러뜨린다.

때문에 효룡은 이 친구가 무언가에게든 누군가에게든 맞는 광경을 본 적이 한 번도 없었다. 어떤 공격도 이 친구의 몸을 침범하지 못하는 게 아닐까, 그렇게 생각했던 적도 있었다.

하지만 지금 비류연은 손도 발도 모두 꽁꽁 묶인 상태였다. 그 족쇄의 이름은 다름 아닌 약속이었다. 이 약속을 무너뜨리는 순간, 비류연은 지게 된다. 하지만 이 내기를 좋아하는 친구는 언제나 내기를 할 때면 그 규칙을 준수했다. 꼼수는 부렸지만, 규칙 자체를 어긴 적이 없었다. 왜냐하면 그 내기를 한다는 것은 그 규칙에 동의한다는 자신의 약속이 뒷받침되고 있다고 생각했기 때문이다. 남이 만든 규칙에 아무 생각 없이 순종적으로 따르는 것은 거의 혐오하다시피 하는 그였지만, 스스로가, 그 자신이 동의하기로 한 약속에 대해서는 천금처럼 여겼다.

"그것은 신뢰와 신용과 관련되어 있거든. 돈을 벌고 싶으면 그것을 잘 유지할 필요가 있어. 신뢰와 신용이란 건 큰 재산이거든. 난 내 재산을 함부로 다룰 만큼 어리석지는 않아."

씨익 웃으며 그렇게 말한 적도 있었다.
'지킨다고 하면 지킨다.'
자신의 말을 지키기 위해서는 힘과 의지가 필요하다. 그것을 지킬 수 없을 때는 그 말을 한 인간이 그 말을 지킬 수 없을 만큼 무능하고 무기력해졌다는 것과 같은 의미였다. 비류연이 자신을 무능력한 인간으로 만드는 데 죽어도 동의할 것 같지는 않았다.
'어떡할 건가, 친구?'
효룡은 초조한 마음으로 그를 바라보았다. 비류연은 흔들림없는 눈동자로 두려움없이 락비오가 하는 꼴을 지켜보고 있었다.
락비오는 심리적인 압박이라도 가할 생각인지 자세를 매우 느릿느릿하게 잡았다. 그러나 그 동작에 실린 기세는 충분히 무시무시해서, 마치 폭풍 전의 고요를 연상케 했다.
"준비는 됐나?"
사냥감을 눈앞에 둔 사냥꾼처럼 락비오가 웃었다.
"예전에."
비류연이 짧게 대답했다.
"말해두지만 난 강하다고."
"너무 기다리다가 하품만 나올 지경이야. 빨리 안 해? 아니면 한숨 자고 일어날 테니 기다리던가."
비류연이 이죽거렸다. 락비오가 발끈했다.

'상대를 더 자극해서 어쩌자는 건가, 이 친구야!'

효룡은 친구의 막무가내적인 행동에 조바심이 나서 어쩔 줄을 몰라 했다.

"방금 말, 후회하게 해주마!"

락비오가 내뱉듯이 말한다.

"영원히 잠들어라!"

부우우우우우웅!

"철갑파쇄권(鐵甲破碎拳)!"

락비오의 강격이 공기를 찢으며 비류연을 향해 쇄도했다. 비류연의 도발에 한 치의 흔들림도 없는 완벽한 일격 찌르기였다.

퍼억!

비류연의 허리가 그대로 앞으로 접혔다. 몸이 지면에서 떨어지며 들썩거린다. 순간적으로 호흡이 끊어진다. 효룡은 자신도 모르게 눈을 질끈 감았다. 귓가로 비류연의 비명 소리가 들려오는 것만 같았다.

락비오의 일격은 상상 이상으로 무시무시했다. 수만 번의 반복 훈련을 통해 습득한 일격임이 틀림없었다. 소위 말하는 일격필살의 권이었다.

'저 친구, 설마 죽은 건 아니겠지?'

효룡의 마음속에 한줄기 그런 염려가 떠오르는 것도 무리는 아니었다. 그만큼 방금 전 내질러진 일격은 절대적이라고 할 만큼 위력적이었다.

무겁다.

눈앞이 번쩍하며 폐부의 숨이 단숨에 빠져나간다. 파도 같은 충격이 신경을 불태우며 전신을 향해 미친 말처럼 내달린다. 호흡이 막히고 오장육부가 비틀리고 근육과 뼈가 비명을 지른다. 평범한 무인이라면 단 일격에 칠공에서 피를 쏟고 즉사했으리라.

'…너무 만만히 봤나.'

순간 희미해지려고 하는 의식을 다시 붙들어맨다.

'화경(化勁) 하나 제대로 펼칠 수 없다니…….'

이 무슨 꼴사나운 모습이란 말인가. 또 사부에게 이런 모습을 보였다가는 얼마나 비웃음을 당할지 상상만으로도 끔찍했다.

생각 이상으로 몸이 엉망진창이었다.

사부와 만나 묵룡환 중 하나를 빼앗긴 덕분에 기(氣)가 미쳐 날뛰었고, 그 기를 억지로 제어하는 도중에 나예린의 모친인 빙월선자 예청과 의도하지 않은 싸움을 벌여야 했다. 그때 한 번 경혈이 엉망으로 뒤엉켰었는데, 그 후로도 일이 끊이지 않아 제대로 치료에 전념할 기회가 없었다. 덕분에 완벽하지 못한 상태로 칠상혼과 싸워야 했다. 그의 마지막 일도는 정말로 무시무시했다. 만일 조금의 실수라도 있었다면 자신이 당했을 것이다. 그때 남아 있는 거의 모든 힘을 소진했는데, 일이 벌어진 것은 바로 그때였다.

나예린이 납치당했고, 그 후의 기억은 어쩐지 단편적이었다. 강물처럼 연속적으로 이어진 하나의 흐름이 아니라 기억이 동강난 동아줄처럼 단속적으로 끊어져 있었다. 그런 상태로 다시 사부한테 대들었다가 화려하게 깨지고 말았다.

이미 몸은 너덜너덜한 상태였다. 지금 겉보기뿐만 아니라 안까지 엉망진창인 비류연의 몸으로는 그 충격을 제대로 흘려보내는 일이 거의 불가능했다. 아직도 그의 몸 안에서는 제어할 수 없는 힘이 미친 용처럼 날뛰고 있었고, 그것의 제어에 거의 대부분의 힘을 쓰고 있었다. 그래서 지금 비류연은 평소의 반도 안 되는 힘밖에 낼 수 없었다. 육체적 손상과 내상이 지나치게 축적되어 있는 것이다. 그러나 그의 자존광대하기까지 한 강한 정신력이 육체의 그런 상태를 용납하지 못하고 있을 뿐이었다. 누구보다 앞장서서 날뛰고 싶었지만, 도무지 전면에 나서서 난동을 부릴 수 없는 상태. 억지로 아닌 척하고 있었지만, 지금 그는 푹신한 침상에서 요양이나 하고 있어야 제격이었다. 그러나 나예린을 되찾기 전까진 그런 편안한 휴식은 있을 수 없었다.

철권의 충격이 근육과 뼈를 타고 몸 구석구석으로 퍼져 나간다. 뇌가 떵 하고 울린다. 힘을 흘려보낸다고는 했지만, 다리를 움직이지 않는 상태에서는 화경의 효과도 미미했다. 미미하게 흘려낸 힘만으로도 단단한 청석 바닥에 거미줄 같은 금이 새겨진다.

그래도 밀려나진 않는다. 천 년의 세월을 버틴 굳건한 바위처럼 그 자리에서 버티고 선다.

'크윽!'

입 안에 비릿한 피맛이 느껴졌다.

그러나 이제 겨우 한 대.

아직 락비오의 공격은 네 대나 더 남아 있었다.

"휴우! 살았다."

비류연이 락비오의 제일격을 버텨내자 효룡은 자기도 모르게 안도의 한숨을 내쉬었다. 그러나 아직 안심하기는 일렀다. 아직 네 번의 공격이 더 남아 있는 것이다. 그러나 효룡이 보기에 비류연의 상태는 이미 한계에 다다라 있는 듯했다. 그의 친구의 장기는 초고속의 신법을 이용한 회피 능력이지 맞고 맞고 또 맞아도 멀쩡한 맷집이 아니었다.

'그러고 보니 내가 지금까지 류연 저 친구가 누군가에게 얻어맞는 광경을 본 적이 있었나?'

기억을 반추해 보았으나 그런 적은 단 한 번도 없었다.

'이런 젠장!'

마음속에 쌓인 불안감이 더욱더 중첩되는 듯했다. 한 번도 목도한 적이 없기에 더욱더 걱정이 앞서는 것이다. 얼마나 그의 맷집이 강한지 알 수가 없기 때문이다. 의외로 엄청 약할 가능성도 충분히 있었다. 이런 무식하고 거친 방식은 신속(神速)의 공격을 자랑하는 비류연에게는 치명적인 독이었다.

비류연이 질 수도 있다? 평소라면 상상하지 못했던 일까지 상상하게 된다. 항상 그의 주변에서 흘러넘치던 여유가 지금은 눈 씻고 찾아봐도 찾을 수가 없었다.

그러나 이미 져버린 자신은 먼발치에서 지켜보는 것 이외에는 아무것도 할 수가 없었다. 그는 자신의 무능력함에 다시 한 번 짜증이 치밀어 올랐다.

'내가 좀 더 신중했어야 하는데……'

적을 얕보다가 패배했다. 입이 백 개라도 변명할 말이 없었다. 하지만 더 걱정되는 것은 비류연 쪽이었다. 나예린이 납치당한 이후 그는 어딘지 이상했다. 전혀 평소의 그답지가 않았다. 전혀 평소의 여유만만하고 오만하던 그 모습이 아니었다. 말투부터가 다르지 않던가. 예전의 비류연이라면 그 누구에게도 어쩐지 질 것 같지 않은 느낌이었는데, 지금의 비류연은 누군가에게 금방이라도 질 것 같은 느낌이 들었다.

"이보게, 류연, 포기해. 더 이상 공격을 받다가는 위험해!"

다급한 목소리로 효룡이 외쳤다.

"포기라고? 무슨 바보 같은 소리를 하는 거야, 룡룡?"

"더 이상 그런 바보 같은 내기 하지 말란 말일세. 자넨 지금 정상이 아니라고."

그러자 비류연이 효룡을 보며 씨익 웃었다.

"당연히 정상이 아니지. 나예린이 없어졌다고. 정상인 쪽이 이상한 거 아냐?"

왜 그런 당연한 질문을 하는지 모르겠다는 투로 비류연이 반문했다.

"내 말이 그게 아니라는 건 잘 알잖나?"

"몰라."

일고의 가치도 없다는 듯 비류연이 딱 잘라 대답했다.

"모르긴 뭘 모르나?! 이대로라면 자네는 죽어. 지금의 자네는 초조해하고 있다고. 평소 내가 아는 비류연이 아니란 말일세. 평소 자네가 하던 말을 잊은 건가? 지금 자넨 말투조차 평소랑 다르다고. 자기 자신을 찾아, 류연! 정신 차리란 말이야!"

효룡의 마지막 말은 필사적이었던 만큼 비류연의 귀에 가 닿았다.
'정신을 차리라고?'
자신이 남들한테 그 말은 한 적은 많이 있었다. 보고 있다 답답해서 해준 말이었다. 하지만 그 말을 친구한테 듣기는 처음인 것 같았다.
'내가 내가 아니라고? 초조함 때문에 나 자신을 잊었던 건가?'
아무리 나예린을 구하기 위해서라지만, 스스로를 잊어서는 곤란했다. 자신을 잃는다는 것은 곧 모든 것을 잃는다는 뜻이기 때문이다. 비류연은 나예린을 잃어버린 뒤에 자신이 한 일에 대해 떠올려 보았다. 이상하게 기억이 단편적이었고, 부분부분들이 잘 기억나지 않았다.
그제야 자신이 정말로 정신이 없었다는 것을, 자기 자신이라는 것을 잃어버리고 있었다는 것을 깨닫게 되었다.
그때, 옆에서 지켜보던 락비오가 한마디 거들었다.
"보고 있는 내가 다 애절하군. 자네 친구 말이 맞아. 그만 포기하는 게 어때?"
"포기? 그거 어느 나라 말인가요? 처음 듣는 말인걸요? 아니면 배추 포기 할 때 그 포기를 말하는 건가요?"
어깨를 으쓱하며 비류연이 반문했다.
"류연!"
지켜보고 있던 효룡의 얼굴이 활짝 밝아졌다. 어느새 비류연의 말투가 평소처럼 바뀌어 있었던 것이다. 그리고 잃어버렸던 여유도 어느 정도 되찾은 것 같았다. 그러나 락비오가 보기에 저런 말투가 된 것은 자신에게 겁을 집어먹었기 때문이라고 생각했다.
"포기란 건 저항을 그만두고 넙죽 엎드려서 패배를 인정하는 걸 말하지."

비류연은 주먹으로 손바닥을 딱 때렸다.

"패배? 아, 그건 들어본 적이 있군요. 나랑은 전혀 관계없는 말이고, 앞으로도 관계없을 말이지만 말이에요. 다른 사람한테는 많이들 선물해 줬거든. 다들 좋아 죽으려 하더라고요. 댁한테도 곧 그 말을 선사해 주도록 하죠. 뭐, 너무 감격할 필요는 없어요."

락비오가 발끈했다. 하지만 효룡이 보기에 저렇게 존댓말을 가장한 말투로 사람의 신경을 살살 긁으며 열받게 만드는 것이야말로 평소 보던 비류연의 모습이었다.

"뭐라고! 허세는 작작 부리는 게 어때? 그런 것치고는 꽤 힘든 것 같은데? 이 몸의 제일격을 막아낸 것만으로도 충분히 분발했다고 할 수 있어. 그러니 그만 포기하는 게 어때? 약한 놈 괴롭히는 건 취미가 아니거든."

가쁜 숨을 쉬는 비류연을 보며 락비오가 웃으며 말했다.

"그래요? 아쉽지만 나랑은 정반대군요. 난 말이죠, 약한 놈을 괴롭히는 게 취미거든요. 그러니까 그만두지 않아요. 아직 덜 괴롭혀 줬거든요."

락비오의 관자놀이에 핏대가 솟아올랐다. 미간의 골이 더욱 선명하게 팬다.

"흐흐흐, 입만은 살아 있군. 몸 안은 엉망진창일 텐데 말이야. 하지만 입심이 아무리 좋아도 이기는 데는 아무런 도움도 되지 않아."

"그건 두고 볼 일이죠. 기대하라고요. 패배란 이름의 선물을 한 아름 안겨줄 테니. '철저한' 과 '처절한' 까지 덧붙여서 말이죠. 패배종합

선물꾸러미라 할 수 있겠군요."

입 안에 피 맛을 머금고 있으면서도 비류연의 표정은 여전히 태연했다.

"이봐요, 덩치 씨. 두 방째는 언제 날리는 겁니까? 기다리다가 하품이 날 지경인데. 갈 길이 바쁜 사람 붙잡고 패배시켜 달라고 너무 시간 끌지 말아줘요."

그러자 락비오의 얼굴에서 무시무시한 미소가 피어올랐다. 그는 상당히 화가 난 듯했다. 어떻게든 저 이죽거리는 면상을 뭉개주지 않으면 성이 차지 않을 것 같았다.

"그 말 곧 후회하게 해주마."

"후회라……. 좋은 말이죠. 왜냐하면 항상 나의 적을 위해 준비된 말이거든요."

부웅!

락비오의 두 번째 공격이 바람을 가르며 비류연의 몸에 직격했다.

퍽!

복부를 얻어맞은 비류연의 몸이 다시 한 번 경련하듯 들썩였다. 그리고는 그 자리에서 버티지 못하고 조금 뒤로 밀려났다.

끼이이이익!

비류연의 발이 밀려나는 힘을 버티자, 그 마찰로 인해 매서운 소리가 울려 퍼졌다. 동시에 디디고 있던 청석 바닥이 쩌적 금이 가며 갈라졌다. 그러나 비류연의 뒷발꿈치는 여전히 그어진 금 안쪽에 있었다. 좀 전에 말싸움으로 시간을 끌면서 내상을 조금 회복해 둔 게 도움이 된 모양이었다.

"아직이에요, 아직."

소매로 입가를 한 번 훔치며 비류연이 다시금 미소를 지었다. 그러나 그것은 억지로 뺨의 근육을 움직인 것에 불과했다.

"이 지독한 놈! 아직도 버티다니!"

"훗, 원래 남자는 물러나지 않아야 할 때를 알아야 한다고 하잖아요. 지금이 바로 그때란 거죠."

"물러나지 않아야 할 때가 아니라 물러나야 할 때이겠지."

락비오가 핀잔을 주었다.

"물러나야 할 때? 그게 언젠데요? 그런 '때' 나는 모르는데."

락비오의 눈썹이 꿈틀거렸다.

"모른다니 애석하군. 그렇다면 내 주먹으로 알게 해주지. 단, 그 대가는 죽음이다. 후회하지 마라!"

락비오는 다시 한 번 정중세의 자세를 잡았다.

가장 안정된 자세이나 그렇기 때문에 실전에는 절대 쓸 수 없는 자세였다. 가장 안정되어 있는 만큼 순발력 면에서 아무래도 부족한, 이른바 연습용 자세이기 때문이다. 하지만 반대로 말하면 그렇기 때문에 오히려 강력한 권력을 낼 수 있는 자세였다.

락비오의 권세는 그 어느 때보다 진중했다. 정신을 집중하고 힘을 모아 상대의 생명을 끊는 필살의 일격을 날리기 위한 자세였다.

효룡이 보니 그의 주변의 공기가 소용돌이치는 것 같았다. 어떤 때 그런 현상이 일어나는지 효룡은 잘 알고 있었다.

저 밑바닥의 내공까지 끌어올려 육체를 활성화시키고, 그 내력을 주먹 끝에 모아 당겨진 활시위에 걸린 화살처럼 온몸의 근육과 내력이

팽팽해져 있을 때 나타나는 현상이었다.

'저걸 맞으면 아무리 비류연이라도…….'

지금 비류연의 상태로는 저 일격을 막아낼 방도가 없었다. 근골과 피부를 단련하는 외문기공을 익힌 적이 없는 비류연에게 있어 상대의 공격에 대한 직접적인 방어는 기를 이용한 '경기공(硬氣功)' 과 '화경(化勁)' 두 가지가 주를 이룬다.

그러나 저런 정면 일직선 찌르기는 화경으로는 부족하다. 게다가 거의 자리에 못 박혀 있어야 하는 지금 같은 경우에는 화경이 거의 효과가 없다. 있는 그 자리에 서서 상대의 공격을 상쇄시키는 공부는 매우 고난이도의 수법으로 어지간한 초절정고수도 해내지 못하는 일이었다.

경기공이 풀려 버리고 호신강기가 해제된 육체는 그저 야들야들한 고깃덩어리에 불과하다. 그런 고깃덩어리는 단 일격에 분쇄되어 버릴 뿐이다.

"자, 살 수 있는 마지막 기회다. 포기해라. 그리고 나의 힘, 나의 정의 앞에 무릎을 꿇어라. 그러면 넌 살 수 있다."

"요즘은 그런 것도 살아 있는 거라고 하나 보죠? 그런 꼴사나운 모습은 이쪽에서 사양하겠어요."

"어리석은 놈."

"오, 요즘은 입으로 주먹을 내지르나 보죠?"

빠직!

다시 한 번 도발한다.

"죽어라!"

철갑파쇄권(鐵甲破碎拳)

정권 찌르기

금강권(金剛拳) 일격살(一擊殺)!

부웅!
공기를 찢으며 주먹이 날았다.
퍼—억!
무자비한 권격음이 울려 퍼졌다. 그다음 적막이 공간 전체에 가득 찼다. 효룡은 눈을 크게 부릅떴다. 비류연은 여전히 그 자리에 그대로 버티고 서 있었다.
"버틴 건가!"
효룡이 흥건히 땀에 젖은 주먹을 쥔 채 외쳤다. 조마조마하게 오그라든 심장이 다시 펴지려고 하는 순간.
스르르륵!
그러나 효룡의 안도도 잠시, 곧 비류연의 몸이 도끼에 찍힌 나무처럼 뒤로 넘어갔다.
"안 돼에에에에에에에에!"
몸이 쓰러지고 있는데도 비류연은 손가락 하나 까딱하지 않는다. 마치 석상처럼 그대로 굳어 있었다.
"정신 차려, 류연! 자세를 바로잡아!"
그러나 효룡의 외침은 그저 공허한 메아리에 불과했다. 서서히 뒤로 넘어가는 비류연은 완전히 정신을 잃은 듯했다. 아니면 이미…….
"정신 차려! 류연, 나 소저를 구해야지!"

오(五). 다섯 37

우뚝.

뒤로 그대로 넘어가던 비류연의 몸이 바닥과 한 뼘을 남겨놓은 상태에서 그대로 멈추었다. 손을 짚지도 않았고, 무릎은 쭉 펴진 채 그대로였다. 그런데도 보이지 않는 손이 잡고 있는 것처럼 딱 한 뼘을 남겨두고 공중에 떠 있으니 보고 있던 락비오와 효룡 모두 눈이 튀어나올 정도로 놀랄 수밖에 없었다.

"이, 이럴 수가! 철판교의 신법인가?"

철판교는 무릎을 편 채 바닥에 바짝 붙을 정도로 몸을 뉘었다가 다시 일어나는 특수한 신법이었다.

"설마 그럴 리가……."

효룡은 곧 그 사실을 부정했다. 철판교치고는 체공 시간이 너무 길었던 것이다. 어떤 철판교도 바닥에 거의 달라붙기 직전의 상태로 저렇게 오랫동안 떠 있을 수는 없었다.

더 놀라운 일은 그다음에 일어났다.

바닥에 거의 붙어 있던 비류연의 몸이 아무런 반동도 없이 그대로 다시 원래의 자세로 돌아왔던 것이다. 어찌 보면 마치 강시가 일어나는 듯한 그런 모습이라 상당히 괴기스럽게까지 느껴질 정도였다. 이번만큼은 락비오도 경악하지 않을 수 없었다.

"방금 전 일격을 맞고도 다시 일어나다니……. 네, 네놈, 대체 정체가 뭐냐? 호리호리한 주제에 무쇠로 된 강시라도 되냐?"

"어허, 이렇게 초절정의 미소년 강시를 본 적이 있어요? 난 진짜 사람이라고요, 십전완미(十全完美)의."

십전완미, 완전수 십(十), 즉 모든 것이 완벽할 정도로 아름답다는 뜻이었다.

"게다가 자의식 과잉까지……."

저런 상태에서 저런 자존광대한 헛소리를 늘어놓을 수 있는 녀석이 존재할 수 있다니, 락비오는 어이가 없었다.

"어쩔 수 없이 들킨 것 같은데, 사실 고백하자면 난 불사신이에요. 덤으로 보다시피 미소년이고. 줄여서 불사미소년. 그러니까 이 정도로 쓰러지지는 않아요."

'이거이거 정체가 들켜서 참 곤란하네, 어허허' 라고 말하는 것 같은 말투였다.

주룩!

뻔뻔하게 말하는 비류연의 입가를 타고 피가 흘러내렸다.

"그럼 그 피는 대체 뭐냐?"

그러자 비류연은 아무렇지도 않게 소매로 피를 훔치며,

"아, 참고로 이건 댁한테 당해서 그런 게 아니에요. 나 같은 미소년은 원래 좀 병약하거든요. 가끔 흰 소복에 피를 토하기도 하지요. 콜록 콜록."

일부러 고개를 돌리며 기침하는 시늉을 했다.

자칭 병약 미소년은 물론 개구라였다. 게다가 입고 있는 옷은 하얀색이 아니라 검은색이었다. 덕분에 기침과 섞여서 나온 피는 잘 보이지 않았다.

"병약? 어디가? 게다가 불사신이라며?"

세상에 병약한 불사신이란 것도 있단 말인가? 듣도 보도 못한 개념이었다.

락비오는 마천각 내에서도 비류연 정도로 튼튼한 녀석은 본 적이 없었다. 죽일 생각으로 쳤는데도 죽지 않은 주제에 병약이라니, 지나가던 개가 웃을 일이었다.

"확실히 놀랍군. 다시 봤다. 이제껏 이렇게까지 나를 놀라게 한 건 네가 처음이다."

이렇게 된 이상 락비오도 비류연을 인정하지 않을 수 없었다.

"천무학관의 도련님들을 완전히 무시할 건 아니었나 보군."

그동안은 천무학관을 그저 배경이 그럴싸한 도련님들만 다니는 곳이라 생각했는데, 비류연 같은 놈도 있는 걸 보면 생각과는 다른 곳인 모양이었다. 비류연이 천무학관에서 예외 중의 예외라는 것을 그는 잘 몰랐던 것이다.

"아직아직 멀었어요. 난 그런 처음, 전혀 되고 싶지 않아요. 기왕 처음이 된다면 댁을 쓰러뜨린 처음이 되는 쪽이 취향이라 할 수 있죠."

자신이 만만하다 못해 흘러넘쳤다. 무뚝뚝하던 락비오의 미간에 다시 깊은 골이 패었다.

"그런 일은 불가능하다."

착 가라앉은 목소리로 부정한다.

"난 불가능한 걸 가능하게 만드는 게 취미 중 하나라서 말이죠. 그런 말을 들으면 더욱 의욕이 나는 체질이라 이를 어쩌나."

비류연이 웃었다.

"곧 쓰러질 것 같은 모습으로 잘도 지껄이는구나."

입만 산 놈이라는 욕이었다. 확실히 효룡이 보기에도 지금 비류연의 안색은 무척 창백했고 몸도 미세하게 떨리고 있었다. 그러나 비류연은 눈썹 하나 까딱하지 않는다. 그저 자신이 해야 할 일을 할 뿐이었다.

'이제 조금만 더 있으면…… 조금 만 더 있으면…….'

그리고 그 순간이 왔다.

'좋아! 드디어!'

수그려져 있던 비류연의 허리가 곧게 펴진다. 창백하던 얼굴에 핏기가 돌고 온몸에 힘이 흘러넘친다. 그리고 입가에 엷게 덧바르듯 번져나가는 미소. 락비오의 마음을 심히 불편하게 만드는 그런 미소였다.

"뭐냐? 회광반조냐?"

불쾌한 어조로 락비오가 이죽거렸지만 비류연은 그에 대해서는 반응을 보이지 않았다.

"아아, 이제야 겨우 준비가 끝났네."

비류연이 입 안에 고인 피를 뱉어내며 투덜거렸다. 그렇게 깔끔한 상태는 아니었다. 내장이 진탕돼서 엉망진창이었던 것이다.

"무슨 준비가 끝났다는 거냐? 이해할 수 없는 말을 지껄이는군. 알아들을 수 있는 말로 하면 안 되겠나?"

"쯧쯧, 불쌍하게도. 뇌까지 근육으로 차서 그런지 쥐새끼처럼 소통력이 떨어지는 모양이군요."

그러면서 눈가를 훔치는 시늉을 한다.

"날 모욕할 셈이냐! 난 쥐새끼가 아냐. 그런 하등한 동물이랑 비교하지 마라!"

락비오가 붉으락푸르락 안색을 변모시키며 외쳤다. 쥐새끼랑 비교된 게 어지간히 치욕적이었던 모양이다.

"날 즐겁게 해준 답례로 이번에 예언을 하나 하죠, 적중률 삼십

할(300%)의!"

"예언?"

"슬프게도 이제 댁의 주먹은 더 이상 나에게 닿지 않아요."

그것은 예언이라기보다 일종의 선언이었다.

"뭐라고? 그건 또 무슨 헛소리냐? 요즘 유행이냐?"

비류연은 살짝 웃으며 대꾸했다.

"슬프게도 우리 사이에는 도저히 건널 수 없는 강이 있거든요. 그 강의 이름이 뭔지 혹시 알아요?"

"뭐냐, 그게?"

"수준 차."

히죽 웃으며 비류연이 짧게 대답했다.

"이젠 정신까지 오락가락하는 모양이군."

락비오가 얼굴을 찡그리며 말했다.

"난 아주 멀쩡해요. 게다가 물론 진심이고. 정직이 내 신조거든요."

"지금 꿈꾸나? 그 꿈, 지금 당장 깨어나게 해주지."

"이런이런, 이해가 안 돼요? 그렇게 어렵나? 그럼 역시 쥐새끼 맞나 보네. 이해력이 지나치게 떨어지는 것 같으니 쉽게 얘기해 주죠. 아주 아주 간단하게 말하면, 댁의 주먹은 이제 더 이상 나한테 닿지 않는다는 이야기예요."

아무렇지도 않은 평이한 어조로 그렇게 선언했다. 너무나 긴장감없는 말투였기에 락비오는 그 말을 이해하는 데 조금 시간이 걸렸다. 그리고 마침내 이해한 다음에는 '하아?' 하고 헛웃음을 터뜨렸다.

"무슨 소리를 하나 했더니 헛소리였군. 날 좀 재미있게 해주나 했더니, 실망했다."

 락비오는 비류연의 말을 믿지 않았다. 자신은 멀쩡히 서 있는 반면 저 앞머리에 가려 얼굴도 제대로 보이지 않는 녀석은 너덜너덜 걸레짝이 되기 일보 직전이었다. 어딜 봐도 그의 승리는 확정적이었다.

 "믿든 안 믿든 상관없어요. 어차피 현실이라는 건 한 개인의 부정 때문에 변하거나 하는 법은 없거든요. 얼마든지 부정해도 좋아요. 그게 바로 힘난한 현실을 견디지 못하는 가련한 패배자들의 자기기만책이죠. 이해해요. 암, 이해하고말고요."

 비류연이 상큼한 어조로 이죽거렸다.

 "패―배―자―라고! 라고! 라고!"

 "어라, 이제 가는귀도 먹었나요? 다시 한 번 듣고 싶다면 얼마든지 들려줄 수 있는데. 댁의 정체성 회복을 위해. 자, 시작합니다. 패배자. 패배자. 패배자. 패배자!"

 너의 정체성은 패배자 그 자체이며 그 이외에 다른 무엇도 될 수 없다는 의미를 담고 있었다. 그런 말을 듣고 얌전히 있을 인간은 적어도 이 마천각 내에는 없었다.

 "닥쳐라!"

 락비오의 일갈이 대청 안에 쩌렁쩌렁 울려 퍼졌다. 그의 부리부리 시퍼렇게 뜬 두 눈에는 핏발이 서 있었다.

 패배자.

 그 말은 그가 가장 싫어하고 혐오하는 말이었다. 그는 패배자가 되지 않기 위해 그동안 힘을 길러온 것이다. 패배자의 인생을 살지 않기 위해서.

"방금 그 말로 인해 너의 죽음은 확정되었다. 생포할 필요 없이 이 자리에서 사망시켜 주마. 사인(死因)은 격살(擊殺)이다!"

락비오가 노발대발할수록 비류연의 입가에 맺힌 미소는 더욱더 짙어졌다.

"잘 못하는 말로 어떻게 하려고 애쓰지 말고 주먹을 써요, 주먹을. 어차피 그것밖에 할 줄 아는 게 없잖아요? 안 그래요, 덩치 씨? 자, 해 봐요. 얼른 해보라고요! 난 여기 있어요. 난 한 발자국도 움직이지 않잖아요. 그러니 쳐요, 쳐보라고요. 이 겁쟁이 씨!"

"우오오오오오오오오오오!"

타인의 화를 돋우는 데는 탁월한 재주를 가지고 있는 비류연이었다. 그런 그와 말싸움을 한 시점에서 이미 락비오의 패배는 정해진 것이나 다름없었다. 그러나 말로는 졌지만, 그에게는 아직 내공이 소용돌이치고 있는 주먹이 남아 있었다.

"이 노오오오옴! 피떡으로 만들어주마!"

그리고 이 순간 진짜로 비류연이 말한 준비가 완전히 끝났다. 비류연은 활짝 폈던 다섯 손가락을 천천히 오므렸다.

락비오의 철갑권이 다시 한 번 공기를 찢으며 비류연의 얼굴을 향해 쇄도해 왔다. 지금까지 일부러 배만 때려온 것과는 전혀 상반된 행동이었다.

"피해, 류연!"

기겁한 효룡이 외쳤다.

저런 일격이면 비류연의 머리통은 삼층에서 떨어진 수박처럼 붉은 속살을 드러내며 산산조각 날 게 분명했다.

그러나 비류연은 자신을 향해 날아오는 주먹에서 시선을 떼지 않은 채 미동도 하지 않았다.

'어라?'

느리다.

느려도 너무 느렸다. 일거에 폭발한 분노가 고스란히 실린 주먹이었다. 살의로 똘똘 뭉친 주먹이었다. 지금 이 일격이면 무엇이든 부술 수 있을 것 같았다. 하물며 인간의 말랑말랑한 두개골 따위는 일도 아니었다.

처음에는 태풍과도 같은 위력을 지닌 일격이 주먹을 뻗으면 뻗을수록 점점 더 약해지더니, 마침내는 아무런 해도 없는 산들바람으로 바뀌었다.

툭!

전력을 다해 내지른 주먹이 비류연의 이마에 닿아서 낸 소리는 허탈할 정도였다. 하지만 그걸로 끝이었다. 더 이상은 주먹을 뻗으려 해도 뻗어지지 않았다.

"이, 이럴 수가! 마, 말도 안 돼!"

락비오는 지극히 평범한 반응을 보였다. 비류연은 황당함으로 가득한 그의 얼굴을 보며 웃었다. 좀 전까지 락비오의 연타에 괴로워하던 표정은 온데간데없이 사라진 후였다.

"봐요, 예언이 적중했잖아요. 자신이 감당할 수 없다고 금세 현실을 부정하면 안 되죠. 그런 게 패배자들의 전매특허거든요."

일이 이렇게 될 줄 알고 있었다는 그런 얼굴이었다.

방금 전 일격도 겨우 닿았다기보다 일부러 닿게 해줬다는 느낌이었다.

'하지만 어떻게?'

락비오는 주먹을 거둬들였다. 이번에는 아무런 저항도 없이 내뻗었던 권격을 회수할 수 있었다. 좀 전과 같은 저항은 어디에도 느껴지지 않았다. 다시 한 번 수많은 의문들이 그의 머릿속을 점령했다. 하지만 역시 답은 나오지 않는다.

"믿지 못하겠어요? 그럼 다시 한 번 해봐도 상관없어요. 물론 그래 봤자 소용없겠지만."

아직 락비오에게는 한 번 더 공격할 기회가 남아 있었다. 하지만 비류연은 그래 봐야 쓸모없으니 포기하라고 말하고 있었다.

"난 못 믿겠다!"

여기서 주먹을 내란다는 것은 스스로의 패배를 인정하는 것이었다. 그것은 힘을 정의로 숭앙하는 자신의 신념을 꺾는 일이었다.

그오오오오오!

내공이 한곳에 집중되자 락비오의 우권이 하얗게 빛나기 시작했다. 검에 검기가 맺히는 것과 같은 요령이었다.

이제 그는 좀 전보다 수배나 더 강한 위력을 낼 수 있었다. 어떻게든 적을 아작 내겠다는 의지가 그곳에 담겨 있었다.

"받아라!"

쿵!

요란한 진각과 함께 락비오의 오른발이 내디뎌지며, 동시에 엄청난 회전이 걸린 락비오의 우권이 돌풍을 일으키며 비류연을 향해 날아갔다.

"이야아아아아아아아압!"

한 치의 방심도 없는 완벽한 일격이었다. 하얀 권광이 번뜩였다. 그리고……

툭!

이번에도 락비오의 일격은 비류연의 얼굴 가죽 표면에 살짝 닿는 게 고작이었다. 락비오는 속으로 고함을 질렀다.

'좀 전과 똑같은 감각이다!'

보이지 않는 거미줄이 그의 몸을 칭칭 동여 감고 있는 것 같은 느낌이 들었지만 그 정체까지는 알 수 없었다. 발버둥 치면 발버둥 칠수록 그것은 그의 몸을 더욱더 조여왔다.

"이건 대체……."

이 보이지 않는 실이 운명의 끈처럼 그를 속박하고 있었다. 그리고 지금 이 운명의 실을 잡고 있는 이는 락비오 자신이 아닌 것 같았다.

"너냐?"

비류연의 입가에 승리의 미소가 번져 나갔다.

"눈치도 느리긴. 나 이외에 또 누가 있겠어요?"

비뢰도(飛雷刀) 오의(奧義)
괴뢰(傀儡)의 장(障)
주망포박(蛛網捕縛)

그것이야말로 지금 락비오의 몸을 속박하고 있는 기술의 정체였다.

그러나 아직 락비오는 그 사실을 깨닫지 못하고 있었다. 자신이 이미 거미줄에 걸린 먹이 신세라는 것을. 그리고 자신이 어느새 다섯 번의 공격을 모두 마쳤다는 것을. 비류연은 이미 물어보지도 않고 운균(돌림판)을 돌리고 있는 중이었다.

"자, 잠깐만!"

뭔가 분명히 이상했고, 그 점을 짚고 넘어가야 했다. 그러나 그의 제지를 비류연은 귓등으로도 들은 척하지 않았다.

"으―응? 뭐라고요? 요즘 귀가 잘 안 들려서…… 콜록콜록!"

다시 한 번 병약한 미소년 자세로 기침을 한다.

"잠깐, 잠깐, 기다리라니까! 이봐, 기침하고 귀하고 무슨 상관이야?"

그러나 비류연은 여전히 못 들은 척 연신 가짜 기침을 터뜨릴 뿐이었다.

그러나 안타깝게도 나온 숫자는 일(一).

락비오의 일격을 막느라 운을 다 써버린 탓인지 그의 남은 운은 그다지 좋지 않았다. 당황하던 락비오는 속으로 쾌재를 불렀다.

"안됐군."

그걸로는 절대로 날 쓰러뜨릴 수 없다, 그런 자신감이 서린 얼굴이었다. 그러나 비류연의 생각은 달랐다.

"글쎄요? 이걸로 충분할 것 같은데?"

비류연의 앞머리가 순간 보이지 않는 바람에 흩날리며 황금빛으로 빛나는 눈동자가 드러난다.

"이 내기, 나의 승리군요!"

터—엉!

비류연의 주먹이 자신과 상대의 중간 허공을 때렸다.

허공을 때렸는데도 굉음이 울려 퍼졌다. 마치 두꺼운 벽을 때리기라도 한 것처럼.

그다음 순간 신기한 일이 일어났다.

보이지 않는 손에라도 들린 것처럼 락비오의 거대한 몸이 바닥으로부터 한 뼘 정도 붕 떴다. 그러더니 맞바람을 맞은 연처럼 뒤로 스르륵 밀려갔다. 좀 전 같은 폭발은 어디에도 없었다.

"어, 어, 이게 무슨! 말도 안 돼! 멈—춰!!!"

급당황한 표정으로 락비오가 외쳤다.

'금강반탄신공'이 듣지 않다니, '강순천갑'이 작동하지 않다니!

무적의 갑옷이라 할 수 있는 '강순천갑'은 명백히 공격을 받고 있는데도 여전히 침묵한 채 그대로였다. 이대로면 이제 한 치만 더 뒤로 물러나면 금을 넘게 된다.

"이, 이게 무슨……. 천근추!"

락비오는 급히 천근추를 발휘해 붕 떠 있는 몸을 땅에 내려놓으려 했다. 그러나 천근추를 발휘했는데도 몸은 그대로 한 뼘 정도 뜬 채였다. 게다가 공중에 떠 있는데도 발바닥에서 반동이 느껴졌다. 무언가 묵직한 것이 그의 발을 받치고 있는 듯한 느낌이었다.

"으아아아아아아압! 당할까 보냐!"

그는 더욱더 내공을 끌어올려 천근추의 위력을 배가했다.

쿵!

다행히도 이번에는 효과가 있었다. 청석 바닥이 깨지는 소리와 함께

오(五). 다섯 49

그는 겨우겨우 바닥에 내려앉을 수 있었다. 그러나 비류연의 입가에 맺힌 미소는 지워지지 않은 채 그대로였다.

미소 띤 얼굴로 비류연이 선언했다.

"저런. 내가 이겼네요."

놀란 락비오가 자신의 발밑을 내려다보았다.

"어, 어느새……."

이미 그의 발은 금 뒤로 반 보 물러나 있었다. 명백한 그의 패배였다.

"대체 무슨 수를 쓴 거지? 충격은 전혀 느끼지 못했는데? 이 기술은 대체 뭐냐?"

마치 산들바람에 실려 옮겨진 듯한 그런 느낌이었다.

"그냥 단순한 격공장(隔空掌)이죠."

격공장.

허공을 격해서 임의의 한 점에 충격(장력)을 전달하는 장법으로, 이른바 장풍이라 불리는 무공이다. 산을 격해 건너편의 소를 친다는 상급 발경법 격산타우(隔山打牛)의 최상급 단계로, 벽이나 사람이나 철판이나 흙이나 물이 아닌 공기를 매질로 삼아 힘을 먼 곳의 한 점으로 보내는 기술인 것이다.

"이, 이런 격공장이 있다는 이야기는 들어본 적도 없다!"

비록 격공장이 최절정의 고수들만이 쓸 수 있는 상승의 발경법이긴 하나, 그는 어떤 충격도 느낀 기억이 없었다. 외부의 충격을 받았다면 강순천갑이 어김없이 반응했을 터였다.

"아, 그건 댁이 너무 손대면 '톡' 하고 터질 것만 같아서 말이죠.

손을 대면 안 될 것 같더라고. 그래서 손 안 대고 댁을 둘러싸고 있는 공기 전체를 옮겨 버린 거죠. 이른바 공간째로 옮겨 버린 거라고나 할까요?"

그 설명에 락비오의 눈이 화등잔만 해졌다.

"공간째로 옮겼다고? 말도 안 된다. 그런 게 어찌 가능하단 말이냐?"

비류연은 뒤통수를 긁적였다.

"이거참, 당한 사람이 그런 말을 하면…… 좀 곤란한데."

그 말에 락비오의 얼굴이 붉어졌다. 하긴 직접 보여주는 것 이외에 어떻게 더 명확히 증명할 수 있겠는가. 락비오는 단순한 만큼 승복해야 하는 것엔 승복하는 사내였다.

"조, 좋다. 이번에는 내가 졌다."

"잠깐, 이번에는이라니?"

기묘한 불안을 느낀 비류연이 항의했다.

"물론 이(二)회전이 있다."

"이회전? 그런 이야기 들은 적이 없는데요?"

"난 너희 둘과 싸웠다. 이른바 너희에게 두 번의 기회를 준 거지. 실제로 저쪽의 형씨는 졌고."

유구무언인 효룡은 침중한 표정으로 고개를 숙이고 있을 수밖에 없었다. 자신이 친구의 발목을 잡다니……. 너무나 분하고 부끄러웠다.

"그러니 나에게도 두 번의 기회를 줘야 하지 않겠어? 그래야 공평하지."

"이런이런, 여기 공정한 판관 나리 한 명 나셨네요."

비류연이 기가 차다는 듯 헛웃음을 터뜨리며 투덜거렸다. 그때였다.

"닥쳐라! 난 판관 따위가 아니다!"

락비오가 일갈했다. 대청 서까래가 부르르 진동할 정도로 엄청나게 큰 소리였다. 너무 시끄럽다 보니 비류연과 효룡도 귀를 틀어막아야 했다.

"호오? 그냥 지나가는 말이었을 뿐인데 왜 그렇게 과민하게 반응하실까? 뭐, 찔리는 거라도 있나요?"

미간을 찌푸리며 비류연이 다시 한 번 구시렁거렸다. 힐끗 본 락비오의 얼굴은 불에 달군 석탄처럼 시뻘겋게 변해 있었고, 호흡도 상당히 거칠었다.

"난 판관이 아니다. 난 판관이 싫다."

"아니, 그건 또 왜요? 범법 예비생도인 흑도 출신이라서?"

락비오는 고개를 세차게 가로저었다.

"아니, 우리 아버지가 그 빌어먹을 판관이었지."

정진정명한 흑도의 유망주라 할 수 있는 락비오의 아버지가 판관이었다는 사실에 비류연과 효룡은 깜짝 놀라지 않을 수 없었다.

"난 힘이 뒷받침되지 않는 주제에 정의를 떠드는 그자들을 혐오할 뿐이다. 그놈들은 무력할 뿐이야."

여전히 흥분을 가라앉히지 못하고 있는 락비오를 향해 비류연이 다시 머리를 북북 긁으며 말했다.

"자자, 진정해요, 진정. 왜 그렇게 판관을 혐오하는지에 대해서는 알 수도 없지만, 지금은 사실 그다지 알고 싶지도 않아요. 난 해야 할 일이 있거든요. 그러니까 내가 두려워서 자꾸 미루는 게 아니라면 빨리 이회전을 하는 게 어때요?"

순간 락비오의 두 눈에서 한광이 번뜩였다.

"오냐, 빨리 죽기를 원한다면 그렇게 해주지."

삐이이이이이이익!

락비오가 손가락을 입에 물고 휘파람을 불자 건물 양편의 문이 열리며, 그곳으로부터 무장을 한 같은 복장의 무사 수십 명이 일사불란하게 달려들어 와 벽 양옆에 가지런히 섰다. 모두 가슴에 십(十) 자가 수놓아져 있는 그들은, 한번 훑어본 것만으로도 족히 팔십 명은 되는 듯했다.

"열어라!"

건물의 네 모퉁이에 있던 무사들이 여럿이 힘을 모아 줄을 당기자 그그그궁, 하는 소리와 함께 막혀 있던 천장이 양옆으로 열렸고, 그 안에서 무언가가 매달려 있는 것이 드러났다. 그곳에는 무척이나 무거워 보이는 거대한 석괴(石塊)들이 쇠사슬에 대롱대롱 매달려 있었다. 준비가 모두 끝나자 만족스러운 웃음을 지어 보이며 약간 질려 있는 비류연과 효룡을 향해 락비오가 씨익 웃으며 말했다.

"'석괴압살관'에 온 걸 환영한다."

육중한 석괴들은 사람의 몸보다 훨씬 크고 거대했다. 저런 게 만일 피와 살로 된 인간 위에 떨어진다면 단숨에 짜부라져 버리고 말리라. 얼마나 거대한지, 그것을 매달고 있는 쇠사슬이 끊어지지나 않을까 위태롭게 여겨질 지경이었다.

저런 위험천만한 걸 천장 위에 달아놓다니, 이놈들도 제정신은 아니

오(五). 다섯 53

었다. 게다가 대체 저런 위험한 걸로 뭘 어쩔 생각인 거지? 딱히 짐작 가는 데가 없었다.

"자, 이회전을 시작해 볼까."

두 사람을 돌아보며 이번에는 락비오가 히죽거렸다.

# 미(美)는 준비되는 데 오랜 시간이 걸린다
—미! 투!

동해도 제십일 기숙사.
별칭 미폭대(美暴隊).

쇄골해금과 여자들의 까아아악거리는 비명 소리와 혼절로 뒤범벅이 된 우여곡절 끝에 동해도의 정문을 통과한 모용휘와 공손절휘는 지금 그곳의 중앙 연무장 한가운데 서서 저 위쪽에 동해왕 자군과 대면하고 있었다.

이곳 연무장은 분지처럼 푹 파인 곳에 위치해 있었는데, 자군이 서 있는 곳은 분지의 위쪽 부분이었고 모용휘와 공손절휘가 안내되어 온 곳은 분지의 파여진 아래쪽 부분이었다. 그 경사면을 객석처럼 만들어 놓았는데 지금 그곳은 수십 명의 십일번대 대원들에 의해 빙그르르 포위되어 있었다. 그러나 그 대원들의 대부분은 여자들이었고, 그녀들은 적의 대신 초롱초롱한 호기심과 이상한 열기가 가득한 눈으로 모용휘와 공손절휘를 바라보고 있었다. 그리고 자기들끼리 소곤거리거나 키득거리기를 반복하는데, 도대체 무슨 이야기를 나누는지 모용휘는 짐작조차 할 수 없었다. 그리고 그 내용은 차라리 모르는 게 약이었다.

"으음……."

가장 높은 장소에 위치한 자신의 의자에 앉은 채 자군은 한참 동안 모용휘를 내려다보았다.

"그런데 자네 혹시 아무것도 바르지 않았나?"

모용휘의 하얀 얼굴을 이리저리 뜯어보던 동해왕 자군이 인상을 찌푸리며 진지한 목소리로 물었다.

"무얼 말입니까?"

자군의 갑작스런 질문에 모용휘는 어리둥절했다.

"분이라던가, 수은이라던가, 향낭이라던가 등등등, 등등등 하는 화장품들 말일세."

"바르지 않았습니다."

모용휘가 간단하게 답변했다.

"바르지 않았다고? 이럴 수가! 자네 제정신인가? 피부가 잘못되기라도 하면 어쩔 생각인가? 자네는 저 하늘에서 쏟아지는 찬란한 피부의 적이 두렵지도 않은가!"

하늘에 떠 있는 태양을 향해 증오스러운 듯 손가락을 뻗으며 자군은 몸을 부르르 떨었다. 거의 모용휘의 정신 상태를 의심하는 듯한 말투였다.

그러자 이번에는 모용휘가 인상을 찌푸렸다.

"전 남자입니다. 당연히 화장품 같은 건 바르지 않습니다."

그러자 자군은 혀를 차며 검지손가락을 좌우로 흔들어 보였다.

"쯧쯧, 남자라서 화장을 하지 않는다니, 그런 건 구시대적인 발상이라네. 잘 듣게. 그 화장품들은 말일세, 미(美)라는 요새를 사수하는 무기라 할 수 있는 것들이란 말일세. 무기도 없이 전장에 나가는 법이 없듯, 미의 사도는 화장을 끝내지 않고는 사람들 앞에 모습을 드러내지 않는 법일세."

"그렇습니까? 저는 잘 모르겠군요, 그 미라는 것을."

아무리 해도 모용휘로서는 저 자군이란 자의 정신세계를 이해할 수가 없었다.

"모르다니! 모르다니! 자넨 아직 '미의 사도'로서의 자각이 부족하군."

손으로 허벅지를 치며 자군이 한탄했다.

"될 수 있으면 영원히 자각하고 싶지 않습니다, 그런 것은."

그러나 모용휘의 말을 자군은 귓등으로도 듣지 않고 있었다.

"알겠나? 이렇게 햇살이 따가운데 얼굴에 분도 바르지 않다니, 피부란 화초 같은 거라네. 항상 물을 주고 잡초를 솎아내 주듯이 가꾸지 않으면 금방 시들어 버리고 말지. 방심하고 있다가는 금방 기미라던가, 뾰루지라던가 주름 같은 무시무시한 존재에게 눈 깜짝할 사이에 점령당하고 만다네. 상상만 해도 끔찍하지 않나?"

자군은 그런 일이 발생하는 것이 무림이 멸망하는 것보다 더 두려운 일이라고 여기고 있는 듯했다.

"그런 건 세월이 지나고 나이가 들다 보면 다 생기는 것 아닙니까? 그렇게 끔찍하다고 생각되지는 않습니다."

어차피 나이가 든다는 것은, 인간이 피할 수 없는 숙명이었다.

자군이 기겁하며 호통을 쳤다.

"무르군. 너무 물러! 그래서는 미의 사도가 될 자격이 없네. 격류처럼 흐르는 세월에 저항하며 탱탱한 피부와 눈처럼 하얀 피부를 가꾸는 것이 바로 '미의 사도' 로서 가져야 할 사명! 세월이란, '미의 사도' 에게 있어서 이른바 타도해야만 할 적(敵)이라네!"

자군이 열변을 토했다. 그리고는,

"그런 의미에서 무명 대장님은 인정해 줄 만하지. 세월과 싸우는 모범으로서 말이지. 뭐, 그 본인 역시 미의 사도로서의 자각이 좀 부족하긴 하지만."

라고 알 수 없는 말을 덧붙인다.

'적이라고 해도······.'

모용휘는 한숨이 나왔다. 그의 적은 유구히 흘러가는 세월이 아니라 눈앞에 있는 동해왕 자군이었다. 그는 여기에 자군과 싸우기 위해 온 것이다. 나예린의 행방을 찾기 위한 단서인 목관을 손에 넣기 위해 충돌은 각오하고 있었다. 그런데 왜 자신은 여기 따갑게 떨어지는 햇살 아래에서, 저기 양쪽에 여인들이 드리워준 양산 아래에 서 있는 자군이랑 피부 미용 같은 쓸데없는 것에 대해서 이야기하고 있는 것일까?

'역시 먼저 치고 들어가야 하나?'

강제로 본관 건물로 돌격해 들어가 목관을 찾는 방법도 생각 안 해 본 건 아니었다. 하지만 이렇게 서서 피부 미용에 대해 시시껄렁한 잡담이나 하고 있는데다가, 주변에는 거의 대부분이 아리따운 여인들뿐이고, 그녀들 대부분도 그와 공손절휘를 관상물처럼 힐끔힐끔 쳐다보다가 뭐가 그렇게 좋은지 서로 입가를 손으로 가린 채 소곤소곤 수다를 떨고 있을 뿐이니 뭔가 움직임을 취하기가 무척 어색하고 곤란했다. 상황이 상황인지라 전투 의욕이라는 것이 전혀 불타오르지 않았다.

공손절휘도 예외가 아니었다. 아니, 그는 모용휘보다 더 곤란해하다 못해 마구 짜증을 내고 있는 상황이었다. 하지만 그 짜증 역시 전투로 이어지는 것은 아니었다. 완전히 상대의 흐름에 말려들고 말았다는 생각밖에 들지 않았다.

'곤란하군… 정말 곤란해……. 이런 것 너무 깔끔하지 않아.'

가장 곤란한 점은 모용휘 자신이 예의를 무척이나 중시하는 바른생활 사나이라는 점이었다. 때문에 상대가 무례하게 나오지 않는데다가 여인들이 대부분이다 보니 어쩔 줄을 모르게 된 것이다. 만일 여기 온 사람이 비류연이었다면 여인들이 있든 말든, 자군이 뭐라 그러든 말든 '이 기생오라비는 또 뭐야?' 라며 저 싱글거리고 뺀질거리는 얼굴을 뭉개 버리려고 들었을 것이다.

하지만 아무리 비류연 같은 악우를 둔 모용휘라 해도 그렇게까지 할 정도로 물들어 있지는 않았다. 그의 결벽증은 아직도 건재한 것이다.

'어떡하지? 어떡하지? 어떡하지? 어떻게 하면 상황을 깔끔하게 유도할 수 있을까? 정정당당하고 깨끗하게.'

가장 깨끗한 방법을 찾느라 이러지도 못하고 저러지도 못해 답답해하고 있는 모용휘의 옆에서, 이미 인내가 한계가 달한 공손절휘가 마침내 폭발했다.

"으아아아아아아악! 느끼해서 도저히 못 참겠다!"

소름이 돋았는지 양팔을 푹푹 긁으며 공손절휘가 외쳤다.

그 순간 자군의 몸이 그대로 석상처럼 굳었다. 하하호호 사이좋게 담소를 나누던 여인들의 목소리 또한 주위에서 일제히 사라졌다. 그 빈 공간으로 이상할 정도로 무거운 정적이 자리를 찾아왔다.

자군의 목이 아래로 툭 떨구어졌다.

"……."

다시 이어지는 무거운 침묵. 공손절휘는 사방에서 쏟아지는 조용하지만 차갑고 따가운 시선에 유린당해야 했다. 그리고 집단으로 행해지는 무언의 비난이 얼마나 괴로운지 처음으로 자각하게 되었다.

'대체 내가 뭘 어쨌다고!'

자군은 여전히 고개를 푹 숙이고 있다. 자신의 미를 세상에 뽐내기 위해 고개를 꼿꼿이 들고 있던 좀 전의 모습과는 전혀 상반된 모습이었다. 자세히 보니 그의 어깨가 미세하게 떨리고 있었다. 이윽고 그 떨림은 점점 더 큰 요동으로 증폭되어 갔다. 그 모습을 본 동해도 여인들의 안색이 파리해지더니 슬금슬금 뒤로 물러나기 시작했다.

'왜 저러지?'

주변의 여인들이 창백하게 질린 채 주춤주춤 물러나는 품새가 수상했다. 어깨를 부들부들 떨고 있던 자군이 마침내 폭발했다.

"느끼하다고오오오오오오오!"

마치 뜨거운 화산이 폭발하는 듯한 격렬한 분노가 터져 나왔다.

"난 그 말이 제일 싫—어!"

좀 전까지 무골호인처럼 웃고만 있던 자군의 눈동자에 진득한 살기가 감돌고 있었다.

"미를 모욕하다니! 죽어라아아아아아아!"

쾌속무비한 신법을 쓰며 자군이 연무장의 중심을 향해 떨어져 내렸다.

"으헉!"

갑자스런 자군의 공격에 당황한 공손절휘는 급히 가문 비전의 지존검법으로 반격에 들어갔다.

촤악!

검광이 너무도 깨끗이 자군의 신형을 가르고 지나갔다.

'베었다!'

얼떨결이지만 어찌저찌 반응한 모양이었다.

그러나,

화라라락!

분명 베었다고 생각한 자군의 신형이 눈앞에서 붉은 꽃잎이 되어 흩어졌다.

"억!"

그 광경에 공손절휘는 깜짝 놀랐다.

"어딜 보는 게냐, 이 미맹(美盲)아!"

사라진 자군의 신형은 돌연 공손절휘의 좌측에서 나타났다. 공손절휘는 급히 왼쪽으로 몸을 틀며 지존검법 중 일초인 '지존좌진(至尊左鎭)'을 펼쳤다. 지존께서 좌측을 진압한다는 뜻의 초식으로 검을 든 반대측인 왼쪽 공격에 특화된 초식이기도 했다.

촤악!

다시 한 번 붉은 꽃잎이 흩어졌다. 자군의 신형이 또다시 사라진 것이다. 사라진 자군은 다시 공손절휘의 오른쪽에 나타났다가 베이면 다시 꽃잎이 되어 사라지고, 다시 뒤쪽에 나타났다 다시 꽃잎이 되어 흩어지기를 반복했다.

"이게! 이게! 이게!"

자군의 움직임을 쫓으며 검을 휘둘러보지만, 언제나 한 발짝 늦을 뿐이었다. 너무 빠르고 기묘막측한 보법에 공손절휘는 그저 속수무책으로 농락당할 뿐이었다.

이럴 줄 알았으면 보법 연습을 좀 더 할걸. 검초의 위력에 너무 집착해 보법 연마를 게을리한 것이 후회되는 그였지만 이미 때는 늦어 있었다.

"위험해!"

모용휘가 다급한 어조로 경고했다.

"어? 어? 어?"

'쪼, 쫓아갈 수 없어······.'

쫓아가면 쫓아가려 할수록 발만 더 꼬일 뿐이었다.

어느새 그의 주위를 붉은 꽃잎들이 춤을 추듯 빙빙 돌고 있었다. 자군의 신형은 보이지 않았고 기척 또한 느껴지지 않았다. 오로지 꽃잎들만이 눈앞에서 빙글빙글 춤을 추고 있을 뿐이었다.

"어라라?"

이상하게 눈앞이 뱅글뱅글 돌며 어지러워졌다. 머리가 '땅' 했다. 하늘과 땅이 사이좋게 돌고 또 돌았다.

"어, 어, 어, 어!"

그리고 정신을 차려보니 어느새 그는 꼴사납게 쓰러져 있었다.

"어?"

대체 이게……? 언제 자신이 꽃잎이 뿌려져 있는 바닥에 얼굴을 박았는지 기억이 나지 않았다.

"하하하하하! 어떠냐? 나의 아름다운 환상의 보법 '산화무영(散花無影)'의 맛이!"

쓰러진 그의 얼굴을 발로 짓밟으며 자군이 꼴좋다는 듯 홍소를 터뜨렸다.

"뼛속까지 새기도록 해라, 아름다움의 위대한 힘을! 알겠느냐, 이 어리석은 미맹아!"

어느새 혈도가 점해졌는지, 쓰러진 공손절휘는 뺨에 발을 밟힌 채 옴짝달싹도 하지 못했다. 그저 치욕을 감내하는 수밖에 없었다.

"꺄아아아아아! 너무 멋져요, 자군님!"

"아름다우세요!"

"천한 것을 짓밟으시는 저 모습, 어찌 저리 아름다운실까!"

여기저기서 여인들의 비명에 가까운 환성이 터져 나왔다. 자군이 무얼 하든 그녀들의 눈에는 무조건 아름답게 보이는 모양이었다.

"저 여자들, 눈에 뭔가 씌인 게 분명해……. 이런 느끼한 놈이 뭐가 좋다고……."

혀로 흙 맛을 느끼면서도 공손절휘는 투덜거림을 멈추지 않았다.

"이제 미의 '알흠다움'을 알겠느냐?"

이런 상황에서 미를 찾다니, 짜증이 극에 이른 공손절휘는 획 돌고 말았다. 저놈에게 정신적인 충격만 안겨줄 수 있다면 어찌 돼도 좋다

미(美)는 준비되는 데 오랜 시간이 걸린다 63

고 생각했다.

"너 따윈 하나도 아름답지 않아, 이 느끼한 놈아! 네놈의 아름다움은 모용휘의 발끝에도 못 미쳐! 가서 거울이나 더 보고 와!"

갑자기 그의 뺨을 짓밟고 있던 압력이 사라졌다. 겨우 고개를 돌릴 수 있게 된 공손절휘가 자군을 올려다보았다. 그는 매우 큰 충격을 받았는지 동공이 확장된 채 공황상태에 빠져 있었고, 안색은 파랗게 질려 있었다.

"나, 나의 아름다움을 모, 모, 목욕하다니!"

모욕을 목욕이라고 발음하는 걸 보니 확실히 충격이 크긴 큰 모양이었다.

"홍, 그런 말은 모용휘를 이기고 나서나 하시지, 이 느끼한 놈아!"

공손절휘가 다시 코웃음을 쳤다.

"또, 또 느끼한 놈이라니! 좋다! 그렇지 않아도 그럴 생각이었다."

그리고는 모용휘를 향해 손가락으로 가리키며 외쳤다.

"모용휘! 나의 아름다움을 걸고 너에게 '미(美)의 대전(大戰)'을 신청한다!"

그리고는 바로 공손절휘를 가리키며 소리쳤다.

"이 추한 미맹 놈아! 넌 거기서 보고 있어라! 진정한 미가 이기는 모습을! 나야말로 미(美)! 미(美)야말로 정의(正義)다!"

"미의 대전? 그것이 무엇이오?"

동해왕 자군의 결투 신청을 받은 모용휘가 어리둥절한 표정을 한 채 반문했다. 그와 자군의 정신세계는 너무나 달라서 일일이 물어보지 않으면 도저히 이해할 수 없는 것들이 수두룩했던 것이다.

"아, 미의 대전이란 말이지, 말 그대로 서로의 미를 겨루는 것을 말하는 것이야. 줄여서 '미투(美鬪)'라고 하지. 추한 자들은 참가할 자격조차 주어지지 않는 고귀한 싸움이라고나 할까."

아침에 세 번이나 감은 머리카락을 한쪽으로 찰랑 하고 넘기며 자군이 뽐내듯 말했다. 마치 그 싸움에 참가할 수 있게 해준 데 대해 감사라도 해야 한다는 듯한 말투였다.

"미를 겨룬다니? 대체 무엇을 기준으로 미를 겨룬단 말이오?"

미라는 것은 정말 기준이 애매한 것 아닌가? 각자가 가진 미적 감각이라는 것은 상당히 다른 법이었다. 물론 어느 정도 이상이라는 애매한 기준점이 없는 것은 아니나 어느 한 지점이라고 딱 잘라서 선을 그을 수도 없는 노릇이었다.

심사위원 앞에서 재롱이라도 부려야 한단 말인가? 아니면 노래나 춤 같은 걸 보이기라도 해야 하는 건가?

"당연히 싸워서 승리하는 쪽이 아름다운 것 아니겠나?"

그런 건 당연하지 않느냐는 말투였다.

"그건 어째서요? 도통 이해가 안 가는 기준이오."

모용휘에게는 그 당연한 것이 전혀 당연하지 않았다.

"승리 역시 또 하나의 미. 승리는 아름답고 패배는 추한 법이지."

"그냥 일대일 비무랑 다를 것이 없어 보이오만?"

자군은 세차게 고개를 저었다.

"다르지. 아주 다르다네. 참가자는 관중을 압도하는 미를 뿜어내야 하네. 아름다운 기술로 어디까지나 아름답고 우아하게 상대를 쓰러뜨려야 하는 것일세. 시정잡배와 같은 거친 싸움은 우리 같은 '미의 사도' 들에게는 어울리지 않아. 관중을 매료시키는 것은 물론이고 싸우는 상대까지 매료시키는 것이야말로 '미투' 의 궁극적인 도달점이라네."

그의 눈동자는 또다시 먼 곳을 보기 시작했다. 완전히 자기 세계에 푹 빠져 버렸는지 모용휘들에게는 시선조차 주지 않았다.

"야유를 세 번 받으면 그 사람은 싸우는 도중이라도 무조건 지는 걸세. 당황하지 말고, 어디까지나 우아하게 미를 겨뤄보도록 하세."

"이, 이봐! 이런 웃긴 싸움이 어디 있어!"

정통의 가문의 교육이 뼛속까지 새겨져 있는 공손절휘는 이런 이상한 싸움은 인정할 수 없었다. 이런 건 무인의 세계가 아니었다.

"당연하지. 이 추한 것! 이건 미의 세계다. 너같이 패배한 놈이 낄 자리가 아니다. 넌 거기서 찌그러져 있어라!"

"내가 어디가 추하다는 거냐? 절대 인정 못해!"

모용휘만큼은 아니지만 공손절휘도 나름 자신의 생김에 대해 자신이 있었다.

"방금 듣지 못했나? 패배는 추하다고? 패배한 너는 추한 자다. 어때, 알기 쉽지? 알았으면 썩 물러가 있거라."

그 말에 공손절휘는 육체적인 패배뿐만 아니라 정신적으로 충격을 먹고 패배하고 말았다. 좌절한 공손절휘에게는 눈길 한 번 주지 않은 채 동해왕 자군의 시선이 모용휘를 향해 창처럼 날아와 박혔다.

미의 대전이라 해봤자 말 그대로 일대일 대결이었다. 하지만 그 준비 과정은 정말로 화려했다. 그는 미의 대전을 위해 새로 화려한 비단 옷으로 갈아입고, 장신구도 주렁주렁 달고, 화장도 다시 했다. 그는 거의 꼼짝도 하지 않고 있고, 대부분 그의 주위에 있는 친위대 여인들이 그 일을 대신해 주었다.

"자네도 어서 준비하게."

"난 이대로도 괜찮소."

"정말로 그대로 되겠나? 미의 대전에 참전하는데 좀 더 꾸며야 하지 않겠나?"

"아니, 정말로 괜찮소."

모용휘는 사양했다.

"그래, 나중에 후회하지 말게."

자군은 좀 전보다 한층 더 붉고 화려한 비단옷을 입은 다음, 얇고 동그란 금 귀고리를 양쪽 귀에 달고, 머리카락을 홍옥으로 된 장신구로 고정한 다음 다시 상석에 위치한 자기 자리에 앉았다. 처음부터 화려했던 인간이 꾸미고 나선 다섯 배 정도 더 화려해져 있었다. 본인은 전투 준비라고 주장하는 치장이 끝나자 주위의 친위대 여인들로부터 탄성이 터져 나왔다. 그녀들은 좋아 죽으려 하는 것 같았다.

준비가 끝나자 여인들이 몰려와 자군이 앉아 있는 자리로부터 비무대까지 이열로 도열했다. 그리고는 들고 있던 바구니에서 꽃잎을 뿌리기 시작했다. 붉은 꽃잎이 융단처럼 깔리는 길을 자군은 자신만만한 웃음을 지으며 걸어갔다. 모용휘도 그와 보조를 맞추어 비무대로 향해 걸어갔다.

"모용 형!"

평소에 공손절휘가 결코 쓰지 않던 호칭에 의아함을 느끼며 모용휘는 뒤를 돌아보았다. 잠시 우물쭈물 망설이던 공손절휘가 이내 정색을 하더니 외쳤다.

"저런 느끼한 놈한테 절대 지지 마시오!"

그리곤 부끄러운지 고개를 딴 데로 돌려 버렸다. 모용휘는 싱긋 웃으며,

"걱정 말게, 난 반드시 이길 테니까."

"누, 누, 누가 걱정한단 말이오! 지지나 마시오. 당신을 쓰러뜨리는 건 공손세가의 후예인 나 공손절휘의 역할이오!"

공손절휘가 발끈해서 외쳤다. 그러자 모용휘가 진지한 눈동자로 대답했다.

"그러길 원한다면 더욱 정진하게."

그리고는 다시 고개를 돌려 앞으로 걸어갔다. 마침내 동해왕 자군과 칠절신검 모용휘가 비무대 위에서 마주 섰다.

"자, 그럼 서로의 미(美)를 뽐내보도록 할까."

들고 있던 화려한 붉은 부채를 활짝 펴며 자군은 미의 대전의 개전을 선언했다.

모용휘와 자군, 두 사람 중 먼저 달려든 것은 자군이었다.

선수를 빼앗기지 않으려는 듯 그는 마치 춤을 추는 듯한 화려무쌍한 자세로 모용휘의 정면으로 쇄도했다. 모용휘는 반사적으로 검을 휘둘렀다.

화라락!

검광에 베인 자군의 신형이 또다시 꽃잎이 되어 사라졌다. 좀 전에 공손절휘가 당했던 수법과 동일한 신법이었다.

'같은 수법을 걸어오다니…….'

깨뜨릴 수 있으면 깨뜨려 보라는 명명백백한 도전이었다. 사양할 필요가 없다고 느낀 모용휘는 신속하게 좌측을 향해 검을 휘둘렀다. 그와 거의 동시에 자군의 신형이 왼쪽 편에서 나타났다.

서걱!

검광이 자군의 신형을 깔끔하게 베고 지나갔다.

'베었나?'

화라라락!

그러나 다시 한 번 베어진 자군의 신형은 꽃잎이 되어 흩어질 뿐이었다.

또다시 실패.

이대로는 안 되겠다고 생각한 모용휘의 신형이 그 자리에서 사라졌다. 유성보를 발휘해 그 자리에서 빠져나온 모용휘의 신형이 다시 나타난 곳은 오른쪽에 모습을 드러낸 자군의 바로 뒤쪽이었다.

은하유성검법(銀河流星劍法) 비기(秘技)
은하일섬(銀河一閃)

어두운 밤하늘을 가로지르는 한줄기 유성처럼 검날이 공간을 내달린다. 속도가 문제였다. 그렇기에 모용휘는 모든 변화를 극히 억제하고, 은하유성검법 중 가장 빠른 검초를 발휘한 것이다. 검날에서 뿜어져 나온 검기에 스친 비무대 바닥에 기다란 검흔이 아로새겨졌다.

"멋져어어어어어!"

비무대를 둘러싼 객석에서 여인들의 환호가 터져 나왔다. 어딘가 긴장감을 빼게 만드는 그런 소리였다.

이번 공격은 유효했나? 그런 생각도 잠깐, 다시 한 번 자군의 신형은 붉은 꽃잎이 되어 흩어졌다.

"이, 이런!"

분명히 손끝에 감촉이 있었는데…….

휘이이이이이익!

갑자기 어디선가 강풍이 불어오더니 흩어져 있던 꽃잎들이 사납게 흩날렸다. 그것이 모용휘의 시계(視界)를 가렸다. 그 순간은 짧았지만 자군이 모용휘의 뒤를 잡기에는 충분한 시간이었다.

**양염화화려려신공(陽炎華華麗麗神功)**

**오의(奧義)**

**야마란풍(아지랑이 亂風)**

모용휘는 등줄기에서 서늘한 감촉이 느껴졌다. 이 익숙한 감각은 틀림없는 살기. 그리고 공손절휘를 쓰러뜨린 초식이기도 했다.

모용휘는 완전히 무방비 상태로 허점을 드러낸 작금의 상태를 어떻게든 회피해야 했다. 돌풍처럼 휘몰아치는 꽃바람 속에서 자군의 손에 쥐어진 붉은 부채가 검처럼 모용휘의 등에 있는 사혈(死穴)을 찔러왔다.

'위험하다!'

무조건 위험하다고 생각한 모용휘는 다짜고짜 몸을 앞으로 날렸다.

이미 검으로 막기에는 늦어 있다고 판단했기 때문이다. 급작스러운 동작이었기에 신체의 균형이 무너졌고, 그 때문에 모용휘는 비무대 위에서 두 번 굴러야 했다. 그러나 구르는 반동을 이용해 금세 다시 몸을 일으켜 세운다. 그리고는 반격 태세에 들어가려 할 때,

"우우우우우우우우우우우우우!"

주위에서 야유 소리가 들려왔다. 모용휘는 어리둥절할 수밖에 없었다.

"뇌려타곤이라니, 정말 추하군."

자군은 어깨를 으쓱하며 실망스럽다는 표정으로 고개를 가로젓고 있었다.

뇌려타곤이란 못생긴 망아지가 바닥을 구른다는 의미를 지닌 보법으로, 사실 보법이라 부르기에도 민망한 수법이었다. 딱하다는 시선으로 모용휘를 바라보며 자군이 혀를 찼다.

"미(美) 같으면 죽어도 그런 꼴사나운 보법은 쓰지 않았을 거야. 너무 추하거든. 아, 자네 머리에 꽃잎이 묻었네."

"꺄아아아악! 자군님, 최고예요."

"역시 자군님이 훨씬 더 멋져."

"사랑해요."

모용휘에게 망신을 준 자군은 오만한 표정으로 부채를 활짝 펴더니 살살 부치기 시작했다. 사람을 깔보는 듯한 얼굴이었다.

머리카락에 달라붙은 꽃잎과 옷에 묻은 먼지를 툭툭 털어낸 다음, 모용휘는 다시 자군 쪽을 바라보았다. 뭔가 마음에 걸리는 게 있었다.

'속도가 문제라 생각했는데…… 단순히 속도가 아니란 말인

가…….'

확실치는 않지만 단지 속도 때문에 그의 움직임을 놓치고 있는 게 아닌 것 같았다. 좀 전의 감각은 마치 허깨비를 쫓는 듯한 그런 느낌이었다.

'뭔가 비밀이 있는 건가?'

그러나 그 비밀이 무언인지에 대해서는 도저히 짐작 가는 바가 없었다.

'아직까지는 말이지.'

내키지는 않지만 아직 몇 번 술래잡기를 더 해야 할 것 같았다.

모용휘는 꾸욱 강하게 검병을 움켜쥐었다.

몇 번의 술래잡기를 계속했지만, 자군은 번번이 모용휘의 손을 빠져나갔다.

벨 때마다 꽃잎이 되어 흩어지는 '산화무영'은 확실히 기이한 보법이었다. 만일 여자가 썼다면 참으로 아름다운 보법이라고 감탄했을 것이다. 그만큼 미적으로 빼어난 보법이었지만, 화려하고 아름다운 이 보법도 자기 세계에 푹 빠져 있는 자군이 펼치니 모용휘와 공손절휘로서는 어째 보면 볼수록 마음 한구석이 불편해지는 것이었다. 게다가 마음이 불편한 것은 비단 그 이유 때문만이 아니었다.

'이런! 옷이 더러워졌군…… 빤 지 얼마 되지 않았는데…….'

눈처럼 새하얀 백의 여기저기에 먼지와 얼룩이 묻어 있었다. 좀 전에 비무대 위를 구른 탓이다. 머리카락과 옷에 묻어 있던 꽃잎은 털어냈지만, 이미 더럽혀진 옷은 다시 빨 때까지는 깨끗해지지 않는 법이라는 게 모용휘의 평소 지론이었다. 하지만 지금은 싸움 중이었고, 싸움 도중에 먼지를 털고 흩어진 옷고름을 다시 매며 의관정제할 만큼 분별이 없지는 않았다.

주위에 흩날리는 꽃잎 때문에 시계가 선명하지 못했다. 이대로 있다가는 좀 전처럼 또다시 비무대 위를 구르지 않으면 안 되었다.

'으음……. 하지만 역시 그건 사양하고 싶군.'

결벽증이 있는 모용휘로서는 그런 불결한 사태가 또다시 일어나는 것은 어찌 되었든 피하고 싶었다. 싸움에도 깔끔함이 있어야 한다고 그는 믿고 있었다.

불행 중 다행이라면, 자군은 신법의 위력에 비해 공격의 예리함은 약하다는 점이었다. 그 때문에 모용휘의 손을 잘 빠져나가고는 있지만, 치명적인 일격은 안겨주지 못하고 있었다. 다만 평범한 초식이 비범한 보법을 만나 위협적으로 변했을 뿐이었다.

'저 홍선(紅扇)에 직접 검을 맞댈 수 있다면…….'

검력(劍力)에서라면 지지 않을 자신이 있었다. 무기의 공방과 초식의 정묘함으로 싸움을 끌어간다면 충분히 이길 자신이 있었다. 문제는 자군이 모용휘와 항상 일정 거리 이상을 둔 채 빙글빙글 움직이고 있다는 점이었다.

그리고 어느 한순간 좀 전 같은 허점이 드러났을 때, 그 기회를 놓치지 않고 치고 들어왔다.

지금 자신은 상대의 간합(間合) 안에서 싸우고 있었다. 시간적 거리[間], 공간적 거리[合] 모두 상대에게 장악되어 있는 것이다.

'우선 나 자신의 간합을 되찾아야 해!'

그러기 위해서는 일단 거리를 좁혀야 했다.

모용휘는 목표를 바꾸었다.

자군의 신형을 베려는 생각을 버리고, 어떻게든 자군이 들고 있는 무기인 홍선을 노리기 시작했다. 저 홍선에 부딪치기만 한다면! 저걸 베어버리던가, 아니면 저 무기를 통해 검력을 상대에게 실어 보내던가 할 수 있었다.

어차피 홍선은 무기. 본능적으로 보호하고 있는 신체랑 달리 보다 쉽게 접촉할 수 있을 터였다. 그러기 위해서는 자군의 방어 본능을 이끌어낼 필요가 있었다. 피할 수 없다는 느낌이 들면 사람은 어쩔 수 없이 들고 있던 무기를 사용해 막게 마련이다.

치명상을 입히지 못하더라도 한순간이라도 발을 묶을 수 있는 기술이 필요했다.

"당신은 한낮에 유성을 본 적이 있소?"

모용휘가 자군에게 느닷없이 물었다.

"물론 본 적이 없네."

여전히 보법의 속도를 늦추지 않으며 자군이 대답했다. 꽃바람이 그의 주위를 감싸고 있었다.

"내 장담하건대 그건 무척 아름다운 광경일 것이오."

"호오, 얼마나 아름다운가?"

미의 사도를 자처하는 자군답게 아름답다는 말에 민감하게 반응했다. 모용휘는 담담하게 대답했다.

"직접 확인해 보시오, 지금부터 보여줄 테니. 한낮의 유성을 말이오!"

우우우웅!

그 순간 모용휘의 검이 눈부신 백광을 내며 울기 시작했다. 막대한 기가 검끝에 집중되어 갔다. 모용휘는 숨을 한 모금 들이켠 다음, 백열하는 검을 휘둘렀다.

은하유성검법(銀河流星劍法) 오의(奧義)
은하유성만천(銀河流星滿天)

쉬이이이이이이이이익!

비무대의 사방을 향해 모용휘의 검기가 유성이 되어 쏟아졌다.

비무대 전체가 눈부신 유성우로 뒤덮였다.

"허억!"

자군은 자신도 모르게 우아하지 못한 기함을 터뜨리며 몸을 피했다. 그러나 사방을 제압하는 이 유성우의 비는 피하는 것만으로는 한계가 있었다. 더 이상 모양새를 따질 겨를이 없어진 자군은 진기를 주입한 홍선을 활짝 펼치며 날아오는 유성검기를 막아냈다.

"큭! 아, 아름답다."

자군의 입에서 신음인지 감탄인지 알 수 없는 소리가 터져 나왔다. 엄청난 압력이 부채를 타고 전해진 탓이다.

요즘 들어 혁중에게 단련받은 덕분에 더욱더 예리해지고 강해진 모용휘의 검기는 손쉽게 막아낼 수 있을 만한 것이 아니었다. 다만 원래부터 '은하유성만천'은 일대일을 위한 초식이라기보다는 일(一) 대 다(多)를 위한 초식이었다. 때문에 검기가 미치는 범위는 넓었지만 위력이 감쇄되는 것까지는 피할 수가 없었다. 그 탓인가, 유성검기는 진기가 주입된 붉은 부채를 꿰뚫지 못했다.

"하하하하하! 꽤 아름다운 초식이다만 이 정도로 나의 아름다움을 저지할 순 없다."

가까스로 유성검기를 튕겨낸 자군이 스스로의 당황을 감춘 채 아무렇지도 않은 척했다.

"그 정도는 이미 알고 있었소."

어느새 모용휘의 신형은 자군의 눈앞에 당도해 있었다. 발을 묶어놓은 것만으로도 충분했다. 게다가 화려한 초식이다 보니 눈속임에도 도움이 되었다.

"으갸!"

또다시 자군의 입에서 괴상한 비명이 터져 나왔다.

"합!"

검광이 위협적인 빛을 발하며 쇄도했다. 자군은 급히 붉은 부채를 접어 검격을 막아냈다.

콰곽!

그러나 검날은 쇠로 된 붉은 부채를 그대로 파고들어 갔다. 이 순간을 위해 모용휘는 일부러 힘을 아껴두었던 것이다.

그렇다.

좀 전의 은하유성만천은 겉은 무척 화려했지만, 전력을 쏟아 붓지는 않았던 것이다. 그리고 지금 남긴 그 힘을 검끝에 실어 보냈다.

검력이 부채를 타고 자군에게로 전달되어 갔다. 접인지기가 발동되었는지, 자군은 부채를 떼려야 뗄 수도 없었다.

모용휘는 기세를 늦추지 않고 그대로 자군의 부채를 두 동강 냈다. 그러고도 검의 위력이 가시지 않아 검날이 내달렸다. 사나운 검풍이 자군의 허리를 향해 휘몰아쳤다.

"히익!"

자군은 부채를 움켜쥔 채 다급히 몸을 뒤로 굴려야 했다. 덕분에 아름다운 품위 유지에 대해 잠시 망각하고 말았다.

데굴데굴데굴데굴.

네 번을 구른 다음에야 자군은 자세를 바로 할 수 있었다. 다시 일어선 자군의 모습은 엉망이었다. 여기저기 달아놓은 장신구가 흩어져 있고, 깔끔하게 차려입었던 옷도 엉망으로 흐트러져 있었다. 한껏 차려입었던 만큼 한번 흐트러지니 더 엉망이었다. 가장 꼴사나운 건 들고 있던 멋진 붉은 부채가 두 동강이 나 있다는 것이었다. 거기에 모용휘가 마지막 확인사살을 했다.

"저런. 머리카락에 꽃잎이 들러붙었소."

손가락으로 자군의 머리를 가리키며 좀 전에 자신이 들었던 말을 그대로 돌려준다. 자군은 자신의 아름다움이 무너졌다는 수치심에 인상을 찡그렸다.

"아, 그리고 본인보다 두 번 더 굴렀구려."

혹시 깨닫지 못했나 해서 말이오, 라고 덧붙인다.

"크으으으! 나에게 이런 추한 모습을 보이게 하다니!"

자군이 미간을 구기며 인상을 잔뜩 썼다. 어금니를 꽉 문 탓인지 턱 쪽이 부들부들 떨리고 있었다.

"자, 자군님이 인상을……. 저 아름다운 얼굴을 저렇게 구기시다니!"

"평소에 주름이 생긴다고 그렇게 피하시던 일을."

"그렇게까지 분노하셨다는 건가……."

여인들은 자군이 그렇게 아끼는 얼굴을 구기며 화를 내는 모습을 보며 덜덜 몸을 떨었다.

"미를 모욕하다니. 죽여 버리겠다!"

일그러진 자군의 입에서 무시무시한 목소리가 흘러나왔다.

"이미 당신의 무기는 부러졌소. 그만 깨끗하게 항복하는 게 어떻소?"

그러자 자군이 코웃음을 치며 입매를 일그러뜨렸다. 명백한 비웃음이었다.

"무기? 난 이 홍선이 내 무기라고 한 적이 한 번도 없는데?"

"……!"

모용휘의 눈이 크게 떠졌다.

"이 부채는 단지 풍류를 위한 물건일 뿐, 내 아름다움을 지키기 위한 무기는 따로 있다."

"그것이 무엇이오? 어서 내보여 보시오."

"자네는 아름다운 꽃에는 가시가 있다는 말 들어봤나?"

"들어봤소."

모용휘는 고개를 끄덕였다. 그러자 자군의 얼굴에 득의만면한 미소가 퍼졌다.

"이게 바로 내 가시다!"

슈욱!

자군의 오른손이 내뻗어진 다음 순간, 무언가가 바람을 가르며 모용휘의 뺨 옆을 아슬아슬하게 스쳐 갔다.

팡!

그다음 순간 공기가 터지는 소리가 들리며 잘려 나간 모용휘의 머리카락 몇 올이 하늘하늘 떨어졌다.

'검이 닿지 않는 거리였는데…….'

그렇다고 검기도 아니었다.

"보았느냐? 이것이 바로 나의 아름다움을 지키는 가시, 홍장미편이다!"

의기양양하게 외치는 자군의 손에는 어느새 피처럼 붉은 채찍 하나가 들려 있었다. 자군은 모용휘를 손가락으로 가리키며 선언했다.

"너의 몸을 모판으로 붉은 꽃을 피워주마!"

## 미목국, 그 영원한 미의 세계를 위해
— 붉은 꽃, 피다

"분하지만 격이 달라!"

동해왕 감자군과 모용휘의 싸움을 지켜보며 공손절휘는 분하고 분하고 분하고 또 분했지만 그 사실을 인정하지 않을 수 없었다. 자신은 어떻게 당했는지도 모르고 당했는데, 모용휘는 십수 초가 교환된 지금까지도 쉽게 당하지 않았을 뿐만 아니라 기회를 봐서 반격까지 가했다.

좀 전에 보인 유성우와도 같은 검기는 공손절휘가 도저히 흉내 낼 수 없는 기술이었다. 과연 자신이 자군의 위치에 있었다면 방금 전 그 검기를 막아낼 수 있었을까? 그 물음에 공손절휘는 고개를 가로저을 수밖에 없었다. 그런데도 저 느끼한 놈은 그 검기를 막아냈다. 그리고 허점을 찔렸음에도 그대로 패배하지 않고 몸을 피해냈다.

'…이것의 격의 차란 말인가!'

공손절휘는 어딘가 먼 곳을 보는 듯한 시선으로 모용휘의 등을 바라보았다. 오늘따라 그 뒷모습이 더욱더 멀리 있는 것 같았다. 도저히 손에 닿지 않는…….

'난 언제나 돼야 저 등을 쫓아갈 수 있는 거지?'

우물가에서 진검을 들고도 모용휘의 손에 들린 먼지털이개에 패배한 이후로 그 격차가 줄어들기는커녕 더 늘어난 듯한 느낌밖에 들지 않았다.

'아, 안 돼! 안 돼! 자꾸 이런 부정적인 생각을 하면.'

그런 생각을 하면 할수록 자기혐오에 자꾸만 빠져들 뿐이었다. 가문을 나설 때, 모용가를 쓰러뜨리고 공손세가의 위상을 전 무림에 알리겠다는 자신감은 더 이상 남아 있지 않았다.

공손절휘는 자신의 손에 들린 가문의 보검을 바라보았다. 그 검에 부끄럽지 않은 사람이 되겠다고 그렇게 결심했건만…….

분하다. 하지만 한편으로는 그가 멋지다고 생각했다.

그리고 깨닫게 되었다. 이 무리에서 떨어지면 끝장이라고. 모용휘가 속해 있는 이 괴상한 구출대는 어딘가 그가 서 있던 세계와는 달랐다. 자기 만족에 빠져 있는 다른 대문파의 제자나 세가의 애송이들이랑은 달랐다. 이들의 시선은 이미 다른 곳을 보고 있었다. 이 무리에서 떨어져 버리면 더 이상 저 등을 쫓아갈 수 없게 되어버린다는 것을 공손절휘는 싫어도 깨닫게 되고 말았다. 이를 악물고서라도 이 세계에 남아 있어야 했다. 설령 이곳에 있다가 죽는다 해도 상관없었다.

모용휘에게 일고의 가치도 없는 존재가 되기보다는 차라리 죽는 게 더 나왔다. 이 순간 공손절휘는 처음으로 가문과 자만심을 모두 벗어 버리고, 진정으로 자신이 서 있는 위치를 깨달았다. 인정하고 싶지 않지만, 자기가 이상으로 여기던 경지가 저곳에 있었다. 눈물이 날 정도로 분하더라도 그것을 인정해야 했다. 그 위치가 그가 출발해야 할 출발점이었다. 어쨌든 그러기 위해서는 일단 저 느끼한 놈부터 쓰러뜨리는 게 선결 과제였다.

의욕이 마구마구 불타오르기 시작했다.

마음 깊숙한 곳까지 뜨거워진 공손절휘는 주먹을 불끈 쥐며 힘차게 외쳤다.

"모용 형, 그 감자 녀석을 으깨 버리시오!"

게다가 저 감자 녀석은 그가 몰래 마음에 품고 있던 연비 소저에게 느닷없이 청혼을 한 참으로 황당한 놈이었다. 그런 놈을 으깨지 않고 대체 누굴 으깬단 말인가.

입만 열었다 하면 자신의 미를 훼손시키는 공손절휘의 버릇없고 괘씸한 언사에 자군의 인상이 더욱 심하게 구겨졌다. 일그러진 그의 입가에서 괴소가 흘러나왔다.

"흐흐흐흐흐. 보여주지, 미의 진정한 힘을."

양염화화려려신공(陽炎華華麗麗神功)
양염분영려신(陽炎分影麗身)

순간 자군의 신형이 일그러지는가 싶더니 다섯으로 나뉘어졌다. 놀라는 모용휘를 향해 자군이 의기양양한 목소리로 외쳤다.

"어떠냐, 이것이야말로 '미의 증폭(增幅)'이라는 것이다! 어때, 이런 것 처음 보지 않나?"

그러나 모용휘의 반응은 싸늘했다.

"그냥 늘어난 것뿐 아니오? 분신이라면 그렇게 신기하지는 않소."

모용휘의 주위에는 워낙 괴물 같은 인간이 많아서 분신 정도로는 그리 놀랄 만한 것이 못 되었다. 특히 비류연이 쓰는 분신술은 굉장히 특이해 모용휘도 아직 그 요체를 파악하지 못하고 있었다. 그에 비하면 자군은 늘어난 분신도 어딘지 선명하지 못하고 일렁이고 있는 듯해서 대단하다고 느껴지지는 않았다.

"가, 감히 이 압도적인 미를 무시하다니! 역시 가만둘 수 없겠구나. 나의 미를 너의 몸에 직접 새겨주마!"

미적으로든 위력적으로든 자신있는 기술이 무시당하자 분노로 얼굴이 붉게 변한 자군이 노도 같은 공격을 펼치기 시작했다.


촤라라라락!

다섯으로 나뉘어진 인영으로부터 붉은 채찍이 사나운 뱀처럼 사방에서 모용휘를 향해 집요하게 달려들었다. 검으로 어떻게든 막아내고 있지만, 쉽지 않았다. 특수한 재료들을 꼬아 만든 채찍은 날카로운 명검으로도 쉽게 자를 수 없을 만큼 질겼다.

"하하하하하! 어떠냐, 나의 아름다운 채찍 맛이!"

팡팡팡팡팡!

모용휘의 주위를 빙글빙글 돌며 채찍을 휘두르자, 공기가 터지는 소리가 연속해서 울려 퍼진다. 동시에 채찍이 발생시키는 바람에 의해 꽃잎이 사납게 흩날렸다.

다섯으로 나뉘어진 신형으로 사방에서 공격해 들어오니 모용휘는 정신이 없었다. 분신은 신기하지 않지만, 그 근간이 되는 자군의 신법에는 무언가 비밀이 있었다. 그 비밀이 그의 검을 자군에게 닿지 못하게 방해하고 있었다.

'지금은 무작정 큰 기술을 써봤자 진기만 낭비할 뿐이야.'

아무리 위력적인 초식이라 해도 맞지 않으면 소용이 없는 것이다. 자군의 신형을 베면 벨수록 주위에 휘몰아치는 꽃잎의 수는 점점 더 늘어날 뿐이었다. 그 수가 너무 늘어나다 보니, 주위에 소용돌이치는 꽃잎 바람의 장벽이 생겨나게 되었다. 그 바람 속에서 자군의 신형은 완전히 감추어졌다.

'이건 환각인가……'

사방을 둘러봐도 난폭한 꽃잎 소용돌이 이외에는 아무것도 보이지 않았다. 시계가 차단되기라도 한 듯한 느낌이었다.

'이런!'

어느새 그는 완전히 궁지에 몰려 있었던 것이다.

모용휘가 위험을 감지한 그 순간,

다섯 방향에서 동시에 붉은 채찍이 날아왔다. 또한 그 채찍의 끝은 여러 갈래로 갈라져 있어, 무엇이 허초고 무엇이 실초인지 분간해 내기 무척 난해했다.

"은하밀밀(銀河密密)!"

모용휘는 서둘러 검막을 펼쳐 사방에서 날아오는 공격을 막아내려

했다. 그러나 현상에 대한 비밀을 파헤치는 데 너무 깊이 생각하고 있던 나머지 약간 대응이 늦어졌다. 그 틈을 타고 붉은 채찍이 날아들었다.

쐐애애애애애애애액!

사나운 뱀처럼 달려든 붉은 채찍 서너 대가 모용휘의 몸을 거침없이 물어뜯었다.

"크억!"

살을 파고드는 지독한 통증과 함께 모용휘의 입에서 신음이 터져 나왔다.

푸슈욱!

채찍을 맞은 곳에서 피가 분수처럼 뿜어져 나왔다.

"크윽. 이, 이럴 수가!"

비록 공격을 허용하긴 했지만, 검으로 쳐내 위력을 감소시켰던 터라 이 정도의 출혈이 날 일은 없었다.

'좀 전에 느꼈던 찌릿한 통증과 관계가 있는 건가……'

그동안의 전투 경험에 의하면 좀 전의 통증은 채찍에 당했을 때의 공격이라고는 생각할 수 없는 종류의 통증이었다. 굳이 비유하자면 날카로운 못이 살을 꿰뚫을 때의 통증과 어쩐지 닮아 있었다.

"설마……."

자군의 입가에 비릿한 미소가 맺혔다.

"좀 전에 말하지 않았나, 아름다운 꽃에는 가시가 있다고. 홍장미의 가시는 다른 어떤 가시보다 뾰족하고 날카롭지."

그러나 지금 자군의 손에 들린 붉은 채찍에는 아무런 가시도 박혀 있지 않았다. 모용휘는 곧 그 비밀을 간파해 냈다.

'상대와 접촉하는 순간 가시를 뿜어내는 구조로 되어 있는 모양이군.'

그래서는 장미가 아니라 마치 벌 같지 않은가. 게다가 그 가시는 아무래도 이상 출혈을 가져오는 모양이었다.

"붉은 꽃이 이쁘게 피었군."

자군이 휘파람을 가볍게 분 후 의미심장한 미소를 지으며 말했다.

체내에서 뿜어져 나온 피로 물든 모용휘의 백의는 마치 붉은 꽃 세 송이가 핀 듯 보였다.

## 남해도로 향하는 첫 번째 관문
―쇼 미 더 머니

"두 명이라……. 비상종이 울렸는데도 관문 경비는 생각보다 허술하군요. 저기가 남해도로 가는 길 확실하죠?"

남해도로 향하는 관문을 몰래 바라보며 남궁산산이 의심스러운 어조로 물었다.

"아마도 그런 것 같소."

현운이 불확실한 목소리로 대답했다.

"들어가야겠죠?"

저 멀리 눈앞에 보이는 남해도의 관문을 보며 남궁산산은 가볍게 한숨을 내쉬며 다시 물었다.

"아마도."

옆에 있던 현운이 짧게 대답한다. 지금까지 두 사람은 계속해서 함께 움직였는데 운이 좋았는지 별다른 방해 없이 여기까지 올 수 있었다. 하지만 지금부터 그 운은 두 사람의 실력으로 개척해 나가야 하는 상황이었다. 그 점을 알고 있으면서도 남궁산산은 다시 입을 열었다.

"힘들겠죠?"

"아마도."

현운이 다시 똑같은 어조, 똑같은 단어로 대답했다. 무얼 물어봐도 똑같은 그 대답이 남궁산산은 마음에 들지 않았다.

"아마도, 아마도, 아마도! 현운, 당신은 그런 적당적당하고 어중간한 말밖에 할 줄 모르나요? '아니, 괜찮소, 우리는 해낼 수 있소!' 뭐, 이렇게 듣기라도 좋을 말 좀 해주면 안 되나요?"

마음의 위안이 되는 말을 해줄까 해서 물은 건데 그런 마음에 초를 치는 대답이 계속해서 돌아오자 산산은 짜증이 날 수밖에 없었다.

"원시안진. '아마도'가 솔직한 감상이었소. 거짓말은 좋지 않은 거요."

그 대답을 들은 남궁산산은 기가 막혔다.

"이럴 때만 도호 외지 말아요. 당신 문제가 뭔 줄 알아요? 항상 매사에 불확실하다는 거예요! 당신은 애매해도 너무 애매해요."

그녀는 정말 화가 폭발한 듯 씩씩거렸다. 잠시 침묵하던 현운이 잠시 후 입을 열었다.

"음… 아마도 그런 것 같소."

역시나 어중간한 어조다. 이 남자는 어째 이 모양인가! 남궁산산이 다시 폭발했다.

"또또또, 그렇게 어중간한 말밖에 못하니까 만년 이인자인 거예요!

좀 더 태도를 확실히 하는 게 어때요?"

말이 가시라도 박혀 있는 것처럼 날카롭다.

"산산, 당신의 문제는 매사에 모든 걸 확실히 하려는 데 있는 것 같지 않소?"

현운이 오히려 남궁산산의 문제점을 지적해 왔다.

"확실한 게 어때서요? 물에 물 탄 듯, 술에 술 탄 듯, 이도 저도 아닌 것보다는 훨씬 더 나아요!"

적어도 상대가 가슴을 칠 만큼 답답할 일은 생기지 않지 않은가.

"만사가 그렇게 칼로 뚝 나눠지는 것처럼 깔끔하게 나눠진다면 좋겠소만……."

"으이그, 당신은 항상 그렇게 확실치 않게 하니까 주변에 있는 사람이 힘든 거예요."

"아니, 누가 힘들단 말이오?"

그러자 갑자기 남궁산산의 얼굴이 새빨개졌다.

"모, 모두 다요, 모두 다!"

빽 하고 소리친다. 숨어 있는 사람들이 할 행동은 아니었다.

"그건 산산, 당신의 개인적인 견해인 것 같소만?"

"내가 그렇다면 그런 거예요. 그래서 당신은 만날 이인자인 거고!"

전혀 앞뒤 맥락이 이어지지 않는 말이라 어찌 보면 인신 공격에 가까웠다. 그러나 현운은 화내기는커녕 도리어 피식 웃었다.

"내가 이인자면 당신에겐 더 좋은 일 아니오? 그 말은 즉, 궁상이 그 친구가 일인자라는 얘기니까."

"쌍둥이 남매라고 해도 각자의 생각은 다른 법이에요."

남해도로 향하는 첫 번째 관문 89

흥, 하고 코웃음을 치더니 고개를 홱 돌린다. 현운은 다시 웃었다.
"그러고 보면 우린 닮은꼴이라 생각되지 않소?"
"그게 무슨 뜬금없는 말이에요?"
남궁산산은 현운의 뜻 모를 말에 영문을 알 수 없었다.
"우리 둘 다 이인자잖소."
그 말 한마디가 망치처럼 남궁산산의 정신이 외면하고 있던 사실을 사정없이 후려쳤다. 산산의 몸이 순간 휘청거렸다.
"어, 어, 어떻게 그런 망발을! 난 별호부터가 유유자적하게 흘러가는 당신이랑은 달라요!"
얼굴이 달아오른 쇠처럼 새빨개진 남궁산산이 빽 소리쳤다. 지금 은밀하게 움직이고 있는 처지도 완전히 잊고 있는 모양이었다.
"정말 다르오? 자기 자신에게 거짓말하는 것은 별로 좋지 않소."
현운이 당황하는 남궁산산의 상태에도 아랑곳하지 않고 아픈 곳을 계속해서 찔렀다.
"그건…… 그건……."
산산은 대답을 제대로 잇지 못했다. 그만큼 정신적 충격이 큰 탓이다. 그냥 계속해서 모른 척하고 싶었던 사실을 현운이 계속 들춰내고 있었다. 그것도 고르고 골라서 하필이면 이런 때에.
"것 보시오. 부정하지 못하잖소. 역시 우린 닮은꼴이 맞소. 나나 당신이나 주작단 내에서 앞을 가로막는 사람이 한 사람씩 있잖소. 당신에게는 진령이, 나에게는 궁상이 그 친구가."
충격으로 휘청거리고 있는 산산에게 현운이 마지막 쐐기를 박았다.
"이, 이, 이번 일만 제대로 해결하면 우리들도 일인자가 못 되란 법

없죠."

"우리 말이오?"

현운이 손가락으로 산산과 자신을 번갈아가며 가리켰다. 그러자 남궁산산이 다시 화난 표정을 지으며 외쳤다.

"그래요! 당신과 나, 우리요! 그러니 '확실히' 처리하자고요. 알겠죠?"

남궁상과 진령을 제치고 오랜만에 전면에 서게 되었지만, 시작부터 두 사람의 호흡은 삐걱거리기만 했다.

현운의 애매모호하고 불확실한 태도에 화가 난 남궁산산이 성큼성큼 앞으로 걸어간다. 현운의 제지도 뿌리치고. 그 뒤를 현운이 쫓는다. 그러면서도 말싸움은 계속된다. 남궁산산은 그저 현운에게서 멀어지고 싶었고, 현운은 그런 그녀와 어떻게든 떨어지지 않으려고 애썼다.

"한창 싸우는데 죄송하지만, 잠시 싸움을 멈추고 이야기를 좀 들어주실 수 없을까요?"

어, 어, 어, 어, 언제 저 사람이 눈앞에 서 있었던 거지?

백색 마의를 입은 말쑥한 청년 하나가 그들 앞에 서 있었다. 그는 상당히 곤란한 얼굴을 하고 있었다. 이 말다툼을 어떻게 말려야 하나 고민했었던 모양이다.

"이곳 남해도에는 무슨 일로 오셨는지요? 용건을 알려주실 수 있습니까?"

전혀 흑도의 사람이라고 생각되어지지 않을 만큼 정중한 어조에 정중한 태도였다. 마치 유명한 가게의 점원이 손님을 받는 듯한 그런 우아하기까지 한 접객 태도였다.

관문의 경비를 서고 있던 청년은 수수한 백색 마의를 입고 있었는데 가슴에 있는 표식을 보니 역시 제오번대 소속이었다. 꽤 가지런하고 단정한 얼굴, 무인이라기보단 왠지 상인 같은 느낌이 들었다. 검보다는 주판을 그 손에 들면 훨씬 더 어울릴 것 같은 그런 인상의 젊은이였다. 이 백색 마의 청년은 허리에 칼을 찬 채 등 뒤에는 천으로 싸인 기다란 막대기 같은 것을 메고 있었다.

"무슨 일로 오셨는지 용건을 알려주실 수 있습니까?"

백색 마의를 입은 청년이 다시 한 번 정중하게 물었다.

"이곳 남해도를 관리하고 계시는 오번대의 대장님과 만나고 싶어요."

남궁산산이 앞으로 나서며 말했다. 우유부단한 현운이 미덥지 못한 탓이었다.

"약속은 잡혀 있습니까?"

"아뇨. 약속은 잡지 못했어요."

그러자 청년은 약간 미안한 얼굴을 하며 말했다.

"그렇다면 곤란한데요? 그분은 항상 바쁘시거든요. 오늘도 총 열두 건의 약속이 잡혀 있습니다. 게다가 아직 그중 반밖에 끝나지 않았거든요."

"하지만 꼭 만나야 할 일이 있어요, 지금 당장."

남궁산산은 특히 '지금 당장'이라는 말을 강조했다.

"아니, 처음부터 그렇게 강하게 나가지 않아도……."

"아뇨. 현운 당신은 가만히 있어요. 내가 모두 알아서 할 테니까요."

그녀는 현운이 어지간히 미덥지 못한 모양이었다.

"그렇지만……."

그녀는 여차하면 검을 뽑을 각오도 되어 있었다. 다만 지금은 상황을 살펴보고 있을 뿐이었다. 상대가 예상 이상으로 정중하게 나와서 꼬박꼬박 착실하게 대화를 나눌 수밖에 없었던 것이다.

"음, 보아하니 본 각의 인물은 아니시군요. 통행증은 있으십니까?"

남궁산산과 현운은 자신들이 마천각에 오면서 받았던 통행증을 보여주었다. 아직 이것이 통할지는 알 수 없었지만 말이다.

그 통행증을 한참 뚫어져라 쳐다보던 청년이 다시 두 사람을 돌아보며 말했다.

"음, 이건 이곳 남해도의 관문을 통과하는 통행증은 되지 못합니다. 그리고 이 통행증은 제일급 비상 체제가 발령된 이후에는 통용되지 않습니다. 이 통행증을 가진 모든 사람은 제십삼 기숙사에 모여 한 발자국도 움직이면 안 됩니다. 모르셨습니까?"

남궁산산이 깜짝 놀란 표정을 지으며 말했다.

"어머, 그런 규정이 있다는 건 전혀 몰랐어요."

짐작 가는 바가 있지만 시치미를 떼며 남궁산산이 말했다.

"보통은 알 필요가 없는 일이니까요."

별다른 의심 없이 백색 마의 청년이 대답했다.

"이곳 대장님께 급한 볼일이 있으니 그걸 마치면 곧바로 돌아갈게요. 어때요? 금방이면 돼요, 금방이면."

제발 그냥 넘어가라, 남궁산산은 속으로 열심히 빌었다.

"하지만…… 용건을 '확실히' 밝혀주시지 않는 이상 불가능합니다."

그 말에 그녀는 몸을 움찔 떨었다.

"꼭 확실히 밝혀야 하나요?"

"불확실한 건 곤란합니다. 확실히 밝히시지 않으면 들여보내 드릴 수 없습니다."

"어떻게 하죠?"

남궁산산이 급히 현운을 향해 전음을 보냈다.

"어쩌긴 뭘 어쩌겠소? 확실히 하라는데. 애매한 건 좋지 않은 것 아니었소?"

용건을 밝히라는 이야기였지만, 왠지 남궁산산의 귀에는 그 이야기가 무척 거슬리게 들렸다.

"그거 지금 날 비꼬는 건가요? 방금 전 내가 태도를 확실히 하라고 해서 지금 삐친 거예요?"

"무슨 말을 하는지 모르겠소. 그리고 도사는 삐치지 않소."

"이젠 도사가 거짓말도 하는군요. 좋아요. 말 못할 것도 없죠! 말하면 되잖아요. 난 매사에 확실한 여자니까요!"

남궁산산이 청년을 향해 사납게 고개를 홱 돌렸다.

"우리는 이곳으로 운반된 목관 안에 무엇이 들었는지 확인하기만 하면 돼요. 어때요? 됐나요? 이제 들어가도 될까요?"

남궁산산이 다짜고짜 앞으로 지나가려고 시도했다. 그러자 그 앞을 슬쩍 막아서며 백색 마의 청년이 말했다.

"역시 여러분은 좀 전에 울렸던 침입자들과 같은 동료인 모양이군요."

수수한 백색 마의의 청년이 아주 담담한 목소리로 말했다. 순간 두 사람은 긴장으로 온몸을 굳혔다.

"아하하…… 그럴 리가요. 전혀 그렇지 않아요."

웃으면서 부정하지만 그녀의 손은 언제라도 검을 뽑을 수 있는 위치에 가 있었다. 그러나 백색 마의를 입은 청년은 딱히 공격을 해오지도, 비상종을 울리지도 않았다.

"음, 그렇군요. 불법으로 각을 침입한데다, 유효한 통행증도 없군요. 게다가 두 사람이라……."

혼잣말로 중얼거리며 손가락을 이리저리 까닥거린다.

"……?"

이쪽을 전혀 쳐다보고 있지는 않지만, 무슨 생각을 하는지 알 수가 없다는 점이 불안했다.

"준비해요."

경계심을 풀지 않은 채 남궁산산이 전음을 보냈다. 그러자 대답이 곧바로 돌아왔다.

"이미 준비하고 있소."

그제야 백색 마의를 입은 청년이 두 사람 쪽으로 고개를 돌렸다. 그리고는 말했다.

"계산이 끝났습니다. 통행료는 은자 백 냥입니다."

"잠깐만요, 통행료라니요? 그럼 은자 백 냥을 내면 통과시켜 주겠다는 말인가요?"

남궁산산은 두 눈을 깜빡이며 반문했다.

"예, 은자 백 냥입니다."

"그러니까… 제가 잘못 들은 게 아니라는 건가요?"

분명히 싸우자고 그럴 줄 알았다. 그런데 느닷없이 돈을 내라니…….

"잘못 들으신 게 아닙니다."

"아하, 그럼 당신이 잘못 말한 거겠네요."

그러자 백색 마의 청년이 고개를 가로저었다.

"잘못 말한 것도 아닙니다. 은자 백 냥에 통과, 틀림없습니다."

"지금 그 돈을 싹 다 내라, 그 말인가요?"

"그렇습니다. 그게 이곳 남해도의 규칙입니다. 이곳은 돈이 정의인 곳이니까요."

청년이 진리를 말하는 듯한 진지한 얼굴로 말했다.

"돈이면 뭐든 통한다, 그 말인가요?"

"그건 아니죠. 뭐든 통하게 하려면 그냥 돈이 아니라 아주 많은 돈이 필요합니다."

청년의 말투는 무척이나 단호했다.

"같은 거 아닌가요?"

"말도 안 됩니다. 그 둘은 엄청난 차이가 있습니다. 하지만 보통 사람들은 그걸 모르더군요."

"꼭 대사형 같은 말을 하네요, 당신."

남궁산산이 기가 막히다는 표정으로 한마디 했다. 대사형한테 번번이 기가 막힌 일을 당할 때도 딱 이런 기분이었던 것이다.

"전 그저 제 생각을 말했을 뿐입니다. 하지만 이곳 남해도로 들어가고 싶으시다면 당신들도 그 생각에 따라야 합니다. 어쩌시겠습니까?"

"음……. 하지만 은자 백 냥이라니…… 이건 폭리예요!"

일단 비류연에게 배운 이상 홍정은 기본이었다.

"왜 그렇게 생각하십니까?"

"생각해 봐요. 모든 사람이 이 문을 통과할 때마다 백 냥씩 내야 한다면 누가 이곳을 방문하려 하겠어요? 그래서는 이용객이 점점 줄어들어서 오히려 적자가 될 뿐이에요."

나름대로의 논리를 갖춘 홍정이었지만, 상대는 생각 이상으로 강건했다.

"아, 그건 전혀 걱정하실 것 없습니다. 다른 사람들은 훨씬 싼 가격에 이 문을 통과할 수 있으니까요. 한 십분의 일 정도면 충분합니다. 물론 저희 오번대 대원들은 공짜로 드나들 수 있구요."

십분의 일이면 은자 열 냥이었다. 물론 그것도 적은 액수는 아니었지만, 백 냥이라는 터무니없는 액수에 비하면 귀엽게 보일 정도였다. 청년의 말은 남궁산산의 화를 돋우었다.

"잠깐만요. 그런데 왜 우리들한테는 그런 엄청난 폭리를 취하는 거죠? 이건 바가지예요, 바가지! 상도덕에도 어긋나는 일이라고요."

"아닙니다. 이 통행료 가격은 엄격한 기준에 의해서 정해진 것입니다. 남해관문을 지키는 경비가 해야 할 가장 중요한 일은 통행료를 책정하는 거죠. 당신들은 통행증을 소지하고 있지 않은 이른바 불법 침입자들입니다. 그런 이들이 이 문을 통과하려면 합법적인 통과자보다 수배 이상을 지불해야 하는 것은 당연한 일이죠. 안 그렇습니까?"

"윽……."

지금 그들의 처지를 걸고넘어지고 들어오자 남궁산산은 마땅히 반박할 말이 없었다.

"깎, 깎아줄 수는 없나요?"

"전 제가 받을 돈이 얼마인지만 알고 있을 뿐 제가 얼마나 깎아줘야 하는지에 대해서는 알고 있지 못합니다."

"그래도……."

백색 마의 청년이 잠시 생각에 잠기더니 대뜸 물었다.

"혹시 두 분은 부부신가요?"

"아니에요!"

"아니오!"

두 사람은 누가 먼저랄 것도 없이 극렬하게 부정했다.

"그럼 혹시 연인 관계신가요?"

문지기 청년이 또다시 물었다.

"절대 아니오!"

"아니에요!"

이번에는 현운의 부정이 좀 더 빨랐다. 게다가 '절대'라는 쓸데없는 글자까지 붙어 있었다. 남궁산산의 눈빛이 신경질적일 정도로 더욱 날카로워졌다.

"누가 이런 인간과!"

남궁산산이 고개를 홱 돌렸다. 백색 마의 청년은 곤란하다는 듯 뒤통수를 긁적였다.

"그렇다면 부부 할인이나 연인 할인을 받을 수 없겠군요."

더 이상 깎아줄 근거가 없기 때문에 깎아줄 수 없다는 뜻이었다.

"자, 어떡하시겠습니까?"

백색 마의 청년이 다시 한 번 미소 지으며 물었다. 전혀 구김살이 없는 웃음으로 무척이나 친절해 보이는 웃음이었다. 하지만 어쩐지 현운은 그 웃음이 마음에 들지 않았다. 너무나 가식적이라고나 할까? 마치 그는 그들을 향해 미소 짓는 것이 아니라 그들이 지니고 있는 돈을 향해 미소 짓고 있는 것만 같았다. 이 세상에 유일한 가치는 돈뿐이기라도 한 듯한 그런 미소였던 것이다.

### 남해도 명물. 바가지 시장
— 무력 호객 행위

"그렇게 긴장하실 것 없습니다."

주위를 살피며 긴장한 채 도개교를 건너고 있던 남궁산산을 향해 백색 마의 청년이 웃으며 말했다.

"통행료를 내신 분들을 공격하는 것 같은 상도의에 어긋나는 짓은 하지 않으니까요."

"은자 백 냥씩이나 받아먹고서 입 닦으면 천벌을 받죠."

"원래 상인은 신뢰를 중요시합니다. 신뢰야말로 돈을 벌어다 주는 가장 큰 자산이라고 생각하니까요. 물론 달리 생각하는 속물들도 있습니다만……"

"정말 이곳 오번대 사람들은 돈을 밝히는군요."

어깨에 들어간 긴장을 조금 푼 채 남궁산산이 한숨을 쉬며 말했다.

"상혼(商魂)이 있다고 표현해 주시면 고맙겠습니다."

"상혼이라……. 전혼(錢魂)이 아니구요?"

돈 전(錢) 자에 영혼 혼(魂), 합쳐서 전혼이었다. 하지만 그녀가 이 말을 쓴 것은 돈을 벌기 위한 의지라기보다는 돈에 영혼을 팔았다는 의미가 더 강했다.

"그건 제 이름이구요."

"당신 이름이라고요?"

뜻밖의 말에 남궁산산이 두 눈을 동그랗게 떴다.

"네. 아, 아직 모르셨군요. 통성명이 늦었습니다. 오번대 말단무사인 전혼이라고 합니다."

"아, 네……."

남궁산산과 현운이 얼떨결에 마주 인사했다.

"특별 봉사로 섬 내를 안내해 드릴 테니 따라오시지요."

그리고는 앞장서서 성큼성큼 앞으로 걸어가기 시작했다.

긴 도개교를 지나 남해도에 들어서자 현운과 남궁산산은 깜짝 놀랐다. 상상도 못한 광경이 그들 눈앞에 펼쳐져 있었던 것이다.

"이건 대체……."

똑같이 생긴 건물군들이 중앙에 뚫려 있는 거리를 기준으로 양쪽으로 일렬로 주욱 늘어서 있었는데 각각의 건물에는 모두 간판이 달려 있었다. 그리고 각각의 건물은 모두 거리 쪽이 개방되어 있었고, 무언가 좌판을 꺼내놓고 있었다. 그리고 각각의 간판에 쓰여 있는 이름들도 모두 달랐는데, 하나같이 끝에는 '상점(商店)'을 나타내는 글자가 붙어 있었다.

"보시다시피 상점들입니다. 뭔가를 파는 곳이죠. 뭐가 이상한가요?"

음식을 파는 데도 있고, 옷을 파는 데도 있고, 장신구를 파는 데도 있었다. 뭘 파는지보다 뭘 안 파는지 세어보는 쪽이 더 빠를 것 같은 그런 장소였다.

"마천각 안에 왜 이런 장소가……"

"그리 이상하게 여길 것 없습니다. 이곳 마천각에서 필요한 모든 생필품과 음식들은 이곳 남해도에서 팔고 있으니까요. 일종의 자체 시장이라 할 수 있죠. 아시다시피 여기는 섬이고 필요한 것을 사기 위해 매번 강호란도나 육지로 나가는 것은 번거로운 일이니까요. 천무학관에도 이런 곳이 있을 텐데요?"

물론 천무학관에도 외부의 물건을 들여 파는 곳이 있었지만 이렇게 대규모는 아니었다.

"사번대가 이곳 마천각의 의료 부문을 전부 독점하고 있듯 저희 오번대는 모든 유통과 판매를 독점하고 있습니다. 이곳의 판매 수익의 대부분은 저희 남해도에 귀속됩니다. 학생들의 자치상회라 보면 될 것 같군요."

물론 대부분에 속하지 않는 나머지 부분은 모두 각에 귀속되었다.

"매우 본격적이군요. 일반 상점하고 별로 다른 곳도 없는 것 같고."

남궁산산이 약간 질린 목소리로 말했다.

"언제 세상에 나가도 금세 현장에 적응할 수 있도록 실전적인 배움의 기회를 갖는 거지요. 원래 저희 쪽은 여러 가지 기업들을 운영해 문파의 운영 이익을 확보하고 있는 경우가 많으니까요. 상(商)행위가 어떻게 일어나는지 직접 몸으로 배워보는 것은 무척 도움이 됩니다. 어떻게 상인으로서 상대방과 경쟁할 것인가, 어떻게 다른 상점을 견제할 것인가, 다른 상점의 압력에 어떻게 대항할 것인가, 어떤 물건을 들여놔야 잘 팔릴 것인가? 모두 스스로 고민해서 해결하지 않으면 안 됩니다."

"견제와 압력이라……. 실제로 이전투구를 한다는 건가요?"

그러자 전혼은 웃으며,

"지극히 우리다운 방식으로요. 방금 전에도 말씀드렸듯이 이곳은 현장의 축소판이니까요."

즉, 암중의 무력시위까지 있다는 뜻이었다. 그 말에 남궁산산은 눈살을 찌푸리며 물었다.

"그게 진짜 상행위라 할 수 있나요?"

"현실에서 엄연히 벌어지고 있는 일이죠. 만일 너무 이상적이고 임의적인 환경 속에서 상점을 하다가 막상 현실에서 전혀 쓸모가 없으면 소용없지 않겠습니까? 이쪽 세계에서 가장 중요한 것은 어떻게 하면 다른 세력의 압력으로부터 자신의 기업을 지켜내는가 하는 것입니다. 그것이 금력이든 무력이든 말이죠. 그걸 극복하지 못하면 절대로 '돈'을 벌 수 없습니다. 시장의 패배자가 되는 거죠."

지독히 혹독한 방식이 아닐 수 없었다. 이곳은 이미 약육강식의 세계였다.

"아, 그러니 괜찮으시다면 몇 개 사주십시오. 그렇지 않으면 두 분 가시는 길을 방해할 수도 있으니까요."

"자, 잠깐만요! 길을 방해한다니요?"

흘려들을 수 없는 말을 들은 남궁산산이 깜짝 놀라 반문했다. 그러자 전혼이 별거 아니라는 듯 싱글거리며 말했다.

"좀 전에 말했잖습니까. 이곳은 현실의 축소판이라고요."

그러자 어디선가 커다란 웃음소리가 들려왔다.

"하하하하하! 그 말대로다! 상행위라는 것은 바로 전쟁이다. 전쟁에서 이기는 데 수단을 가려서는 안 되는 법."

그러자 옆에서 여인의 목소리가 들려왔다.

"이익의 극을 추구하는 것이야말로 상인이 가야 할 길."

그러자 그 말을 받는 또 다른 남자가 있었다.

"그것이야말로 진정한 상도(商道)!"

어느새 시장길의 한가운데에 나타난 세 사람이 동시에 소리를 합쳐 외쳤다.

"우리 상점의 물건을 사시오! 그전에는 결코 이 길을 지나갈 수 없을 것이오."

한 사람은 거구의 남자였고 한쪽에 추가 달린 커다란 저울을 들고 있었다. 그리고 또 한 남자는 빼빼 마르고 팔다리가 길었는데, 어깨에 메고 있는 기다란 봉 양쪽에 묵직해 보이는 두 개의 가죽 주머니가 매달려 있었다. 그리고 마지막은 여자였는데, 꽤 화려한 분홍색 비단옷을 입고 있었는데 쇠로 된 긴 자랑 직각으로 꺾어진 자를 들고 있고 허리엔 줄자를 매고 있었다.

"저 무뢰한들은 대체 누구죠?"

남궁산산이 노골적으로 불쾌감을 드러내며 물었다.

"아, 소개가 늦었군요. 저들이 바로 저희 제오 기숙사 상혼대의 판매왕 일, 이, 삼위를 다투는 자들로 저희는 저들을 '삼대상(三大商)' 이라고 부르고 있습니다."

"삼대상인지 사대상인지 잘 모르겠지만, 왜 그들이 우리들 앞을 가로막고 있는 거죠? 제가 묻고 싶은 것은 바로 그 점이에요."

"상인이 길을 막는 이유는 단 하나뿐이죠. 저들은 당신에게 무언가를 팔고 싶은 겁니다."

"뭔가를 사고 싶은 생각은 눈곱만큼도 없는데요?"

"그렇소. 우리는 갈 길이 바쁘오. 그냥 지나가도록 길을 비켜줬으면 좋겠소만?"

지금까지 꿰다 놓은 보릿자루처럼 가만히 있던 현운이 분위기가 심상치 않음을 눈치 챘는지 옆에서 거들었다. 그러자 전혼은 웃으며 고개를 가로저었다.

"아마 그건 불가능할 겁니다. 저들은 뭔가를 반드시 팔기 전에는 자리를 비키지 않을 테니까요. 그들의 상혼이 아마 그것을 용납하지 못할 겁니다."

"그거 알아요? 그런 걸 '강매(强賣)' 라고 부른다는 걸?"

"의견 차가 있는 것은 어쩔 수 없지요. 저희는 팔 수만 있다면 수단은 묻지 않습니다."

"이제는 강매까지 정당화하려 드는군요. 다른 마천각 사람한테도 이러나요?"

"물론 아니죠. 다만 상인은 각각 마주하는 대상의 상황에 따라 항상 다른 거래를 하는 법이랍니다. 그들이 조용히 당신들을 이 시장거리에서 보내주길 바랄 수밖에요."

하지만 그럴 가능성은 눈곱만큼보다도 더 적으니 포기하는 게 낫다고 침묵으로써 말하고 있었다.
"만일 안 산다고 한다면요?"
남궁산산이 물었다. 그녀는 마음이 동하지도 않는데 무언가를 살 만큼 낭비를 즐기지 않았다. 그것은 틀림없이 무의미한 소비였다.
"글쎄요, 과연 그럴 수 있을까요?"
그는 무척이나 회의적인 듯한 반응을 보였다.
"무슨 뜻이죠?"
"저 세 사람은 아마 두 분을 가만 놔두지 않을 겁니다. 그들의 호객 행위를 과연 얼마나 거절할 수 있을지 의문이군요."
"호객 행위라는 가증스러운 말 대신 솔직하게 '폭력'이라고 하면 어떨까 싶은데? 그게 더 적절하다고 생각하지 않아요?"
남궁산산이 기가 막히다는 어조로 이죽거렸다. 폭거도 이런 폭거가 없었다. 차라리 칼을 들고 그들의 앞을 가로막는 게 훨씬 움직이기 편할 것 같았다.
"폭력이라니, 그건 오해예요. 우린 어디까지나 정중하게 손님을 모실 뿐이지요. 정중하고 편안한 접객이야말로 저희 '금홍의복점'의 자랑이지요. 최고의 옷이 필요하지 않으신가요? 그럼 저희 금홍의복점으로 오세요."
삼대상 중 유일한 여인이 가장 먼저 나서서 말을 걸었다.
"흥, 저런 쓰레기 같은 '오위점'에는 눈길 한 번 줄 필요도 없어. 우리 '사위루'야말로 최고 중의 최고지. 우리 사위루의 최고급 지향의 명품 접객에 비하며 다른 곳의 그것은 어린애 장난에 불과하지. 암, 그렇고말고. 그러니 부디 우리 사위루에서 편안한 시간을 보내시는 게 어떨까? 최고의 음식을 제공하지. 맛도 좋고 정력에도 좋은."

"허허, 이 두 사람도 참. 나 '서열 삼위 오대봉' 이 여기 멀쩡히 서 있는데 어떻게 그런 말들을 아무렇지도 않게 할 수 있나? 거짓말도 정도껏 해야지, 듣고 있는 내가 다 부끄럽네. 진정한 상혼을 지닌 사람이라면 스스로의 부족함을 알고 알아서 물러나야 할 것 아닌가? 내가 운영하는 마천각 최고의 종합 숙박점 '삼위루' 가 버젓이 간판을 달고 영업을 하는데 어찌 자네들이 앞으로 나서려 하는가? 고객을 함부로 속여서야 쓰나? 고객의 주머니를 열려면 정직해야지. 암, 정직해야 하고말고."

"쳇, 그 순위도 이번 일분기 결산 때까지요. 이번 분기가 지나면 반드시 우리 사위루의 매상이 전 점포 중 최고의 위치에 올라 있을 테니 말이오."

"아니죠, 아니죠. 이번의 매상 1위는 저 '서열 오위 여홍아' 가 운영하는 최고의 의복 전문점 '금홍의복점' 이에요. 냄새나는 남정네들이 운영하는 두 상점과는 격이 달라요, 격이. 저희 금홍의복점을 이용해 주신다면 최고의 옷을 맞춰 드리겠어요. 어때요, 거기 계신 소저 분? 저희 가게의 옷을 입으시면 옆에 계신 남자 분의 마음도 단번에 홀리실 수 있을 거예요. 오호호호."

"나, 난 이런 의지가 약한 남자 따위 관심없어요! 왜 내가 이런 남자를 위해 치장을 해야 한다는 거죠?"

남궁산산이 약간 상기된 얼굴로 항의했다.

"어머, 부끄러워하시긴. 저 정도면 준수하고 장래도 있어 보이네요.

고객님께서 관심없으시면 저 멋진 남자 분에게 제가 도전해 봐도 상관 없겠네요?"

서열 오위 여홍아가 현운을 향해 은근한 미소를 보내며 묻자 남궁산 산이 소리쳤다.

"그건 안 돼!"

그녀 자신도 깜짝 놀랄 만큼 큰 소리였다.

"어머, 왜 안 되죠?"

"그건……"

그러자 옆에서 거구의 서열 삼위 오대붕이 끼어들며 여홍아의 말을 끊었다.

"더 이상의 독점적 호객행위는 인정할 수 없소, 여 점주."

그러자 빼빼 마른 사내, 서열 사위 정홍돈이 맞장구를 치며 은근히 끼어들었다.

"나도 오 루주의 말에 동감이오. 혼자 너무 나서는 것은 좋지 않소. 그렇지 않소, 거기 남자 분? 어떻소? 우리 음식점의 자랑거리 '특별 불끈불끈식'은 특히 남자의 정력에 좋다는 평판이 자자하오. 단 한 번만 먹어도 당장에 옆에 있는 여자 분의 몸과 마음을 동시에 빼앗을 수 있는 진정한 남자가 될 수 있을 것이오. 어떻소? 우리 식당에 들러 한번 맛을 보는 게?"

현운은 극구 사양했다.

"아, 아니, 꼭 그걸 먹어야 할 필요는 없을 것 같소만? 게다가 도사고……."

다시 뭐라고 말하려는 정홍돈을 오대붕이 손을 들어 제지했다.

"서열 사위와 오위는 좀 빠져 있게. 이 두 분은 우리 주루를 이용하실 생각이니까. 그렇지 않소이까, 두 분? 우리 주루에는 분위기 좋은 객실들이 많이 있소. 본 각의 학생들도 짧고 달콤한 운우지락(雲雨之樂)을 나누기 위해 연인끼리 자주 이용한다오. 지금 두 분이 이용한다면 평소 가격의 이 할을 할인해 주겠소."

오대붕의 폭탄발언에 남궁산산과 현운이 불에 달구어진 쇠처럼 새빨갛게 변했다.

"우, 우, 우, 우, 우……."

뭐라고 항의를 하고 싶은데 충격으로 혀가 마비돼서 말도 제대로 나오지 않았다.

"우, 우, 운우지락이라니……!"

"그렇소. 음양합일이라고도 하지요. 그게 뭐냐 하면 남자와 여자가 한 이불에서……."

"돼, 됐어요! 굳이 길게 설명하지 않아도 그 정돈 알아요. 당신 대체 무슨 말도 안 되는 말을 하는 거예요!! 미, 미, 미, 미쳤어요?"

남궁산산이 펄쩍 뛰었다. 사실 이건 호객행위가 아니라 신종 정신공격 수법이 아닌가 하는 의심까지 들 정도였다. 그 증거로 정신적 충격을 받은 것은 현운도 마찬가지였다.

"그, 그, 그, 그렇소. 게, 게, 게다가 난 무당파의 제자요. 도사란 말이오."

"아, 그건 걱정할 것 없소. 도사면 어떻고 중이면 또 어떻소. 보아하니 아직 예비 도사인 것 같은데, 남녀상열지사에 그런 건 다 무의미하오. 게다가 우리 주루는 이용 고객의 사생활에 대해서는 철저하게 비밀을 지키니 안심해도 좋소."

"입 다물고 있을 테니 안심하라니? 이건 그런 문제가……."

"좋소. 내 술 한 병을 덤으로 넣어드리리라. 이건 정말이지 출혈봉사요, 출혈봉사."

오대붕은 두 사람의 말을 전혀 듣고 있지 않은 듯했다.

"이보시오. 사람 말 좀 들으시오."

오대붕과 정홍돈, 여홍아 세 사람은 서로가 자기의 가게가 최고라고 주장하며 티격태격 싸웠다. 그러면서도 그 틈틈이 남궁산산과 현운 두 사람에게 자신이 운영하는 식당으로 오라고 권유하는 것을 잊지 않았다.

"저들이 왜 저러는 거죠? 왠지 쓸데없는 일에 경쟁이 치열한 것 같은데?"

"어쩔 수 없죠. 곧 일분기 결산일이 다가오거든요."

"그거랑 이거랑 무슨 상관이죠?"

"아. 저희 부대는 좀 특수하고 별나다면 별난 서열 체계를 채택하고 있어서요. 매번 일 년에 네 번씩 각 점포의 총매상액을 결산합니다. 그리고 그중에 차례대로 순위를 매기지요."

"그래서요?"

"대장과 부대장을 제외하고, 서열 삼위부터 나머지 소속대원들은 그 매상 순위를 가지고 서열이 정해집니다."

"뭐라고요! 그런 터무니없는 기준으로 서열을 정해도 되는 건가요? 무공의 실력이 아니라?"

남궁산산이 어이없어하며 반문했다.

"이곳에서는 그것이 규칙입니다. 그리고 흑도에서는 원래 강한 자가 대부분 더 많은 돈을 버는 법입니다. 보호비나 기타 등등으로 쓸데없이 나가는 지출을 줄일 수 있으니까요. 저들이 눈에 불을 켜고 달려드는 것도 당연하다면 당연한 일이지요. 매출을 올리기 위한 모든 수단이 인정됩니다. 바가지, 강매, 협박, 무력시위, 폭력, 협잡 등등등, 살인 빼고는 모두 허용되죠."

삼대상이라 불리는 이들의 두 눈에서 자신들의 골수까지 빼먹겠다는 거의 광기에 가까운 의지가 번들번들거리고 있었다.

조금 있으면 다시 일분기 결산의 때가 오기 때문에 모두들 초조한 것이다. 지금 그들의 매출액은 거의 박빙, 봉을 잡는 쪽이 보다 더 큰 승리의 기회를 쥐게 되는 것이다. 그러니 저절로 굴러 들어온 봉을 양보할 수는 없는 노릇이었다.

"만일 거절하면 어떻게 되죠?"

"그건 아무 고려 대상에 들어 있지 않을 겁니다. 어디든 그곳에서 주머니를 푸셔야 할 겁니다."

"통행료로 은자 백 냥이나 내는 바람에 이제 돈이 거의 없거든요?"

"그것 역시 고려 대상은 안 됩니다. 돈이 없다면 만들면 된다고 생각하는 사람들이거든요. 무기나 장신구를 파시던가 안 되면 몸이라도 파시던가 해야겠죠."

"무, 무, 무슨 소리를 하는 거예요? 몸을 팔다니! 그런 게 가능할 리 없잖아요?"

"이곳에서는 충분히 가능한 일입니다. 마천각 바깥에서는 매일매일 빈번하게 일어나는 일이기도 하죠. 저들 정도면 아마 전문적인 노예

판매상들과도 끈이 닿아 있을 겁니다."

"그러니 그런 나쁜 것까지 미리 배워가라, 이건가요?"

"이건 가르치고 있는 게 아닙니다. 저들이 그렇게 하기를 선택한 거죠."

"암! 그리고 미인은 좋은 상품이 되지."

삼대상이 합창하듯 말했다.

빠직!

드디어 남궁산산의 인내력이 임계점을 돌파했다.

"닥쳐요! 이 자식들아! 그 사람이 있는 곳에서 그 사람을 놔두고 맘대로 운명을 결정하지 마!"

남궁산산이 고함쳤다.

"감히 본녀더러 지금 몸을 팔라고?! 그렇게 씨부린 주둥이는 대체 어느 걸레 같은 주둥이실까나?"

걸리기만 하면 그런 지저분한 걸레 따윈 확 잡아 째주겠다는 험악한 시선으로 남궁산산은 세 사람을 쏘아보았다. 시선만으로 사람을 죽일 수 있다면 아마 골백번도 더 죽였을 것이다.

"아, 그건 어디까지나 가능성의 하나로……."

전혼은 분위기가 심상치 않음을 알고 말을 얼버무렸다.

"댁도 닥치세요! 문답무용, 다 죽여 버리겠어요!"

챙강!

분노가 폭발한 남궁산산이 거침없이 검을 뽑아 들었다. 살기에 가득한 그녀의 눈이 귀신처럼 세 사람을 쏘아보았다. 순간 서늘한 바람이 불었다.

지이이이이이이이이잉!

그녀의 분노에 호응하는 것인지 검날이 부르르르 진동했다.

"찔러라! 뇌광살!"

뇌광이 빛의 화살처럼 눈부신 속도로 폭사되었다. 삼대상도 보통 실력자는 아니었는지 그녀의 쾌검을 이리저리 피해냈다. 그러나 옷 여기저기에 상처가 나는 것을 막을 수는 없었다.

"어허, 손님, 왜 이러십니까?"

몰아쳐 오는 남궁산산의 공격을 피해내기 위해 진땀을 빼던 오대붕이 다급한 목소리로 외쳤다.

"손님은 무슨 얼어죽일 손님! 당신들, 오늘 다 본녀 손에 죽을 줄 알아요! 이런 지저분한 강매 두 번 다시 못하게 만들어주죠!"

현운은 사나운 맹수처럼 달려드는 남궁산산을 그저 멀뚱히 지켜만 보고 있었다. 그 역시 무척 혼란스러웠던 것이다.

"꺄악!"

파바바바밧!

여홍아는 비명을 지르며 다섯 걸음 뒤로 물러났다. 들고 있던 직각과 일자의 철척(鐵尺)이 검격을 받은 충격으로 세차게 떨리고 있었다. 또한 그녀의 소매는 검풍 때문에 볼썽사납게 찢겨 있었다. 오대붕과 정홍돈 역시 자신이 들고 있던 기다란 저울과 가죽 주머니가 달린 철봉으로 그녀의 공격을 막아내기는 했지만, 검압에 밀려 각기 다섯 걸음씩 뒤로 물러날 수밖에 없었다.

"흥, 놓칠 줄 알고!"

기세를 늦추지 않고 남궁산산이 전뢰보를 사용해 세 사람을 향해 파고들었다.

파바바바밧!

다시 '뇌전참혼'의 일식이 남궁산산의 검끝에서 빛살처럼 퍼져 나갔다. 그 뇌전은 남궁상의 것보다는 얇았지만 빠르기는 훨씬 빨랐다. 그리고 특히 관통력은 더욱더 우수했다. 계속해서 뒤로 물러나는 삼대상의 옷 여기저기에 구멍이 뚫렸다. 그러나 치명상만은 피해내고 있다는 점에서 현운은 놀라지 않을 수 없었다. 서열 일, 이위도 아닌 자들에게 저런 실력이 있다니……. 하지만 남궁산산 혼자서 세 명을 동시에 상대하다 보니 검기가 세 갈래로 분산되어 검의 위력이 약해진 것이 가장 큰 원인이었다. 그 사실까지 깨닫고 현운은 깜짝 놀랐다.

"아차! 피하시오, 산산! 유인책이오."

남궁산산도 현운의 말을 분명히 들었다. 그러나 이미 그녀는 현운과 떨어져 너무 세 사람에게 깊숙이 끌려들어 간 이후였다.

그 사실을 뒤늦게 깨달은 남궁산산은 압박해 들어가던 공격을 멈추고 뒤로 물러나려 했다.

촤라라라락!

후퇴를 위해 검세를 늦춘 순간 검을 든 그녀의 손에 뱀처럼 감겨드는 것이 있었다. 그건 바로 줄자였다. 좀 전에 의복점을 한다던 여홍아의 허리에 감겨 있던 물건이었다.

"이런 것쯤!"

자신의 손을 봉쇄하려는 줄자를 검으로 쳐내며 몸을 뒤로 뺀다.

휘이이이이익!

그런 그녀를 향해 오른쪽에서 무언가 묵직한 것이 마치 철퇴처럼 날아왔다. 급히 고개를 숙여 그것을 피하자, 철퇴는 '쾅!' 소리를 내며 옆에 있던 가게의 벽을 단숨에 박살 내버렸다. 알고 보니 그것은 철퇴가 아니라 정홍돈의 철봉에 매달려 있던 가죽 주머니였다. 사실 이 가죽 주머니는 그냥 평범한 가죽 주머니가 아니라, 바로 금화와 은화가 가득 든 돈주머니였다. 그는 자신의 몸 이외에 다른 곳에 돈을 보관하는 게 두려워 항상 돈을 지고 다녔는데, 여차할 경우에는 그것을 무기로 사용하기도 했다. 돈을 보관하는 가죽 주머니와 그것을 잇는 가죽 끈은 특별 주문 제작한 것이라 웬만한 도검에는 상처 하나 나지 않았다. 게다가 한 개가 아니라 두 개였기 때문에 산산은 또 한 번 그 철퇴(鐵槌), 아니, 전퇴(錢槌)의 공격을 피해내야 했다.

퍼억!

다시 한 번 또 다른 가게의 벽이 박살 났다. 튕겨 나온 파편이 눈 쪽으로 날아드는 바람에 남궁산산은 자신도 모르게 눈을 살짝 감았다.

쉐에에에에엑!

그 틈에 철추가 파공음을 내며 날아들었다. 바로 오대붕의 쇠저울에 달린 추로, 쇠저울과는 긴 쇠사슬로 이어져 있어 여차할 경우에는 적의 두개골을 깨부술 수 있는 훌륭한 무기로 변했다. 그 철추가 무서운 속도로 남궁산산의 관자놀이를 향해 날아들었다. 서로 티격태격하며 매출 경쟁을 벌이던 모습과 달리 의외로 호흡이 척척 맞는 세 명의 연환 공격에 완전히 허점이 드러나고 만 남궁산산은 그 공격을 피하는 게 불가능했다.

챙!

그때 그녀를 감싸며 날아온 철추를 튕겨낸 사람이 있었다. 바로 현운이었다. 그는 남궁산산이 위험해진 것을 보고 곧바로 싸움의 한가운데로 몸을 던졌던 것이다.

"괜찮소, 산산?"

얼떨결에 현운의 품에 안기는 꼴이 된 남궁산산이 얼굴을 붉히며 그를 밀어냈다.

"어, 언제까지 안고 있을 거예요?"

"아, 미안하오."

화들짝 놀라 서둘러 손을 떼는 현운을 향해 산산이 화난 목소리로 소리쳤다.

"괘, 괜찮아요. 저런 녀석들은 나 혼자서도 처리할 수 있어요. 현운, 당신이 끼어들지 않았어도 말이에요."

"물론 잘 알고 있소, 산산. 그대가 저 세 사람을 한꺼번에 쓰러뜨릴 만큼 충분히 강하다는 건. 하지만 한 사람이 싸우는 것보다 두 사람이 싸우는 게 훨씬 시간이 절약되지 않겠소? 더구나 우리에겐 대사형이 맡긴 일이 남아 있잖소?"

현운의 달래는 말은 효과가 있었다. 그의 말은 충분히 남궁산산의 자존심을 살리면서 자신의 의도를 전달하고 있었다. 특히 마지막에 들어간 '대사형이 맡긴 일'이라는 말은 무한한 효과를 발휘했다.

"흠흠. 하긴, 대사형이 맡긴 일이니 신속하게 처리해야겠지요."

"물론이오."

"그러니까 나 혼자 처리할 수 없어서 당신의 손을 빌리는 건 아니에요. 어디까지나 대사형을 위해 시간을 단축하는 거예요."

"물론이오."

산산의 변심을 걱정하기라도 했는지 현운이 얼른 고개를 끄덕였다.

"좋아요. 자, 그럼 저 강매쟁이들을 빨랑빨랑 정리하고 이 악덕상인의 두목을 만나러 가기로 하죠."

"그거 좋은 생각이오."

둘은 곧바로 의논에 들어갔다.

"어디로 할래요? 제일 약해 보이는 여자 쪽?"

"아무리 그래도 여자는……."

"이봐요. 적에 남녀노소가 어디 있어요? 남녀 평등 몰라요, 남녀 평등?"

약간 심기가 불편한 목소리로 남궁산산이 전음을 보냈다.

"아무리 그래도 기분이라는 게 있지 않겠소. 역시 저 빼빼 마른 남자 쪽이 좋겠소."

"흥, 좋아요. 그쪽으로 하죠."

"신호는 그쪽에서."

"하나…… 두울……."

"호오, 손님 두 분께서 손을 잡는다 해도 우리 셋을 이기는 것은 불가능하오. 그러니 얌전히 우리 가게의 매출을 올리는 데 협조해 주기 바라오."

"호호호, 당연한 말씀."

"돈은 걱정할 필요 없소. 돈이 없으면 검, 검이 없으면 몸을 팔면 되니까."

정홍돈이 비릿한 미소를 지으며 말했다. 그순간 남궁산산과 현운이 동시에 '셋!' 하고 외쳤다.

그리고는 다짜고짜 가장 빠른 초식으로 정홍돈을 공격해 갔다. 다른 두 사람은 안중에도 없다는 듯한 기세였다. 번쩍 하는 검광이 양방향에서 정홍돈을 향해 쏟아져 내렸다. 자신들에게 공격이 들어올 줄 알고 있던 오대붕과 여홍아는 자신들에게는 아무런 공격이 없자 의아한 마음이 들었다. 그러다가 정홍돈을 보고는 깜짝 놀랐다. 무수한 검광에 베여 조각난 그의 옷은 속곳 하나밖에 남아 있지 않았고 머리는 거의 산발이었다.

툭툭!

그가 보물단지처럼 여기던 가죽 주머니가 그가 들고 있던 철봉에서 툭툭 끊어지더니 바닥에 떨어지며 좌르륵 금화와 은화를 바닥에 쏟았다. 그리고는 뒤를 이어 정홍돈도 그 자리에서 기절했다.

"저 칼날조차 들어가지 않는 특수 가죽을 찢다니……. 방금 건 설마…… 검강(劍罡)!"

여홍아의 입이 쩍 하고 벌어졌다.

"믿을 수가 없군. '검강합벽(劍罡合劈)' 이라니…… 이런 젊은 나이에 검강이라니……."

얼떨떨해하는 두 사람을 보며 남궁산산이 기세 좋게 코웃음을 쳤다.

"흥, 우리 주작단에서는 이런 건 기본이라 할 수 있지."

"삼 대 이로 싸워야 되는데, 이쪽이 둘일 때는 말이지, 무조건 한 놈부터 조져."

"왜요?"

"그럼 이 대 이가 돼서 숫자가 딱 맞잖아. 간단한 산수지."

그것이 대사형이 그들에게 가르쳐 준 다 대 다의 싸움에서의 기본이었다. 상대편이 셋일 때는 둘에서 이쪽의 시선과 손발을 묶고 그 틈을 타 나머지 하나가 둘 중 하나를 공격한다. 그럼 자연히 남은 한 사람이 신경이 쓰여 동작이 둔해지는 경우가 많다. 그러니 미리미리 저들이 준비가 되기 전에 한 명을 기습적으로 제거해 버리면 쪽수가 딱 맞게 되어 그 후로는 마음 편하게 싸울 수 있다는 게 대사형이 해준 이야기의 핵심이었다.

삼대상은 남궁산산을 궁지에 몰아넣었던 일 덕분에 약간 방심하고 있었다. 그때 현운이 가세하여 방심하고 있던 정홍돈을 기습해 행동불능으로 만들어 버린 것이다.

"이제 맘 편히 싸울 수 있겠네요."

"한 사람이 하나씩 맡아서 처리합시다. 빨리 처리하고 다음에 또 할 일이 있으니까."

남궁산산과 현운이 그들을 쓰러뜨리는 데는 그렇게 많은 초식이 필요하지 않았다. 일대일이라면 서열 삼위 이하에게 질 만큼 어설프게 단련되지 않았다. 서열 일위도 이길 수 있다고 생각했기에 비류연도 이 두 사람을 보낸 것이다.

서걱! 서걱!

풀썩! 풀썩!

그렇게 삼대상이라 불리던 상혼대의 서열 삼위에서 오위까지의 세 사람을 모두 제압했다.

"잘 봤어요? 이게 바로 주작단의 실력이에요, 진정한."

검을 검집에 집어 넣으며 남궁산산이 으스댔다.

"이거참, 이들의 호객행위를 물리치다니, 정말 대단한 실력이군요. 다시 봤습니다."

쓰러진 세 사람을 둘러보며 전혼은 이 상황이 약간 믿기지 않는 모양이었다. 남궁산산이 양손을 허리춤에 올리며 의기양양한 목소리로 물었다.

"자, 그럼 이제 이곳의 대장님을 만나볼 수 있을까요?"

전혼은 고개를 끄덕였다.

"이 세 사람을 쓰러뜨린 이상 더 이상 여러분의 앞길을 막을 장사치는 없을 겁니다. 따라오시지요. 대장의 집무실로 안내해 드리겠습니다."

## 건곤이 하나로 만날 때
―눈을 감다

　동해왕 자군과의 대결에서 아직까지 반격의 실마리를 찾지 못하고 계속해서 몰리고 있는 모용휘는 내심 초조해져 있었다.
　'위험해……. 이대로는 계속 놓치고 말아…….'
　마치 허깨비를 상대하고 있는 듯한 느낌이었다. 모용휘도 빠름에는 나름 자신이 있는 편이었다. 괜히 '모용세가의 검은 유성처럼 빠르다'라는 이야기가 강호상에 회자되는 게 아니다. 그런 세가의 검법을 약관의 나이에 절정의 경지까지 익힌 그였다. 괜히 천재나 기재라 불리는 게 아니었다. 그런데도 자군의 움직임은 번번이 놓치기만 할 뿐이었다.
　'어째서?'
　가장 우선적으로 해야 할 것은 자군의 보법이 가진 비밀을 파헤치는 일이었다. 그러려면 무슨 일이 벌어지는지 좀 더 확실히 알아내지 않으면 안 되었다.

'어떻게 하지? 무언가 방도가 있을 텐데……'

잠시 고민하던 모용휘는,

스르릉!

들고 있던 검을 검집에 집어넣었다.

"무슨 짓이냐, 검을 집어넣다니? 나의 아름다움 앞에 드디어 전의를 상실한 건가?"

패배를 인정하느냐는 말에 모용휘는 고개를 가로저었다.

"아니오. 본인은 아직 패배하지 않았소. 본인에게 항복을 받아내려면 당신은 좀 더 노력해야 할 거요."

"패배를 인정하지 않았다면 날 놀리는 건가? 맨손으로 날 쓰러뜨릴 수 있다고?"

"그렇게 생각하고 싶다면 그렇게 생각해도 좋소."

자군의 한쪽 눈썹이 꿈틀거렸다.

"아직 정신을 못 차렸나 보군. 몸에 붉은 꽃이 만개해야 비로소 깨달을 수 있겠나? 자네의 미는 나의 미에 견줄 수 없다는 것을?"

"누가 더 아름다운지에 대해서는 관심없소. 하지만 누가 이기는가에 대해서는 관심이 있소. 자, 오시오."

"좋아. 아름다운 붉은 꽃을 피워주마!"

쏴라라라락! 쉬익쉬익!

붉은 채찍의 현란한 공격이 다시 시작되었다. 모용휘는 더욱 정신을 집중했다.

'방어는 잠시 잊자. 손해를 감수하고 파고드는 거다.'

저 자군의 '산화무영'을 간파하기 위해서는 직접 맨손으로 만져 봐야 할 것 같았다. 그럼 검을 통해서는 느끼지 못했던 무언가를 느낄 수 있을 것 같았다.

검이 없는 만큼 날아오는 채찍을 쳐내기는 거의 불가능했다. 맨팔로 진기가 실린 저 채찍을 정면으로 받았다가는 살째로 뜯겨 나가고 말 게 분명했다.

모용휘는 위력이 약한 채찍의 중간 부분을 장력으로 쳐내며 강제로 길을 열었다. 그리고는 유성보 중에서도 가장 빠른 초식을 이용해 자군을 향해 일직선으로 달려들었다. 날아들어 오는 채찍 공격에도 아랑곳하지 않고.

설마 이런 식으로 정면으로 뛰어들어 올 줄 몰랐던 자군은 급히 신형을 피했다.

'닿아라!'

모용휘는 오른팔을 앞으로 쫙 뻗었다. 따뜻한 무언가가 그의 손아귀에 움켜쥐어졌다.

'잡았나?!'

최대의 속도로 달려든 것이었는데, 자군의 신형은 그곳에 없었다. 대신 그의 손아귀에 들린 것은 붉은 꽃잎이었다.

"하하하하하! 뭐냐? 그 꼴사나운 모습은. 설마 맨손이라면 이 아름다운 나를 잡을 수 있다고 생각했느냐? 아직 십 년은 빠르다. 암, 빠르고말고."

망연자실해 있는 모용휘의 주위에서 또다시 여인들의 야유 소리가 쏟아졌다.

"……."

그러나 모용휘는 지금 다른 생각에 몰두하느라 그 소리가 들리지 않았다.

'뭐지? 방금 전의 그 감촉은…….'

그는 꽃잎을 움켜쥐고 있던 자신의 손을 내려다보았다. 방금 전 분명히 이 손으로 느꼈던 그 감촉, 그의 손가락은 분명 자군의 옷자락에 닿았었다. 종이 한 장 차이였다. 그리고 그때 그는 피부를 뜨겁게 하는 열기를 느꼈던 것이다.

'응?'

뭔가가 마음에 걸렸다.

'한번 해볼까?'

약간 무모하지만 도전해 볼 가치는 충분히 있었다.

스르륵.

모용휘는 적을 앞에 두고 망설임없이 눈을 감았다.

"무, 무슨 짓이냐? 눈을 감다니?!"

"……."

모용휘는 대답 대신 온몸의 신경을 날카롭게 곤두세웠다.

"나의 미를 보지 않겠다니, 날 모욕할 셈이냐?"

자군의 얼굴이 붉게 상기되었다. 엉뚱한 부분에서 화가 난 모양이다.

"굳이 보지 않아도 전혀 아쉽지 않소."

그가 지금 볼 수 없어서 애잔한 마음이 드는 사람은 딱 한 사람뿐이었다. 그 사람은, 아니, 그 여인은 바로 은설란이었다.

"뭐, 뭣이!"

모용휘의 말에 동해왕 자군의 얼굴이 창백해졌다. 언제나 소수의 열광적인 추종자들에게만 둘러싸여 있던 그가 언제 이런 식의 말을 한 번이라도 들어본 적이 있었는가.

"내, 내가 겉보기뿐이란 말이냐! 볼 가치도 없는!"

자군이 하지도 않은 말을 입에 올렸다.

"본인은 그렇게 말한 적 없소. 그렇게 말한 것은 당신이오."

약간 어리둥절한 심정으로 모용휘가 대답했다.

"나, 난 절대로 그렇게 말한 적이 없다!"

"아니오. 그렇게 말했을 뿐만 아니라, 그렇게 생각까지 하고 있소."

"아냐, 절대 아냐! 절대로 아니라고!"

"눈을 감는다고 보이지 않는다면 어차피 당신의 미는 그저 겉보기였다는 것뿐 아니겠소?"

"그럴 리가 없어! 난 아름다워! 그 사실은 변하지 않아!"

"그렇다면 그렇게 남에게 강요할 필요 없을 텐데? 스스로에게 그런 확신을 가지고 있다면 타인의 평 같은 건 어찌 되든 상관없는 것 아니오? 적어도 난 그렇게 생각하오."

"상관있어! 나의 미가 무시당하는 걸 난 참을 수 없다!"

"그래서 강요하는 거요? 그거야말로 어린애 같은 짓이라고 생각하지 않소? 아니면 실은 자신이 아름답지 않다는 걸, 어딘가 부족하다는 걸 이미 알고 있는 것 아니오?"

모용휘가 선언했다. 그러자 자군의 표정이 일순간 흉악하게 일그러졌다.

"말도 안 되는 소리 집어치워라!"

양염화화려려신공(陽炎華華麗麗神功)
편법(鞭法)의 미학(美學)
홍장미란풍(紅薔薇亂風)

촤악!
날카로운 가시 달린 장미 채찍이 모용휘의 생살을 찢기 위해 매섭게 휘둘러졌다.
촤악! 촤악!
"자, 인정해라!"
자군이 피처럼 붉은 '홍장미편'을 휘두르며 외쳤다.
"이제 인정할 테냐?"
쫘악! 쫘악!
다시 한 번 채찍이 바람을 가르며 꽃보라를 일으킨다. 그러면서 또다시 외친다.
"자, 보라! 이 아름다운 공격을! 완벽한 미를!"
뭘 보라는 건지 모용휘는 이해할 수 없었다. 그저 피하기를 계속할 뿐이다. 눈을 감은 상태인데도 마치 눈을 뜨고 있는 듯한 움직임이었다.
"자, 나의 미를 인정해라! 그리고 찬양하라!"
그 목소리에는 광기가 들어차 있었다.

나를 인정하라, 라고 반복해서 외치면서 자군이 홍장미편을 계속해서 휘두른다. 일초식 일초식이 화려하기 짝이 없다. 바람에 지는 꽃잎의 소용돌이와 같은 공격이 계속해서 모용휘를 압박해 들어왔다.

'그게 가능할 리 없잖아?'

동해왕 자군이 지닌 미의 기준은 간단했다. 바로 그의 얼굴과 몸 그 자체였다. 그것이 가진 아름다움을 모용휘에게 인정하라고 말하고 있는 것이다. 그 말을 들을 때야말로 진정한 그의 승리가 결정되기라도 하듯이.

하지만…….

'그런 게 가능할 리 없잖아!'

느끼하고 이상하다고 느낀 적은 있어도 아름답다고 느낀 적은 한 번도 없는 것을 어떻게 아름답다고 느낄 수 있겠는가. 그것도 남자를.

'절대 이해할 수 없다.'

미에 대한 집착이 무엇을 낳을 수 있는지 모용휘는 알지 못했고 알고 싶지도 않았다.

하지만 자신이 아름답다고 느끼는 것과 자군이 아름답다고 느끼는 것은 확실히 다르다.

그러나 그것이 잘못은 아니다. 누구나 취향이 다를 수 있는 것 아닌가. 특히 '미'라는 가치는 특하나 기준이 애매하고 변덕스러워 취향이 다양하게 마련이다.

잘못은 자신의 미의 기준을 남에게 강요하는 자군에게 있었다. 그는 공감을 얻어내려고 하기보다는 억지로 강요하고 있었다. 거기에 공감은 없다. 독선과 끔찍함만이 혼재할 뿐이다.

모용휘는 그런 아름다움 따윈 받아들일 수 없었다. 자신이 품고 있는 아름다움을 그런 걸로 더럽힐 생각은 추호도 없었다.

'설란……'

그의 머릿속으로 한 여인의 얼굴이 스치고 지나갔다. 창백하게 빛나던 달 아래에서 흐르던 눈물을 생각한다. 그때 보석처럼 빛나던 눈물과 아름다운 얼굴을 생각한다.

온화하고 가련한, 하지만 때때로 격렬했던 그 아름다움을 외부의 압력으로 망치고 싶지 않았다. 이 가슴 아린 세계를 자군의 얼굴 같은 느끼한 걸로 채우고 싶지는 않았다. 그 이유 하나만을 위해서라도 지금은 싸워야 했다.

'이런 생각을 했다는 걸 류연 그 친구가 알면 삼 년은 내리 놀려먹겠군.'

그러니 절대 이런 생각을 했다는 사실을 알려줘서는 안 되겠다고 결심했다.

'하지만 그것도 일단 이기고 나서의 이야기겠지.'

모용휘는 그렇게 결심하며 자군의 존재가 느껴지는 곳을 향해 정신을 집중했다.

'응? 이건?!'

여전히 눈을 감은 채, 온몸의 감각을 전면적으로 개방시킨 모용휘의 손에 이상한 느낌이 전해졌다. 눈을 뜨고 검을 휘두르고 있을 때는 미처 자각하지 못했던 감각.

"역시…… 열기(熱氣)가 맞아."

열기는 열기인데 공격에 사용되지 않는 열기라…….

'뜨겁다?'

자군의 몸 근처에 닿으면 뜨겁다는 느낌이 든다. 오행 중의 '화기' 인가?

하지만 피부가 탈 정도는 아니었다.

'염도 노사님과 같은 화기(火氣) 계통인가? 오행 중의 불의 기운을 쓰는……'

뜨겁기는 하지만 피부를 태울 정도의 열기는 아니라…….

'뭐지? 저 환영신법과 무슨 관계가 있나?'

무언가가 계속 마음에 걸려 떨어지질 않았다.

'게다가 보법에 왜 화기를 사용하지?'

불의 속성을 지닌 화기는 그 강한 성질 때문에 공격에 쓰이는 게 보통이었다. 그런데 보법을 사용하는 중에 화의 기운을 끌어올리고 있었다.

'양염(陽炎)…… 아지랑이…… 열기…… 환상…….'

여러 가지 단서들이 모용휘의 머릿속에서 하나로 연결되었다.

"설마……"

그 순간 섬광처럼 그의 뇌리 속을 스쳐 지나가는 깨달음이 있었다.

"알았다[察]!"

모용휘의 감겼던 눈이 번쩍 떠졌다. 그 형형한 안광을 직시한 자군의 몸이 자기도 모르게 멈추었다. 알 수 없는 강한 힘이 그 안에 깃들어져 있었던 것이다. 드디어 양염화화려려신공의 비밀을 알아챘다고 모용휘는 확신했다. 이제 남은 것은 그것을 깨뜨릴 기술이 있느냐 없느냐 하는 점이었다.

"알았다고? 대체 뭘 알았다는 거냐?"

자군이 반문했다.

"당신 신법의 비밀을 알아냈소."

숨길 것이 아무것도 없다는 듯 모용휘는 대답했다. 그러자 자군은 놀라기보다 폭소했다.

"아하하하! 말도 안 되는 거짓말을 다 하는군. 그렇게 당황스러웠나?"

그는 아무래도 믿지 않는 모양이었다. 그러나 모용휘의 얼굴은 여전히 진지했다.

"그 비밀은 열기에 있소."

흠칫, 자군의 몸짓이 우뚝 멈추었다. 순간 딱딱하게 굳은 얼굴은 정곡을 찔렀다는 것을 나타내고 있었다.

"내 예감이 정확했던 모양이오?"

자군의 반응을 읽은 모용휘는 자신의 예상이 맞았다는 것을 확신할 수 있었다.

"네, 네, 네놈, 감히 날 떠본 거냐?"

열이 받아 얼굴이 벌게진 자군이 고함쳤다. 그러나 모용휘의 반응은 태연하기만 했다.

"악우(惡友)의 흉내를 내봤을 뿐이오."

물론 그 악우의 정체는 비류연이라는 인간이었다.

"누군지 모르지만 나쁜 것만 가르치는 친구로군. 대체 어떤 막돼먹은 놈인지 한번 얼굴이라도 보고 싶군."

미간에 깊은 골을 새기며 자군이 궁시렁거렸다. 얼마 전 자신이 청혼했던 연비의 진짜 정체가 바로 그 막돼먹은 놈이라고는 꿈에도 상상하지 못하는 그였다. 그리고 정신건강상 상상하지 않는 쪽을 권장할 만했다.

"동감이오."

입가에 보일 듯 말 듯한 희미한 미소를 지으며 모용휘가 대답했다. 항상 단정하고 깨끗하고 틀에 찍어놓은 듯한 완전무결의 화신인 그의 얼굴에서는 좀처럼 보기 힘든 감정의 편린(片鱗)이었다.

"하지만 비밀을 알았다 해서 깰 수 있을 만큼 산화무영은 만만하지 않아. 이 세상에는 알면서도 막을 수 없다는 게 있단 말이지. 바로 나의 아름다움 같은 것 말이야. 거역하려 해도 거역할 수 없는 미의 마성. 아아, 이 얼마나 죄 많은 몸인……."

그 말을 끊듯 모용휘가 말했다.

"파훼해 보이겠소."

"…뭐라고?!"

주름의 습격에 상관치 않은 채 자군은 인상을 찡그렸다.

"확실히 이 세계에는 알면서도 막을 수 없는 기술들이 있소. 하지만 그 안에 당신의 기술은 포함되지 않소. 그걸 지금부터 내가 깨끗하고 확실하게 증명해 보이겠소, 당신의 기술을 파훼하는 것으로."

자군의 위협적인 공격을 받았으면서도 그에 굴하지 않는 모용휘의 그 당당하고 굴강한 모습에 혼을 홀딱 빼앗겨 버린 여인들이 저도 모르게 '까아아악! 멋져어어어!' 비명을 질렀다. 반면 자군을 응원하는 여인들의 소리는 예전보다 눈에 띄게, 아니, 귀에 띄게 줄어 있었다. 자신의 추종자들을 점점 빼앗기고 있다는 생각에 자군의 분노는 점점 더 짙어졌다. 지금까지 그에게서 느껴졌던 여유가 지금은 전혀 찾아볼 수 없었다. 그는 지금 어느 때보다 초조해하고 있었다.

"흐흐흐흐. 지금 그 말, 영원히 후회하게 해주지."

차캉! 화르르르륵!

홍장미편이 지금까지 숨기고 있던 가시가 일제히 겉으로 드러났다. 그와 동시에 채찍 전체가 기이한 열기를 띠더니 이내 타오르기 시작했다.

"최고 아름다운 기술로 장사 지내주마. 넌 피의 웅덩이에서 비료나 되는 게 딱 어울려. 나의 아름다움을 더욱 드높여 줄 비료가!"

'그걸 시험해 볼까?'

스윽!

결심을 마친 모용휘는 품속에서 무언가를 꺼냈다. 그것은 바로 한 자루의 날카로운 소도였다. 그는 꺼내 든 소도를 왼손으로 잡았다. 기본적인 자세는 좌검우도가 아니라 우검좌도라 할 수 있었다.

"뭐냐, 그건 대체? 모용세가의 검법에 소도를 같이 쓴다는 이야기는 들은 적이 없는데?"

자군은 또다시 인상을 찌푸렸다. 자꾸만 이렇게 미간을 찌푸리는 걸 보니 아무래도 주름의 위협으로부터 피해가기는 더 이상 그른 것 같았다.

"이건 일종의 자기류(自己流)요. 모용세가의 다른 검법은 이렇지 않으니 안심해도 좋소."

물론 전혀 안심할 상황이 아니었다.

자군이 이미 최후의 공격 준비에 들어간 만큼 모용휘도 준비에 들어갔다. 그동안 염도와 빙검에게 상당히 혹독한 수련을 받으면서 연마한 자기만의 기술, 그것을 시험해 볼 생각이었다.

진기를 모으기 시작하자 왼손에 들고 있는 소도로 새하얀 진기가 서서히 집중되기 시작했다. 그러자 곧 검이 청백 빛을 발하면 빛나기 시작했다. 그는 좌수 소도에 집중된 청백색 기를 붕결(崩訣)을 이용해 더욱더 세게 압축시켰다.

검극에 한 점으로 모인 기가 검을 빠져나와 동그란 구(球)를 형성하기 시작했다. 그 푸른 기운의 도는 청백색의 강기구에서 서릿발 같은 한기를 뿜어내기 시작했다. 그리고 오른손에 들린 검은 불에 달구어지기라도 한 것처럼 붉게 달아오르고 있었다.

지금 펼치고 있는 검법의 바탕은 모용세가에서 검성을 제외하고는 오직 그 혼자만이 익히는 데 성공한 검성 직전(直傳)의 비전검법 은하류 개벽검이지만 그 내용은 달라져 있었다. 원래 오른손에 들린 검에서 뿜어져 나오는 쾌(快) 속성의 유성강기를 좌수 검결지에 맺힌 중(重) 속성의 붕결(崩訣)로 압축시키고, 또 압축시킨 다음 일순간에 폭발시킴으로서 엄청난 파괴력을 얻는 기술이었다. 그러나 아직 천고기재라 불리는 모용휘 역시 완성하지 못하고 있는 지고의 검공이었다. 천무삼성 중에 가장 강한 게 아닌가 여겨지는 검성조차 참수 끝에 말년에야 겨우 완성할 수 있었던 초고난이도의 검법이기도 했다. 약관의 나이에 흉내라도 낼 수 있다는 것만으로도 대단한 일이었다.

정반(正反)의 힘을 동시에 부릴 수 있어야만 익힐 수 있는 특수한 무공.

**염령(焰靈)과 빙백(氷魄)의 힘을 동시에 부릴 수 있는 자.**

즉, 정과 반, 음과 양의 두 가지 힘을 동시에 쓸 수 있는 것이야말로 '태극의 인재'라는 증거라 했다.

'사부님께서 말씀하셨지, 무엇보다 가장 중요한 것은 '균형(均衡)'이라고.'

넘치지도 않고 모자라지도 않는, 어느 한쪽에도 치우치지 않은 완벽한 균형. 그 균형이 보인다면 태극으로의 길이 열린다고 했다. 그러나 도대체 그 균형을 어떻게 맞출 수 있는지 모용휘로서는 도무지 짐작조차 가지 않았다.

"쯧쯧, 그놈들은 말이지, 지난 이십 년 동안 실패한 녀석들이야. 그런데 그 녀석들의 방법으로 실마리를 찾을 수 있겠느냐?"

"그럼?"

"네 자신에게 맞는 방법을 찾거라. 실마리는 이미 가지고 있지 않느냐?"

실마리! 혁중 노인의 그 말을 듣고 깨닫는 바가 있었다. 그리고 마침내 다시 염도와 빙검의 무공이, 아니, 자신이 그동안 십수 년에 걸쳐 적공을 쌓아온 검법에 눈을 돌릴 수 있었다. 그렇다. 그동안의 노력은 쓸데없는 것이 아니었던 것이다. 그에게는 이미 정반(正反)의 힘을 동시에 사용할 수 있는 은하류 개벽검이 있었다.

"검을 한 자루 더 든다고 해서 더 강해지는 게 아냐!"

모용휘를 향해 일갈하며 자군의 신형이 빠르게 움직여 왔다.

양염화화려려신공(陽炎華華麗麗神功)
오의(奧義)
산화무영(散花無影) 야마란풍(野馬亂風)

자군이 여러 개의 분신을 만들며 모용휘의 주위를 맴돌자, 바닥에 무수히 떨어져 있던 꽃잎들이 일제히 날아올라 모용휘의 주위를 맴돌기 시작했다. 그러더니 이윽고 그것은 꽃잎의 벽을 만들며 모용휘를 고립시켰다. 거대한 꽃바람의 장벽이 모용휘를 둘러싼 것이다.

"흐흐흐흐."

자군의 입에서 음산스런 웃음이 흘러나왔다. 그동안 보여졌던 지나치게 반짝반짝거리던 그런 느끼한 미소가 아니었다. 차라리 그 느끼한 미소가 더 상큼하게 느껴질 정도로 혐오감이 드는 미소라 지켜보던 여인들이 충격을 받을 정도였다.

주위를 거세게 맴도는 꽃잎의 소용돌이 때문에 자군의 위치를 특정해 낼 수가 없었다.

"한 줌의 재가 되어라!"

화르륵!

자군의 손에 들려 있던 홍장미편을 타고 불꽃이 달렸다. 그는 망설이지 않고 꽃바람의 장벽을 향해 불꽃이 일렁거리는 채찍을 휘둘렀다.

화르르르르르르르르륵!

그러자 눈부신 진홍의 빛과 함께 꽃잎들이 일제히 불타올랐다.

양염화화려려신공(陽炎華華麗麗神功)
최종 비기(秘技)
격화(激火)

소용돌이치던 꽃바람의 장벽은 순식간에 불꽃의 장벽이 되어 그 한 가운데 갇혀 있던 모용휘를 집어삼켰다. 발밑에 뿌려져 있던 꽃잎들은 단순한 장식용 꽃잎들이 아니었다. 여차한 순간에 순간적으로 발화(發火)시킬 수 있는 특수한 처치를 가한 꽃잎들이었던 것이다. 이 꽃잎들은 숨겨진 그의 가장 강력한 무기이기도 했다. 화려한 불꽃놀이를 위해 준비된.

"와하하하하하하하!"

그 순간 모용휘의 붉게 달아오른 검이 청백의 구체를 꿰뚫었다.

은하류(銀河流) 개벽검(開闢劍)
신(新) 오의(奧義)
염천빙지(炎天氷地)
일원합(一元合)

화아아아아아악!

모용휘를 둘러싸고 있던 불꽃의 벽 사이사이로 새하얀 빛의 무리가 마치 창처럼 뻗쳐 나왔다. 다음 순간 더 강한 빛이 뿜어져 나오자, 자군은 너무나 눈부셔 자기도 모르게 눈을 감고 말았다. 다시 눈을 뜬 자군은 깜짝 놀라고 말았다.

일순간에 불꽃이 진화되더니, 비무대 전체에 서리가 끼어 있었다. 그의 마지막까지 숨겨두었던 비장의 패가 실패했다는 것을 의미했다.

"약속대로 제가 이겼습니다."

담담한 목소리로 모용휘가 말했다. 예전처럼 은하류 개벽검을 쓴 다음 기력을 완전 소진해 쓰러지거나 하지 않았던 것이다.

혁중 노인으로부터 실마리를 얻었을 때부터 모용휘는 은하류 개벽검을 바탕으로 어떻게 하면 그 안에 염령과 빙백의 힘을 집어넣을 수 있을까 고민했다. 그 속성, 불꽃이라는 것은 기의 격렬한 운동, 즉 동(動), 특히 격동을 의미했다. 반면 얼음이라는 것은 기의 정, 특히 극정을 의미했다. 기의 움직임이 바로 양이고, 기의 멈춤이 바로 음인 것이다.

즉, 쾌속성의 유성 강기는 기의 격동을, 붕결음 기의 정과 관련이 있었다. 다른 것 같지만 이들은 서로 연결되는 것이었다. 그리고 그 결과가 지금의 이 우검좌도 체계였고, 그렇게 해서 터득한 기술이 바로 '염천빙지 일원합'이었던 것이다.

"아, 아니, 아직 끝나지 않았다!"

자군은 다시 산화무영보를 펼쳐 모용휘를 공격하려 했다.

"소용없습니다."

언제 움직인 것일까. 모용휘의 검날이 어느새 자군의 목덜미에 닿아 있었다.

"이, 이럴 수가! 어, 어떻게?!"

그가 가장 자신하던 산화무영보가 단 일검에 파훼당한 것이다.

"산화무영의 비밀은 열기를 이용하여 공기를 데워 환영을 만들어내는 거죠. 한여름에 아지랑이가 피어나면 사물이 일그러져 보이는 것과 비슷한 이치죠. 틀렸습니까?"

"큭……."

반박하지 못한다는 것은 모용휘의 예상이 맞았다는 말이다.

산화무영은 그 현상을 한정된 공간에서 더욱 강하게 발휘하도록 하는 무공이었던 것이다. 때문에 맨손으로 만졌을 때 이상할 정도로 열기가 느껴졌던 것이다. 또한 흩어지는 꽃잎은 환영의 효과를 극대화하기 위한 일종의 눈속임이었던 것이다. 시선을 빼앗기 위한.

"물속에 들어 있는 동전을 잡는 거랑 비슷하지요. 보이는 곳에 있다고 생각한 그곳에 그 동전은 없으니까요. 그리고 그 이유는 빛의 굴절 때문이지요."

좀 더 일찍 눈치 챘어야 했다. 아지랑이 역시 공기의 온도 차에 의한 빛의 굴절이 그 원인이다.

'양염(陽炎)', '야마(野馬)'란 모두 아지랑이의 다른 말이었던 것이다.

"그러니 공기가 식어버리면 더 이상 그 기술을 쓰는 게 불가능하죠."

그러면서 모용휘는 하얗게 서리가 덮인 비무대를 가리켰다. 조금 전 그가 만들어낸 작품.

"……!!!"

자군의 눈이 부릅떠졌다.

"얼음 위에서 아지랑이가 피어오를 리가 없지요."

당연히 모든 공기가 식어버리기 때문이다.

"…졌다."

자군의 몸이 힘을 잃더니 털썩 무릎을 꿇었다. 허리에 힘이 빠져 주저앉고 만 것이다. 눈동자는 거의 넋이 나가 있었다. 그가 가진 모든 기술이 간파당한 이상 자군에게는 더 이상 승산이 없었다. 모든 것이 무너진 것이다.

"죽이든 살리든 마음대로 해라. 나의 아름다운 최후를 자네 같은 사람의 손에 맡기는 것도 나쁘지 않겠지."

그러나 모용휘는 검을 거둬들였다.

"본인에겐 당신을 죽여야 할 이유가 없소. 본인은 그저 이곳에 운반되어온 '목관'의 내용물만 확인하면 그만이오."

"나의 아름다움을 아직 이 세상에 남겨두겠단 말이냐……?"

그렇게 묻는 걸 보니 그의 왕자병은 아무래도 패배한 이후에도 나아지지 않은 모양이었다.

"꺄아아아아아아악! 멋져어어어어어어어어!"

"나 반해 버릴 거야아아아아아!"

"난 이제 휘님으로 갈아탈래!"

"나도나도!!!"

"나, 난 아니에요. 잠깐 혹했지만, 난 영원한 자군님의 충실한 빼순이예요."

숨을 죽인 채 이 대결을 지켜보고 있던 여인들 사이에서 장내가 떠나갈 듯한 환성이 터져 나왔다. 그 열광적인 반응에 모용휘는 얼떨떨할 수밖에 없었다. 어쩐지 그를 향한 시선이 아까보다 더욱 뜨거워진 것처럼 느껴지는 것은 기분 탓만은 아닌 것 같았다. 이대로 있다가는 잡아먹히는 게 아닌가 싶을 정도였다.

"불편하군……."

모용휘는 조용히 중얼거리며 비무대를 내려왔다. 그의 뒤에서 환성은 여전히 끊이지 않고 울려 퍼지고 있었다.

이리하여 칠절신검 모용휘의 공식오빠부대라 할 수 있는 '칠절회'의 회원수가 더욱 늘어났다. 또한 오늘의 이 일은 '칠절회 마천 지부' 탄생의 계기가 되었으니… 모용휘의 결벽증 때문에 본인에게는 비밀리에 활동하기 때문에 모용휘는 그 사실을 꿈에도 알지 못할 것이다.

# 거구의 남해왕?
―넌 돼지왕이야!




딸각! 딸각! 딸각!
 그 사내는 자단목 책상에 앉은 채 주판을 튕기고 있었다. 굵은 손가락만큼 그의 몸도 상당히 비대했다. 책상 여기저기에는 결제해야 할 서류들이 한 가득 쌓여 있어 그가 지금 얼마나 바쁜지 잘 알 수 있었다. 그 서류들 대부분이 오늘의 매상과 지출에 대한 것이었다. 지금 오 번대는 비상 체제에 들어가 있었다. 그러나 그것은 침입자를 잡기 위한 체제가 아니라 다른 이유 때문에 발령된 체제였다.
 "쯧쯧, 특급 비상령이 내려지는 바람에 당분간 장사하기가 힘들어졌어."
 비대한 사내가 계산을 쉬지 않은 채 혀를 찼다.
 "그렇습니다. 손님이 단 한 사람도 오지 않는다고 대원들 사이에서 불평이 대단합니다."

"그렇겠지. 특급 비상령으로 모두들 전투 대기에 들어갔으니까. 모두들 자기 자리를 지켜야 되니 뭘 사러 올 수나 있겠나, 쯧쯧."

마천각의 학생들이 이리저리 편하게 움직일 수 있어야 고객들이 확보되는데 이런 비상사태에서는 쥐새끼 한 마리 얼씬거리지 않고 있었다.

"안 돼, 안 돼. 이대로면 하루 손실액만 해도 은화 오백 냥에 육박할 거야. 손해는 시간이 갈수록 더 심해질 거고, 장기화되면 장사를 접어야 할지도 모르지."

"특단의 조치를 취하지 않으면 안 될 것 같습니다."

"자네, 지금 가장 시급한 일이 무엇일 것 같나?"

뚱뚱한 사내가 옆에 있던 부관한테 물었다.

"역시 이 비상령을 한시라도 빨리 해제하는 것이겠죠."

"그러기 위해서는?"

"침입자들을 잡아들여야겠지요, 아마?"

"맞아, 바로 봤어. 우리 부대의 손실액을 최소한도로 막아내기 위해서는 그 망할 침입자들을 한시라도 빨리 잡아들여야 해."

그때 집무실 문이 '벌컥' 열리면서 부하 한 명이 대청을 가로지르며 부랴부랴 달려왔다. 그는 이곳 대청의 경비를 담당하고 있는 대원이었는데, 다급한 기색이 역력했다. 그는 달려오더니 부관의 귀에다 대고 귓속말로 무언가를 속삭였다. 듣고 있던 부관의 얼굴이 흠칫 굳어졌다.

"무슨 일인가?"

여전히 주판알을 퉁기는 손을 멈추지 않으며 뚱뚱한 사내가 물었다.

"침입자 두 사람에게 삼대상이 당했다고 합니다. 싸움의 여파로 가게도 몇 채 부서졌구요."

"둘에 셋이 당했다니, 손해 보는 장사를 했군."

딸각딸각.

책상이 흔들릴 정도로 주판알을 강하게 퉁기며 뚱뚱한 사내가 중얼거렸다.

"오늘 저녁까지 피해 액수 보고서를 제출하라고 하게."

"이미 지시해 뒀습니다. 그리고 예의 그 침입자 두 명이 지금 대장님을 만나보고 싶어한답니다."

"대장님이라……. 일단 들어오게 하게. 용건을 들어보도록 하지. 이쪽도 그쪽에게 용건이 있기도 하고."

대원이 다시 그의 말을 전하러 돌아간 다음, 책상 앞에 앉은 채 사내는 조용히 중얼거렸다.

"찾을 수고를 덜었군."

\* \* \*

남궁산산은 집무실 대장 자리에 앉아 있는 뚱뚱한 사내를 보며 저절로 눈살을 찌푸렸다.

"뭐죠, 저 비계는? 저게 진짜 남해왕이라는 거창한 이름으로 불리는 오번대 대장 맞아요?"

"그런 것 같소만?"

"별로 안 세 보이지 않아요?"

"사람의 겉모습만 보고 판단하는 건 나쁜 일이오, 산산. 좀 약하면 어떻소. 대신 숫자에는 확실히 강할 것 같지 않소?"

"겉모습만 보고 판단하는 건 그쪽인 것 같은데요?"

남궁산산이 퉁명스럽게 대꾸했다. 비록 전음이지만 그녀의 감정은 똑똑히 전해져 왔다.

그때 주판을 튕기는 뚱보사내의 입이 열리며 말이 새어 나왔다.

"음, 난동으로 인한 가게 네 채 파손, 그리고 영업이익율이 높은 점주 셋의 부상, 그리고 별다른 용건 없는 면담으로 인한 시간 손실, 음……."

딸깍딸깍 주판알을 튕기던 사내는 비로소 손가락을 멈추더니 못마땅한 얼굴로 현운과 남궁산산을 쳐다보았다.

"어떻게 변상할 거요?"

대뜸 그렇게 내뱉었다. 뜬금없는 소리에 남궁산산이 눈을 동그랗게 떴다.

"대체 뭘 변상하라는 건가요?"

"당연히 두 사람이 우리 오번대에 끼친 피해를 말하는 것 아니오."

"피해요? 통행료라는 명목으로 돈을 뜯기고, 폭력을 앞세운 강매까지 당한 우리가 피해자 아닌가요?"

남해왕은 남궁산산의 말을 전혀 듣고 있지 않았다.

"파손된 가게 네 채와 부상당한 세 명의 치료비, 그리고 그들의 부재로 인한 손실액을 따지면 그 피해액은 적어도 은자 팔백오십 냥에 육박하오."

"파, 팔백오십 냥이오? 그게 말이나 돼요? 이건 억지예요!"
남궁산산이 기가 막히다는 얼굴로 소리쳤다.
"은자 천 냥이 넘지 않은 걸 행운으로 아시오. 자, 어쩔 거요?"
"어쩌긴 뭘 어째요?"
"손해 배상을 해야 하지 않겠소? 그럼 손해를 끼치고도 그냥 넘어갈 생각이오?"
그런 천부당만부당한 일은 있을 수 없다고 굳게 믿고 있는 듯했다. 그러나 남궁산산은 절대로 그냥 넘어갈 생각이었다.
"댁의 그런 억지에 어울릴 시간 없어요. 우리가 이곳에 온 건 여기에 옮겨진 목관 때문이에요. 그 안에 뭐가 있는지만 확인하면 우리 볼일은 끝이에요. 자, 그 목관은 어디 있죠?"
"그건 특별한 의뢰를 받고 보관하고 있는 물건이오. 그 안을 보려면 따로 비용을 내야 하오."
"이것도 또 돈인가요?"
남궁산산은 이제 아주 질렸다는 표정을 하고 있었다. 여기 사람들은 제정신이 아니었다.
"당연한 거 아니오? 그럼 공짜로 보려 했단 말이오? 적어도 은자 오백 냥은 내야 하오."
"그건 바가지예요!"
"싫으면 안 보면 그만 아니겠소? 그리고 그것과는 별개로 손해 배상액도 내야 하오."
"만일 못 내겠다면요?"
남궁산산이 날카로운 목소리로 반문했다. 그러자 남해왕은 두꺼운 두 겹의 턱살을 흔들며 너털웃음을 터뜨렸다. 그리고는 갑자기 흉악하고 파렴치한 눈초리로 남궁산산의 가슴 쪽을 훑어보며 천박한 미소를 지었다.

"별수있겠소? 그럼 몸이라도 팔아야지."

"당신, 대체 무슨 말도 안 되는 소리를 하는 거요? 그러고도 당신이 무림인이오? 수치를 아시오. 어서 남궁 소저에게 사과하시오!"

참지 못한 현운이 소리쳤다. 이자들의 정신세계를 그는 도저히 이해할 수 없었다.

"수치? 그런 게 뭔가? 먹는 건가? 이봐, 양심있는 장사치를 업계에서 뭐라고 하는 줄 아나?"

비대한 비계사내의 말투가 돌변했다. 그것은 사람을 비웃는 듯한 말투였다.

"……"

"'참으로 무능한 놈' 이라고 하지. 수치란 건 말이야, 장사하기 전에 다 버려야 돼. 그걸 못하면 이 바닥에서 살아남을 수 없어. 왜냐하면 불법, 탈법을 밥 먹듯이 해야 하거든? 양심이나 수치 같은 쓸데없는 게 달린 심장으로 그런 게 가능할 것 같아? 이래서 백도의 샌님들은, 쯧쯧."

남해왕이 딱하다는 듯 혀를 찼다. 그런 무른 생각으로 어떻게 이 험한 세상을 살아가겠느냐, 살아가려면 고생 좀 하겠다, 뭐 그런 뜻이 담긴 쯧쯧이었다. 하지만 현운은 남해왕의 생각 따위 알고 싶지 않았다. 그 남해왕이 지금 음흉한 눈빛으로 남궁산산을 아래위로 훑어보고 있었기 때문이다.

"꽤 이쁘장하군. 키도 적당하고, 살도 적당하고, 가슴이 좀 작긴 하지만."

남궁산산은 여자를 물건 취급하며 계산하는 저 뚱땡이를 고기 다짐으로 만들어도 시원찮을 정도로 마음에 들지 않았다.

"누, 누, 누구 가슴을 빨래판이라는 거야, 이 뚱땡이가!"

남궁산산이 거세게 항의했다.

"아니, 항의하는 부분이 좀 잘못된 것 같소만……. 게다가 빨래판이라고는……."

그러나 지금 남궁산산의 귀에 현운의 말은 전혀 들리지 않고 있었다.

"그럼 작은 걸 작다고 하지 큰 걸 작다고 하나? 상인은 물건을 품평할 때 거짓말을 해서는 안 되지."

뚱보사내가 코웃음을 쳤다.

"본녀의 가슴은 적당하다고! 옥 교관님처럼 크다고 다 좋은 게 아냐. 남자들은 멍청해서 크면 다 좋은 줄 알겠지만, 그건 절대로 아냐!"

남해왕은 그녀의 주장에 손톱만큼도 동의하지 않았다.

"이 방면에 고대로부터 전해져 내려오는 고언인 대대익선(大大益善)이라는 말도 못 들어봤나?"

"다다익선이겠지!"

"그래도 다행히 걱정할 건 없네. 세상은 넓고 취향은 다양하니까. 거유(巨乳)부터 빈유(貧乳)까지, 작아도 사줄 곳은 얼마든지 있으니까."

취향의 다양성을 존중하는 것은 상인의 기본적인 덕목이라 할 수 있었다.

"사람이 사람을 팔다니, 그게 정상이라고 생각해? 댁은 미쳤어."

그러나 그런 도덕적 비난쯤에 꿈쩍할 뚱보사내가 아니었다.

"난 모든 걸 팔 수 있지. 인간도 예외는 아니야. 모든 것에 값을 매길 수만 있다면 못 팔 것도 없지. 그리고 사람, 그중에서 여자는 실제로 가장 많이 팔리는 물건 중 하나니까. 어떤 식으로 팔리든 말이야. 일일 대여식이든 평생 소유식이든."

인신매매, 매춘, 그것은 아주 오래전부터 내려온 장사였다. 그러니 이 사내에겐 새삼스러울 게 전혀 없는 일이었다.

"이 양심도 없는 놈! 너는 양심의 가책이란 말도 모르느냐?"

"양심의 가책? 그거 먹는 건가? 우적우적."

뚱보는 축 처진 볼살 한번 꿈쩍하지 않았다.

"좋아, 뚱땡이. 오늘 본 아가씨께서 정신교육을 시켜주지. 어금니 꽉 깨물어. 그 비곗덩어리가 얼마나 푹신푹신한지 한번 시험해 보자고."

마침내 남궁산산의 꼭지가 돌아갔다.

"기가 좀 세군. 흠, 취향을 좀 많이 타겠어. 하지만 너무 기세가 죽으면 싱싱한 맛이 안 나지. 뭐, 나쁘지 않아."

빠직빠직빠직!

남궁산산의 혈압이 한계점을 돌파했다.

"오늘 너한테는 아주 나쁜 날이 될 테니 각오하라고. 그 두툼한 손가락이 두 번 다시 주판을 못 팅기게 해줄 테니까 말이야."

획 현운을 쩨려보듯 노려보며 남궁산산이 이를 갈며 말했다.

"당신은 끼어들지 말아요, 현운!"

그 무시무시한 눈빛은 보고 있던 현운도 움찔 움츠러들 정도였다.

"여부가 있겠소. 난 그런 무모한 일 하기 싫소."

어깨를 으쓱하며 현운이 선선히 대답했다.

아무래도 저 뚱보의 오늘 운세는 '대흉(大凶)'이 분명했다.

챙!

남궁산산의 검이 검집에서 맑은 검명을 내며 뽑혀 나왔다.

"우리 대사형이 이런 말을 했죠. 쥐새끼랑 돼지새끼랑은 대화할 가치가 없다고. 말이 통하지 않는 놈들에게 말을 하려 해봤자 시간 낭비라고!"

"난 그렇게 뚱뚱하지 않아! 업계에서는 후덕하다고들 하지!"

비계를 들썩이며 남해왕이 외쳤다. 꽤 신경 쓰고 있었던 모양이다.

"이봐요, 돼지왕. 확실히 말해둘게. 난 손해배상액을 낼 생각이 없어. 그리고 목관 안을 보기 위한 비용 오백 냥 역시도 낼 생각이 없고. 하지만 목관 안은 꼭 볼 거야. 그리고 좀 전에 억울하게 냈던 통행료 은자 백 냥도 받아갈 거고. 그리고 덤으로 댁한테는 끔찍한 패배를 안겨주지. 지.금. 당.장!"

그 순간 남궁산산이 남해왕이 앉아 있던 책상을 향해 도약했다.

번쩍.

책상째로 일도양단할 기세로 검광이 번개처럼 떨어져 내렸다.

"죽어라, 뚱땡이!"

카강!

책상과 함께 뚱뚱보를 일도양단하려던 남궁산산의 검은 뚱보사내가 내뻗은 철주판에 의해 저지당했다. 그는 어느새 자리에서 일어나 책상

앞을 가로막고 서 있었던 것이다. 저 거구에서 나온 움직임이라고 생각할 수 없을 정도로 빠른 속도였다.

"어허, 이제 보니 큰일 날 여자네. 이 자단목 책상이 얼마짜린 줄 아나? 천축에서 수입된 아주 비싼 나무로 만든 특제품이라고. 아가씨의 몸을 팔아도 그 값을 다 치를 수 있을지 모를 만큼 값비싼 물건이란 말이지."

뚱보사내는 자신의 안위보다 이 책상의 안위가 더 걱정이 되는 듯한 모양이었다.

"흥, 그 책상이 그렇게 좋으면 본녀가 사이좋게 두 동강 내드리지. 잘라서 관짝으로 쓰면 딱 좋겠네."

다시 한 번 남궁산산의 검이 뚱보사내를 찔러 들어갔다. 그러나 그녀의 검극은 그의 비곗살 일 촌 앞에서 갑자기 휘어지더니 교묘하게 뚱보사내의 옆구리를 빠져나가 뒤쪽의 책상을 노리고 들어갔다.

"허걱, 무슨 짓이냐!"

설마 자기 대신 책상을 노릴 줄은 몰랐던 남해왕이 당황해서 보통 주판의 세 배는 되어 보이는 거대한 철주판을 휘둘러 남궁산산의 검을 튕겨냈다. 굉장히 무리한 동작이었는데도 감수할 만큼 그 책상이 소중한 모양이었다.

"귀가 먹었나, 이 여자가! 이건 비싼 물건이라니까!"

남해왕이 노성을 터뜨렸다. 그 모습을 본 남궁산산의 입에 만족스런 미소가 걸렸다. 그러더니 호호, 웃으며 말했다.

"어머, 잘 알고 있어요. 잘 아니까 부수려는 거지, 싸구려면 뭐 하러 부수려 하겠어?"

저런 돈밖에 모르는 놈에게 정신적인 타격을 주려면 육체적인 상처보다는 금전적인 타격을 줘야 한다. 어차피 말로 해서 들어먹을 놈이 아니었다.

"감히 일부러 이 자단목 책상을 부수려 하다니! 이 귀한 것을. 내 반드시 네년을 잡아 비싼 값에 팔아넘기고 말겠다."

"흥, 그거야 잡고 난 다음에 이야기하시지. 누가 당신같이 둔해 보이는 뚱땡이한테 잡혀준대?"

그러자 뚱보 남해왕의 입가에 자신만만한 웃음이 맺혔다.

"캬하하. 과연 그럴까? 진짜 둔한 쪽이 누구인지는 좀 있으면 알게 되겠지."

퉁!

갑자기 남해왕의 거구가 믿을 수 없이 빠른 속도로 남궁산산을 향해 덮쳐들었다.

"이런!"

상상 이상으로 변칙적이고 저돌적인 공격에 남궁산산은 몸을 뒤로 물릴 수밖에 없었다. 저 빙글빙글 돌아가는 비계에 칼날이 들어가기나 할지 의문스러울 지경이었다. 뚱보 남해왕은 남궁산산의 주위를 공이 통통 팅기듯이 튀어 오르기를 반복하며 철주판으로 매섭게 공격해 들어왔다.

'뭐지, 이 뚱보? 뚱뚱한 주제에 상당히 재빨라!'

발을 쓰는지조차 의심스러운 그 변칙적인 공격에 의해 남궁산산은 금방 수세에 몰리고 말았다.

"공이냐? 통통 튀면서 공격하게!"

신경질이 난 남궁산산이 큰 소리로 외쳤다.

"천축 유가공이라고 아는가 모르겠군, 이 망할 년아. 그렇게 성격이 지랄 맞아서야 어디 남자가 생기겠냐?"

사방으로 정신없이 통통거리며 지껄이는 그의 말에 남궁산산이 발끈했다.

"걱정 마셔! 너 같은 돼지왕이 신경 쓸 문제가 아니니까. 하긴 그런 비계로 어디 여자나 생기겠어? 이런 돈밖에 모르는 돼지를 좋아할 여자가 누가 있겠어?"

"으하하하하! 아직 세상을 모르는구나. 걱정 마라. 돈밖에 모르는 여자랑 사귀면 되니까! 돈이야말로 정의. 돈으로 사지 못하는 것은 없다. 그것이 여자든 사랑이든!"

말을 끊지 않은 채 남해왕은 공격을 멈추지 않고 연속해서 철주판으로 남궁산산를 무찔러 들어갔다, 후려치고, 뒤로 빠지기를 반복했다.

"웃기네. 그런 건 댁에 대한 사랑이 아냐! 돈에 대한 사랑이지."

남궁산산이 코웃음을 터뜨리며 외쳤다.

"아니, 사랑이다! 돈에 대한 사랑. 그것이 곧 나에 대한 사랑이다. 왜냐하면 내가 바로 돈, 돈이 바로 나이기 때문이다. 그것도 몰랐느냐, 크하하하하하!"

철주판의 공세가 더욱 강맹해졌다.

"비계는 여자의 적! 죽어라! 성불시켜 주마!"

발끈한 남해왕도 외친다.

"뚱뚱한 건 죄가 아냐!"

캉캉캉캉!

철주판과 검이 부딪치면서 불꽃이 튀었다. 엄청난 거구의 몸무게에 속도까지 더해지다 보니 일격일격을 막을 때마다 남궁산산의 손에 실리는 부담은 엄청났다.

'빨리 승부를 내야 해!'

계속 시간을 끌면 불리한 건 남궁산산 자신이었다. 가장 빠르고 위력적인 초식으로 승부를 지을 필요가 있었다. 그러려면 틈을 만들 필요가 있었다. 그렇다면 어떻게?

"것 봐라. 큰 기술을 쓰게 되면 어쩔 수 없이 빈틈 역시 커지게 마련이라고 했니 안 했니? 그러니 아무 때나 큰 기술 쓰려 하지 말라고 했는데, 제 성질을 못 참고 달려드니까 그런 꼴이 되는 거다. 넌 꼭지가 돌면 멧돼지처럼 저돌적으로 쳐들어가는 그 성격을 고쳐야 해. 그렇지 않으면 그게 오히려 독(毒)이 되어 스스로 자멸할 거다. 좀 더 조신해지는 게 어떠냐? 그래서는 남자 친구 안 생긴다?"

남궁산산의 뇌리에 문득 대사형이 해줬던 말이 떠올랐다. 땅바닥에 얼굴을 묻고 있는 그녀의 등에 올라탄 채 한 말이었다. 열이 받아서 대사형을 향해 위력이 강한 비장의 기술을 썼다가 역습을 당한 바로 직후의 일이었다. 그때의 굴욕적인 흙 맛과 눈물 맛이 뒤섞인 패배의 쓴맛은 지금도 잊을 수가 없었다.

'흥, 아무리 그래도 다 큰 처자의 등에 엉덩이를 걸치고 앉다니!'

정말 터무니없는 짓을 하는 대사형이었다. 하지만 덕분에 그때의 교훈은 그녀의 머릿속에 화인처럼 각인되어 있었다. 그리고 그 교훈이 지금 이 순간 다시 되살아났다. 남궁산산은 흥분을 가라앉히고 조금 냉정해졌다. 이 울컥하는 성질을 다스리지 못하면 또 그때처럼 당할 뿐이다. 그때는 단순히 땅에 얼굴을 처박은 것뿐이지만, 이번에 지면 어딘가 알 수 없는 곳으로 팔려 나가 이런 짓 저런 짓 그런 짓까지 당할 수도 있는, 이른바 '정결한 처녀의 대위기' 인 것이다.

거대한 철주판이 마치 폭풍처럼 남궁산산의 전선 요혈을 향해 치고 들어왔다. 이번에는 제 성질에 못 이겨 맞부딪치기보다는 보법을 이용해 피해냈다. 피하면 피할수록 공세는 더 심해졌다. 하지만 남궁산산은 꿈쩍도 하지 않았다.

"으하하하! 뭐 하냐, 여자? 꼼짝도 못하겠지? 이 몸의 '철산칠사칠식(鐵算七四七式)' 의 맛이 어떠냐? 무섭지? 꼼짝도 못하겠지? 그렇다면 얌전히 상품이 되어라!"

"……."

남궁산산은 대꾸하지 않는 대신 눈빛을 날카롭게 빛냈다. 저 뚱보의 정신이 고양되고 있었다. 고양되는 정신은 종종 스스로를 자만에 빠뜨리게 되는 것이다.

"마지막이다! 철산칠사칠식 비기 금융대란(金融大亂) 국가부도(國家仆倒)!"

철주판의 주판알들이 무서운 기세로 부르르르 떨리기 시작하더니 커다란 철주판이 마치 해변을 휩쓰는 파도처럼 남궁산산을 향해 쏟아져 들어왔다. 남궁산산이 관찰하기엔 지금 저 비곗덩어리는 있는 힘껏 자신의 힘을 휘두르고 있었다. 그 무엇도 자신의 앞을 가로막을 게 없다는 기세로.

'지금이다!'

지금이야말로 남궁산산이 일부러 유도하며 기다리고 있던 때였다.

"홍, 그렇게 좋아하는 돈이나 한 움큼 쥐고 뒤지시지, 이 뚱보야!"

뇌전검법(雷電劍法) 신속식(迅速式)

오의(奧義)

뇌광참영(雷光斬影)

거의 모든 사전 동작을 제외한 채 가장 빠르게 펼칠 수 있는 초식이 남궁산산의 검끝에서 뽑아져 나왔다.

무수한 검광이 뇌광의 화살이 되어 남해왕을 향해 날아갔다. 그림자를 가를 정도[斬影]로 빠르다는 신속의 검이, 이 철주판 뚱보 남해왕의 가장 강맹한 초식이라 할 수 있는 '금융대란 국가부도'가 가장 큰 위력을 발휘하기 직전, 그 급소를 정확하게 파고들어 갔다.

위력이 큰 기술인만큼 한 번 발동하면 스스로 멈출 수가 없는 게 인지상정. 산 위에서 한 번 굴러떨어지기 시작한 눈덩이를 막을 수 없는 것과 같은 이치다. 자신의 기술에 이미 끌려가고 있는 상태인 남해왕에게 지금 시전 중인 기술을 중도에 멈추고, 빈틈을 정확히 파고드는 그녀의 검기를 막는다는 것은 불가능했다. 민활한 대처가 불가능한 상태인 남해왕은 그대로 남궁산산의 뇌광에 꿰뚫릴 수밖에 없었다.

파삭!

남해왕이 들고 있던 철주판이 그대로 부서져 나갔다. 동시에 이 욕심쟁이 뚱보의 최고 비기인 금융대란의 초식도 중도에서 와해되고 말았다.

쐐쐐쐐쐐쐐쐐!

그리고 여력이 남아 있는 뇌광 몇 가닥이 남해왕을 두들겼다. 치명상은 피했지만 멀쩡할 수는 없었다. 이제 남해왕은 완전히 무력화된 것이나 진배없었다.

"이겼다!"

득의양양한 미소를 지으며 남궁산산이 최후의 일격을 가하려 하는 그 순간,

피융!

막 검을 내려치려는 남궁산산의 등을 향해 섬광(閃光) 한줄기가 무서운 속도로 날아들었다. 그것이 무엇인지 알지도 못한 채 남궁산산은 거의 본능적으로 검을 들어 그 섬광을 막았다.

따—앙!

쩡그렁!

섬광을 막았던 그녀의 검이 너무도 허무하게 부러져 나갔다.

그녀의 검을 부러뜨린 그 섬광은 여세를 늦추지 않은 채 남궁산산의 어깨에 틀어박혔다.

"아악!"

비명과 함께 그녀의 몸이 부웅 하고 떠올랐다.

"산산!"

승리가 확정된지라 안심하고 지켜보고 있던 현운의 입에서 역시 비명이 터져 나왔다.

부웅!

남궁산산의 몸이 허공으로 부웅 떠올랐다. 거대한 힘에 의해 옆으로 밀쳐지기라도 한 것처럼. 거짓말처럼 붕 떠오른 남궁산산의 몸이 포물선을 그리고 머리부터 단단한 청석 바닥을 향해 떨어졌다.

"산산!"

현운은 비명을 지르며 무당비전의 신법 '제운종'을 전개해 달려가 돌바닥에 내동댕이쳐지려는 그녀의 몸을 받아냈다. 남궁산산의 머리가 돌바닥에 부딪치기 직전에 아슬아슬하게 그녀를 받아 들었지만, 거의 돌바닥에 몸을 던지다시피 해 받아낸 현운은 여기저기가 긁히고 찢어지는 상처를 입어야 했다. 그러나 아랑곳하지 않고 그녀를 감싸 안았다.

"크윽!"

등이 불에 데인 듯 화끈거렸다. 그러나 지금은 그런 것에 신경 쓰고 있을 때가 아니었다. 현운은 이를 악물며 살이 쓸려 나가는 고통을 참아냈다. 그리고는 바닥에 미끄러지는 그 여세를 몰아 다시 몸을 일으켜 세웠다. 동시에 검을 뽑아 그 정체불명의 섬광이 날아온 방향을 향해 경계 태세를 취했다.

"누구냐! 대체 누가 이런 짓을."

그곳에 한 남자가 서 있었다, 상큼한 접대용 미소를 지으며.

티잉!

맑은 소리와 함께 동전이 튕겨 올라갔다가 내려오기를 반복하고 있었다. 그는 엄지로 동전을 튕겨 올리며 장난치고 있었다.

"이럴 수가… 당신이 왜……."

즐거운 미소를 지으며 서 있는 청년은 바로 그들을 여기까지 안내해 준 백색 마의의 청년 전혼이었다.
"이게 대체 무슨 짓이오?"
전혼은 그 외침에는 대답하지 않은 채 망설임없는 걸음걸이로 성큼 성큼 집무실 책상 쪽으로 걸어가더니 아무런 거리낌도 없이 그 의자에 앉았다. 좀 전에 뚱보가 고가라면서 필사적으로 지켜냈던 바로 그 책상이었다.
그러자 좀 전에 남궁산산에게 당해서 떡이 되어 있던 뚱보사내가 벌떡 일어나더니 식은땀을 뻘뻘 흘리며 재빨리 그를 향해 달려갔다. 그리고는 '감히 어느 자리라고 함부로 앉느냐'라고 호통치는 대신에 비굴하게 고개를 연신 주억거렸다.
"죄송합니다, 죄송합니다. 대(隊)에 큰 손해를 끼치고 말았습니다. 정말 면목이 없습니다."
그 말에 현운은 깜짝 놀랐다.
'아니, 왜 남해왕씩이나 된다는 자가 저 문지기 청년한테 벌벌 떤단 말인가?'
"설마 '전혼' 당신이?!"
뚱보사내의 얼굴은 공포로 인해 점점 더 창백해지더니 기어코 그의 앞에 무릎을 꿇고 머리를 깊숙이 숙였다. 뚱보의 몸은 부르르 떨리고 있었다.
"쯧쯧, 그렇게 일 처리가 불완전해서야 어디 안심하고 대리(代理)를 맡길 수 있겠나?"
한심하다는 투로 한마디 툭 내던진다.

온몸을 사시나무 떨듯이 떨며 뚱보사내가 대답했다.

"죄, 죄송합니다, 대장님."

그 말에 현운은 깜짝 놀라고 말았다.

"대, 대장님?!!"

이 오번대의 대장은 저 천박한 뚱보사내가 아니었단 말인가? 그제야 전혼이 현운을 향해 몸을 돌리더니 친근한 웃음을 지으며 말했다.

"이거 정식 소개가 늦었군. 내가 바로 이 오번대 상혼대를 총괄하고 있는 오번대 대장 남해왕 전혼일세."

대놓고 하대라니……. 좀 전에 그들 두 사람에게 보여주던 공손한 접객 태도는 어디에도 보이지 않았다.

그리고는 현운이 뭐라고 대꾸하기도 전에 다시 뚱보사내를 향해 차가운 눈빛을 던졌다. 뚱보사내는 여전히 두 손을 비비며 고개를 주억거리고 있었다.

"알고 있겠지만 난 실패자라는 인종들을 그다지 좋아하지 않아. 특히 실패하지 말아야 할 일에 실패하는 패배자들은 특히 더. 가장 중요한 순간에 그들은 일을 그르치거든. 그리고 그 실패는 언제나 주위에 막대한 금전적 손실을 입히지."

그의 어조는 생각보다 평이했지만 뚱보사내의 안색은 더욱더 처참해져 갈 뿐이었다.

"다, 다시 한 번 기회를 주십시오. 그러면 분명 완벽하게……."

그러나 전혼은 단호하게 고개를 가로저었다. 일고의 가치도 없다는 듯이.

"아니, 자네는 두 번 다시 완벽해질 수 없어. 자넨 내가 맡긴 일을 잘해내지 못했네. 손실을 입혔지. 그리고 알겠지만, 우리 부대에서는 자기가 끼친 피해에 대해서는 본인이 책임을 져야 하네. 알고 있겠지?"

"무, 물론입니다."

그것은 절대적으로 불변하는 상혼대의 철칙이었다.

"사람들을 통솔하기 위해서는 항상 냉정을 유지할 필요가 있어. 하지만 자넨 저 남궁산산이란 여자의 도발에 너무 쉽게 넘어가고 말았지. 어떤 욕정에 자신을 맡기는 것은 상인에게 금물이야. 자신의 욕망을 다스리지 못하면 언제가 큰 피해를 입게 마련이지. 그런데 자네는 자신의 본능을 제어하지 못했지. 이미 알고 있겠지만 난 자기 조절 능력이 없는 자는 필요로 하지 않아."

가차없는 판결이 떨어졌다.

"제, 제발 한 번만……."

뚱보사내가 애원했다. 금세 눈물이라도 쏟을 것 같다. 그러나 이 냉정한 젊은 상인은 눈썹 하나 까딱하지 않는다. 그리고는 선언한다.

"자넨 해고야!"

털썩, 그 순간 뚱보사내의 몸이 무너졌다.

'해고(解雇)!'

그것은 이 오번대에서만 통하는 언어로, 그 뜻은 곧 이 부대에서 영구히 제명되어 쫓겨나는 것을 의미했다. 쫓겨난 대원은 무소속이 되지만, 영입도 아니고, 박탈제명된 학생을 다시 받으려는 부대 따위는 거의 전무한 실정이었다. 부대원으로서의 활동을 제대로 하지 못한다는 것은 실패자, 혹은 무능력자로 낙인찍히는 것을 의미했다.

마천십이대 어디에도 속하지 못한 마천각도에게 남겨진 일은 마천각을 나가는 것뿐이었다.

이것은 '영구추방령'이나 다름없었다. 뚱보사내에게 있어서는 사형 선고나 마찬가지였다.

그러나 결정은 번복되는 일이 없다.

"끌고 가."

그러자 다른 부대원 셋이 달려와 뚱보사내를 질질질 끌고 나갔다. 그가 애처롭게 '한 번만 더!'를 외쳤지만 전혼은 꿈쩍도 하지 않았다.

불의의 상황에 충격을 받아서 약간 넋이 빠져 있는 현운을 향해 돌아보며 진짜 남해왕이 한마디 말을 더 덧붙였다.

"자네들의 목숨은 내가 사주겠네."

팅!

다시 한 번 그의 손에 들린 동전이 허공 위로 튕겨 올라갔다.

## 숙사 포위(包圍)
―남궁상, 깨어나다

스윽!

침상 위에 가부좌를 튼 채 눈을 감고 있는 남궁상의 몸에서 하얀 연기가 구름처럼 흘러나왔다. 숨이 조용히 들이쉬어지고 내쉬어진다. 자세히 귀를 기울이지 않으면 호흡을 하고 있는지조차 눈치 챌 수 없을 만큼 조용하고 깊은 호흡이었다. 그는 지금 운기행공 중인 것이다.

그런 그를 초조한 눈빛으로 바라보는 여인이 두 사람 있다. 한 사람은 그의 정혼녀인 진령이었고, 다른 한 명은 첩 지망인 류은경이었다. 류은경의 터무니없는 발상과 행동에 한동안 그녀를 경원시하던 진령이었지만, 지금 이 순간만큼은 두 사람의 눈에는 공통된 감정이 담겨 있었다. 바로 남궁상에 대한 걱정이었다.

진령의 안색은 기력을 다해 쓰러졌을 때보다 훨씬 좋아져 있었는데,

그녀는 이미 남궁상보다 한발 먼저 운기행공을 끝낸 덕분이었다.

자욱한 안개처럼 뿜어졌던 하얀 기운이 다시 남궁상의 몸 안으로 흡수되었다. 이윽고 거무죽죽하고 창백하던 얼굴에 혈색이 돌기 시작하더니 남궁상이 천천히 눈을 떴다.

"깨어났어요, 언니!"

남궁상이 가부좌한 상태로 눈을 뜨는 것을 보고 류은경이 외쳤다. 진령은 창문 밖으로 밖을 경계하던 중이었다. 그녀의 눈빛이 매우 날카롭고 얼굴에는 긴장이 감돌고 있었다.

"어때요, 상?"

진령이 남궁상을 향해 고개를 돌리며 물었다.

"괜찮소. 오 할 정도는 회복된 것 같구려."

"미안해요."

자신이 그런 억지를 부리며 몰아치지만 않았어도 남궁상이 이 정도로 부상을 당할 일은 없었을 것이다. 그것이 내심 마음에 걸리는 것이다.

"나는 괜찮소. 하지만 진령 당신도 진기를 많이 소모하지 않았소?"

그 싸움은 거의 동귀어진이나 다름없었다.

"난 당신이 준 '천심단(天心丹)'을 먹고 괜찮아졌어요. 적어도 육 할 이상은 회복된 것 같아요."

남궁상은 자신의 진기 회복보다 진령의 내공 회복을 우선시했다. 먼저 운기행공을 하라는 말도 극구 거부했던 것이다. 그래서 그녀의 운기행공이 끝난 다음에야 운기에 들어간 것이다. 그때 진령에게 먹으면 회복에 도움이 될 거라고 건네준 게 바로 '천심단'이었다. 사실 진령에게 준 '천심단'은 세가에서 아주 급한 비상시가 아니면 쓰지 말라던 비장의 단약으로, 남궁상도 하나밖에 가지고 있지 않았다. 진령에게는 여러 개 있는 것처럼 말했지만, 그가 먹은 것은 천심단이 아니라 그보다 효과가 훨씬 떨어지는 '소양단'이었다. 물론 그것도 안 먹는 것보다는 훨씬 낫기에 일단 먹고 운기를 했지만 역시 생각만큼 진기가 회복되지는 않고 있었다. 오 할 이상 회복했다고 말한 것도 사실 진령을 안심시키기 위한 거짓말이었다.

"밖의 상황은 어떻소?"

썩 좋지 않은 자신의 상태를 내색하지 않은 채 남궁상이 물었다.

"완전히 포위되어 있어요."

다시 창문 밖으로 시선을 던지고 있던 진령의 표정에 긴장이 흐르고 있었다. 밖에는 지금 백수십 명의 무사들에 의해 인해 장벽이 쳐져 있었다. 모두들 살기등등한 시선으로 그들이 머물고 있는 제십삼 기숙사를 노려보고 있었다. 비상령이 내려지고 얼마 지나지 않아 이 십삼 기숙사는 마천각의 무사들에 의해 완전히 포위되었던 것이다. 영문을 모른 채 말려든 다른 천무학관 사절단들도 모두들 대장 남궁상의 명령에 따라 방어 태세를 취한 채 농성(籠城)에 들어가 있었다. 그리고는 그 후로 대치 상태가 계속되고 있었다.

"그래도 단숨에 공격해 들어오지는 않네요."

류은경이 불안이 가시지 않은 얼굴로 남궁상을 쳐다보았다. 아마 이런 준전시 상황은 처음 겪어보는 것이기에 더 당황스럽고 불안한 모양이었다.

"걱정 마시오, 류 소저. 저들이 당장 쳐들어오는 일은 없을 거요. 천무학관 사절단이 우리들의 공범인지 아닌지 확실치 않기 때문에 지금은 일단 우리들을 구류해 놓은 것뿐이오."

"하지만……."

사실 사방에서 적에게 포위된다는 것은 그 상황 자체만으로도 사람의 신경을 갉아먹는 일이다. 괜히 사면초가(四面楚歌)라는 고사가 나온 게 아니다. 현재 이들은 사람이 만든 감옥에 의해 감금된 상태라 할 수 있었다.

더구나 포위하는 쪽에 비해 포위당한 쪽이 받는 정신적 압박은 비교할 수 없는 정도의 수준이었다. 이 상태가 오래 지속되면 언제가 틈이 드러나고 무너지는 순간이 온다. 그렇게 되면 모든 게 끝장이었다.

"하지만 저희들이 이 안에 있는 걸 안다면 바로 쳐들어오지 않겠어요?"

남궁상과 진령, 그리고 류은경은 확실히 이곳을 불법적인 방법으로 침입한 침입자였다. 지금 밖에서 삼절검 청혼과 지룡 백무영이 그런 사람은 이곳에 없다면서 시치미를 떼며 저들의 수색을 막아내고는 있었지만, 그것도 얼마나 갈지 아무도 알 수 없었다.

'역시 대사형의 말대로인가? 이대로는 위험해.'

지금 이대로 보급도 지원도 기대할 수 없었다. 이대로 있다가는 필패가 분명했다.

'그전에 탈출로를 뚫지 않으면…….'

그래서 대사형이 맡긴 일을 완수해 내야 했다. 완전 고립무원인 지금의 상황을 타파하기 위해서는 그 수밖에 없었다. 게다가 그는 어찌됐든 이 천무학관 사절단의 대장이었다. 천관도들의 안전을 확보하는 것 역시 그의 책임 중 하나였다.

"산산이는 괜찮을까요?"

"걱정 마시오, 산산은 괜찮을 테니. 그 녀석은 어릴 때부터 그랬소. 언제나 필사적이었고, 언제나 최선을 다했소. 꼭지가 돌아가면 물불 안 가리는 게 좀 문제지만."

"맞아요. 한번 화나면 정말 무섭죠. 평소에는 얌전한 편인데."

"이 강호에서 얌전한 사람이 모두 전멸하면 그때 다시 생각해 보는 게 어떻소? 내 동생이지만 정말 막 나갈 때는 오빠인 나도 어쩔 수가 없소."

"후훗, 산산이는 자기가 누나라던데요?"

진령이 일부러 보란 듯이 웃으며 말했다. 계속 긴장한 채로 있다가는 정신이 버티지 못하는 것이다.

"무슨 소리! 그건 그쪽 주장이고, 내가 오빠가 맞소!"

남궁상이 입을 뿌루퉁 내밀며 말했다. 절대 인정할 수 없다는 태도였다. 벌써 그 문제로 싸워온 지도 이십여 년. 아직도 결말은 나지 않고 있었다.

"후훗, 어쩜 남매가 그리 똑같은지······."

"안 똑같소. 절대로 안 똑같소. 누가 똑같다는 거요?"

남궁상이 격렬히 항의했다.

"바로 그런 점이 똑같다는 거예요. 다만 산산이는 가끔 주위를 둘러보지 못하는 버릇이 있어서 걱정이에요. 기습 같은 데 약한데······."

산산은 본인이 남을 기습할 생각이 없기 때문에 그쪽 방면에 대해 잘 생각하지 않는 경향이 있었다.

"확실히 그건 걱정이긴 하오. 하지만 걱정 마시오, 현운이 붙어 있으니."

그 말에 진령은 약간 회의적인 모양이었다.

"믿어도 괜찮을까요? 현운 그 사람, 요즘 왠지 너무 조용하지 않나요? 왠지 의욕이 없어 보이던데."

최근 들어서는 예전 같은 재기가 잘 느껴지지 않았다. 무언가 고민이 있는 것 같기는 하지만 아직 그것을 해결한 것 같지도 않았다.

"걱정 마시오. 그 친구는 내가 잘 아오. 그의 경쟁자인 내가. 그의 진짜 실력은 이 정도가 아니오. 겉으로 내색하지 않았어도, 속으로는 단련을 게을리하지 않았을 거요. 그의 저력은 아직 빙산의 일각밖에 드러나지 않았소."

"과연 그럴까요?"

"그는 평소에는 조용하지만, 겉과 달리 안에서는 뜨거운 용암이 끓고 있는 사내요. 겉보기에 유유자적하고 있다고 해서 속으면 안 되오. 나도 그랬다가 몇 번 당한 경험이 있소. 현운은 누구보다 치열하게 수련에 정진하는 이요. 그가 지금 몰래 연마하고 있는 무공이 완성된다면…… 나 역시 승부를 장담할 수 없소."

"믿어도 될까요?"

"그는 내가 인정한 가장 강력한 경쟁자 중 하나요. 난 그를 믿소."

"당신이 그렇게 말한다면 더 언급하진 않겠어요."

하지만 그녀의 마음속에 있던 걱정이 쾌청하게 사라지진 않은 모양이었다.

물론 남궁상 역시 두 사람이 걱정되지 않는 것은 아니다. 만날 티격

태격한다지만 남궁산산과는 피를 나눈 남매였다. 그리고 현운은 지금까지 몇 번이나 수라장을 함께 건너온 누구보다 절친한 친구였다.
'현운, 여동생을, 산산을 부탁하네!'
지금 그가 할 수 있는 것은 여동생과 친구를 믿는 것뿐이었다.

    \*    \*    \*

잠깐의 소동 중에 남궁산산의 몸을 살핀 현운은 속으로 안도의 한숨을 내쉬었다. 부지불식간에 일어난 기습이었지만 다행히 급소는 모두 피했다.
서둘러 응급처지를 한 다음, 살짝 내공을 불어넣어 거칠어진 호흡을 안정시켰다. 뼈가 상한 곳은 없어 보였다. 하지만 무언가 무거운 것이 그녀를 때린 것은 사실이었다. 급히 막아내지 못했다면 치명상을 피하지 못했을 것이다. 하지만 남궁산산은 구룡칠봉의 이름에 부끄럽지 않은 움직임을 보여 그 기습을 쳐내긴 했지만 급격한 자세 변화 때문에 기혈이 뒤틀렸고, 그 상태에서 그녀의 검을 부순 강력한 충격을 연속해서 받는 바람에 내상을 입은 것이다.
'이렇게 된 이상 아무리 유유자적을 인생 지침으로 삼는 나라도 용서할 수 없게 되었군.'
현운이 그렇게 생각하고 있을 때, 남궁산산이 정신을 차렸다.
"내가 어떻게 된 거죠?"
"괜찮소, 산산? 당신은 암습을 당했소. 하지만 무엇에 당했는지는 나보다 산산 당신이 더 잘 알 거요."

그녀는 고개를 가로저었다.

"뭔가 묵직한 게 부딪쳐서 내 기혈을 뒤흔들었어요. 하지만 뭔지는 모르겠어요. 어떤 암기 같았는데… 그건 그렇고, 날 암습한 사람은 대체 누구죠?"

절대 가만두지 않겠다는 의지가 느껴지는 목소리였다. 한 번 당한 걸로 꺾일 그녀의 의지가 아니었다. 이 정도면 무얼 말해도 그녀는 괜찮으리라. 그래서 현운은 말했다.

"…남해왕이오."

남궁산산의 눈이 휘둥그레졌다.

"그럴 리가! 말도 안 돼요. 그 뚱땡이는 방금 내가 쓰러뜨렸잖아요? 당신도 보지 않았나요?"

"그는 가짜요. 우리가 속았던 거요. 진짜는 계속 우리 곁에 있었소."

"그게 무슨 뜻이죠?"

알아들을 수 없다는 표정으로 남궁산산이 반문했다. 무리도 아니라고 현운은 납득한다. 그녀가 충격을 받지 않길 바라며 현운은 진실을 말했다.

"전혼, 그자가 바로 진짜 남해왕이었소."

"그… 그럴 수가……!"

남궁산산은 깜짝 놀라지 않을 수 없었다.

"하지만 진실이오. 그가 우릴 속였던 거요. 그 사실을 간파하지 못한 내 실수요."

현운이 자책하자 산산이 발끈했다.

"왜 그게 당신의 실수죠? 엄밀히 따지면 그 암습을 막아내지 못한 내 실수 아닌가요? 대사형 역시 같은 생각일 거예요. 암습은 약한 놈이나 하는 거지만, 그런 암습에 당하면 더 약한 놈이라고."

참으로 비류연다운 말이었다. 그러나 지금의 현운에게는 그 말도 먹혀들지 않았다.

"아니오. 적의 숨겨진 저력을 제대로 간파하지 못한 나의 실수요. 당신이 싸우고 있을 때 그 뒤를 지키는 것은 내 역할이었소. 적진에서 무슨 일이 일어나도 이상할 게 없는데… 난 방심했던 거요. 그래서 당신이 다쳤소. 난 저자보다 나 자신을 용서할 수 없소."

"무, 무슨 상관인가요. 내가 실수로 암습에 당한 거랑 당신이랑? 내, 내가 상처 입은 거랑 무, 무슨 관계가 있는 거죠? 이건 자업자득인데?"

어쩐지 남궁산산의 얼굴이 빨갰다. 현운은 어디까지나 진지하다. 이렇게 진지한 상태의 현운은 그녀로서는 좀처럼 보기 힘들었다.

"산산, 당신이 상관없다 해도 난 상관있소. 이건 당신과는 상관없는 일이오."

상관있다는 건지 없다는 건지 알쏭달쏭한 말이었다.

"날 일으켜 줘요. 날 속인 대가로 한 방 먹여주지 않으면 속이 안 풀려요."

남궁산산이 억지로 몸을 일으키려고 하는 걸 현운이 말린다.

"지금은 가만히 있으시오. 함부로 움직이면 상처가 더 커질 수 있소."

"흥, 이 정도 상처는 대단한 것도 아니에요."

그러고는 다시 몸을 일으키려는 그녀를 현운이 억지로 도로 눕힌다. 그러다 보니 자연스레 두 사람의 얼굴이 무척 가까워졌다. 사실 지금 남궁산산은 아직도 현운에게 안겨 있는 상태였다. 그걸 자각한 순간 그녀의 얼굴이 불에 달군 석탄처럼 새빨개졌다.

"이, 이, 이, 이게 무슨 짓이죠, 현운?"

항의하는 그녀의 혀가 약간 꼬여 있다.

"저자와는 내가 싸우겠소."

현운의 표정은 어디까지나 진지했다. 별다른 동요는 없는 듯 보였다.

"이건 내 싸움이에요."

현운은 고개를 가로저으며 말했다.

"내 싸움이기도 하오. 슬슬 나에게 맡겨도 괜찮지 않소?"

"난 안 괜찮아요. 날 무시하지 말아요. 난 당신보다 강하니까."

씩씩 숨을 거칠게 내쉬는 걸 보니 화를 억누를 수 없는 모양이었다.

"물론 당신은 나보다 강하오. 그러니 나에게 실전 경험을 쌓아 내가 더 강해질 기회를 줘야 하는 거 아니겠소?"

"음…… 그런가요? 정말 내가 당신보다 더 강하다고 생각해요?"

"물론이오. 나도 간만에 폼 좀 잡게 해주시오. 산산, 그대가 모두 다 해결하면 난 하는 일이 없잖겠소? 나도 대사형을 만났을 때 내세울 공적 하나는 있어야 하지 않겠소?"

남궁산산은 잠시 고민했다, 그의 의견을 받아들여야 할지 거절해야 할지를. 그러나 그 고민은 그리 길지 않았다. 상대가 이렇게까지 나오는데 거절하기가 힘들었던 것이다.

"좋아요. 하지만 제대로 못 싸우면 바로 강판이에요."

"고맙소."

현운은 검을 늘어뜨린 채 앞으로 나섰다.

남해왕은 어느새 자리에서 일어나 그의 앞에 서 있었다.

날카로운 시선이 남해왕을 향한다. 두 사람의 시선이 허공에 부딪치며 불꽃을 튀긴다. 그러나 현운의 눈동자에 깃든 의지에는 조금도 손상이 없다.

그래, 남궁산산과는 관계없다.

이건 그가 멋대로 하는 일이고, 반드시 끝까지 해내고야 말 일이었다.

"유유자적(悠悠自適)은 잠시 폐업이오. 그래서 난 반드시 당신을 쓰러뜨려야겠소."

현운은 당당하게 그렇게 선언했다.

남궁산산을 한쪽 벽에 옮겨놓은 다음 현운은 다시 전혼과 마주 섰다.

"천무구룡의 일인, 무당의 현운이 상대해 주겠소."

검끝으로 전혼을 겨누며 현운이 말했다.

"호오, 들은 적이 있네. 천무학관의 젊은 기재를 모아놓은 구룡칠봉 중에 유룡이라 불리는 무당의 기재가 있다는 것을. 자네가 바로 유유검 현운인가?"

"그렇소. 이런 무명의 도사를 알아주다니 정말 놀랍구려."

현운은 그가 자신에 대해 알고 있자 살짝 놀랐다.

"정보라는 것은 상인의 무기지. 흑도뿐만 아니라 백도의 정보 또한 정통하지 않고서야 어찌 장사를 하겠나. 기본이지, 기본."

별거 아니라는 투로 말했다.

"과연 대단하오."

현운이 솔직히 감탄하며 혀를 내둘렀다. 저자는 자신에 대해 알고 있는데, 자신은 저자에 대해 아무것도 모르고 있으니 시작부터 상당히 그에게 불리하다 할 수 있었다.

"하지만 유룡은 연못 속에서 유유자적하기만 할 뿐, 한 번도 날아오른 적이 없다고 들었네만?"

현운이 그다지 큰 활약 없이 잠잠히 있었던 것을 빗댄 말이었다.

"잠룡물룡(潛龍勿龍), 잠자는 용은 쓸모가 없다, 그 말이오? 하지만 당신은 오늘 운 좋게도 그 유유자적하던 용이 날뛰는 것을 보게 될 것이오."

"글쎄, 그것보다는 과연 그 용의 목숨 값은 얼마나 할까, 상인으로서는 그쪽이 더 궁금하군."

"용의 목숨 값이라… 그건 직접 확인해 보시오."

피융!

그의 말이 떨어지기 무섭게 번쩍이는 섬광 한줄기가 현운의 귓가를 스치고 지나갔다. 바람을 꿰뚫는 듯한 엄청난 위력을 지닌 무언가가 방금 그의 목숨을 앗아가려 했던 것이다. 본능적으로 조금 고개를 옆으로 피하지 않았다면 바로 즉사했을지도 모른다.

"방금 그건 대체……."

그리고 현운은 방금 전 남해왕 전혼이 튕기며 가지고 놀던 동전 한 닢이 사라졌다는 것을 깨달았다.

'쏘기[彈]…….'

방금 전 전혼이 펼친 것은 의심할 여지 없는 극강의 탄기(彈技)였다.

엄청난 쏘기 기술에 약간 얼이 빠진 현운을 향해 남해왕 전혼이 히죽 웃으며 말했다.

"자네 목숨 값, 적어도 동전 한 닢은 넘는 모양이군."

그리고 두 사람의 싸움이 시작되었다.

"목숨 값이라고?"

"난 공짜를 싫어해. 무언가를 얻을 때는 그에 맞는 대가를 지불해야 한다고 생각하지. 그건 사람의 목숨에 대해서도 마찬가지야. 때문에 난 한 번 던진 동전은 회수하지 않지."

돈을 버는 데 악착같은 것치고는 무척 특이한 습관이었다.

"목숨을 사고 싶다면 그 대가를 치러. 그럼 되팔아주지."

"되판다고 했소?"

"물론. 자네들의 목숨은 이미 내 거니까."

피융!

순간 그의 오른손 엄지가 튕김과 동시에 섬광이 번쩍였다.

말 그대로 그것은 한순간의 번쩍임이었다.

무언가가 번쩍였고, 무언가가 날아왔다.

부지불식간에 일어난 기습.

팅!

무언가가 현운의 검을 맞고 튕겨 나갔다.

"꺄악! 현운!"

남궁산산이 자신도 모르게 짧은 비명을 터뜨렸다.

부르르르!

무거운 철퇴에 두드려 맞은 듯 현운의 검이 맹렬히 진동했다. 진동음은 공기를 떨게 만들며 한동안 가라앉지 않았다. 현운은 손아귀가 찢어질 것만 같은 고통에 이를 악물어야 했다.

'방금 그건 대체 뭐지?'

그것을 막을 수 있었던 것은 순전히 운이었다. 혹은 그동안 지옥의 조련 속에서 단련되며 몸에 새겨진 직감이 반응한 것이리라. 현운의 몸이 거의 무의식중에 검을 옮겼고, 날아온 그것은 그의 검에 맞고 튕겨져 나갔다.

저 멀리 등 뒤에 펼쳐진 벽이 '푹!' 하고 뚫리는 소리가 들렸다. 그러나 돌아볼 엄두조차 나지 않는다. 다만 자신이 방금 전 막아낸 게 무엇인지 알아내기 위해 온 신경을 집중했다. 그리고 언제든지 몸이 반응할 수 있도록 자세를 가다듬고 정신을 집중한다.

방금 전에는 희미하게밖에 보이지 않았지만, 다음번에는 확실하게 간파하겠다고 다짐하면서.

"호오, 막았나? 나의 '매혼전'을? 꽤 비싼 친구군."

그는 진심으로 감탄한 듯했다. 자신이 일격에 상대를 끝장내지 못했다는 것이 자못 놀랍다는 듯이.

"방금 그건 뭐였소? 암기의 일종이오?"

상대를 떠보기 위해 현운이 물었다.

"암기라니, 그런 시시한 게 아니지. 말했을 텐데, 자네들의 목숨은 이미 내가 샀다고. 물건을 사는 데 필요한 거래 수단은 단 하나뿐 아니겠나?"

"설마⋯⋯ 돈이오?"

남해왕은 즐겁다는 듯이 웃었다.

"당연히 돈이지. 참고로 방금 전 것은 동전이었어. 하지만 자네의 목숨 값은 동전 한 문보다는 비싼 것 같군."

"왜 이런 짓을 하는 거요?"
"일생일대의 큰 거래가 있어서 말이지. 나도 물러설 수가 없다네."
"거래라니, 무슨 거래 말이오? 이 마천각 전체라도 집어삼킬 생각이오?"
"워워, 진정하라구. 상인은 자신의 그릇을 정확히 알고 있어야 하지. 아니, 주머니의 크기라고 해야겠군. 그런 맥락에서 볼 때, 상인은 자신의 주머니가 할 수 있는 일과 할 수 없는 일을 구분할 줄 알아야 해. 주머니는 마천각 전체를 살 만큼 묵직하지 않아. 물론 고위험을 짊어지면 짊어질수록 고수익을 얻을 가능성이 더 크긴 하지만, 한 번쯤 몰빵을 하고 싶을 때가 있긴 있지."
"그게 바로 이번 일이오? 여인을 납치하는 일? 그것도 무림맹주의 금지옥엽을? 그거 확실히 고위험이 틀림없겠소. 하지만 과연 당신이 이 일에 가담하고도 무사할 수 있겠소?"
"납치라니? 난 모르는 일이군. 알고 싶지도 않고. 아마 오해인 것 같네."

무림맹주의 여식이 납치당했다는데도 그는 그리 놀라는 기색이 없었다.

"오해라고? 누가 그런 터무니없는 변명 믿을 것 같소? 우리 대사형이 말하길, 장사꾼은 신용을 잃으면 한낱 사기꾼 쥐새끼에 불과하다고 했소."

"쥐새끼라니, 듣기 안 좋은 말이군. 누가 들으면 내가 만날 거짓말만 하는 줄 알지 않겠나. 하지만 이 몸의 신용을 지키기 위해서라도 자네들은 여기서 죽어줘야겠네. 자네들의 목숨을 사고 싶어하는 사람이 있거든. 걱정 말게, 자네들의 목숨 값은 후하게 쳐줄 테니."

"내 목숨을 살 수는 없을 거요, 난 팔지 않을 테니까."

"아직 젊어서 그런지 세상 물정에 너무 어둡군. 이 세상엔 돈이 전부라네. 돈으로 살 수 없는 것은 없어. 비록 그것이 사람의 양심이라 해도, 혹은 생명이라 해도."

남해왕 전혼의 말에는 망설임이 없었다.

## 혼을 사는 동전
―현운 대 남해왕

매혼전(買魂錢)!

말 그대로 혼을 사는 동전.

그것이 바로 남해왕의 독문무공이었다. 말 그대로 동전을 쏘아 날려 적의 목숨을 빼앗는 '쏘기' 기술이었다. 일각에서는 탈혼비전이라고도 불릴 정도로 무서운 위력을 자랑한다. 한줄기 섬광처럼 빠른 동전이 시간차를 두지 않고 연속해서 급소를 향해 날아오는 것이다. 내공이 잔뜩 실려 있기 때문에 그냥 튕겨낼 수도 없다.

챙! 챙! 챙!

'무겁다!'

현운은 날아오는 매혼전 세 개를 막으며 다섯 걸음이나 뒤로 물러났다. 충격을 분산시키기 위해서 일부러 물러난 면도 있었다. 그런데도 손아귀가 저릿저릿 아파올 정도였다. 그대로 버텼으면 검이 부러졌을 지도 모른다. 그러나 여유있게 생각할 시간은 없었다. 자세를 바로 하기도 전에 또다시 네 개의 동전이 그를 향해 날아왔던 것이다. 머리, 심장, 단전, 비장, 모두 치명적인 급소들뿐이었다.

챙! 챙!

두 개를 쳐내고 두 개를 피해냈다. 좀 전보다 훨씬 더 속도가 빨라 모두 튕겨내지는 못했던 것이다. 현운은 다시 세 걸음을 더 물러났고, 또다시 공기를 꿰뚫으며 날아오는 두 개의 동전을 아슬아슬하게 피해냈다. 그러나 완전히는 피해내지 못해 어깨와 허리 부분이 찢겨져 나갔다. 피부가 화끈했다.

간발(間髮)의 차였다. 그제야 전혼이 공격을 잠시 멈추어 현운은 숨을 가다듬을 수 있었다.

'과연 괜히 '매혼(혼을 산다)' 이란 이름이 붙은 게 아니었군. 조금만 방심했으면 그대로 저 동전에 꿰뚫렸을 거야!'

쏘기를 막으려면 일정한 간격 이상으로 접근해야 되는데 접근하기는커녕 계속 멀어지고 있었다. 이 거리에서는 그의 검이 닿을 수가 없었다. 지금은 간합을 완전히 상대에게 빼앗긴 상태인 것이다.

"벌써 열 냥이라……. 생각보다 값이 비싸군."

비록 동전이라도 돈은 돈. 자신의 피 같은 돈이 자꾸만 빠져나가는 것이 전혼은 무척이나 못마땅한 모양이었다. 그래도 아직 여유가 있었다. 그에게는 아직 세 개의 전낭(錢囊)이 모두 남아 있었던 것이다.

"아직 멀었소. 당신은 곧 아무리 많은 돈을 지불해도 결코 사람의 목숨을 살 수 없다는 걸 알게 될 거요."

그러면서 남해왕의 미간을 향해 검극을 겨눈다. 곧 돌격해 들어가겠다는 일종의 위협이었다. 그러나 쉽게 파고들어 가지는 못했다. 남해왕은 쉽사리 빈틈을 보이지 않고 있었기 때문이다. 게다가 어떤 기술인지, 어떤 위력이 있는지 확실히 파악하지 못하고 있는 지금, 함부로 공격해 들어가는 것은 위험했다.

"좀 전에도 얘기했지 않나? 이 세상에 돈으로 살 수 없는 것은 없다고. 자네의 가격은 최근에 산 것 중에는 좀 값이 나가긴 하지만 곧 팔리게 될 걸세. 돈이야말로 정의, 돈이야말로 이 세상의 전부니까 말일세."

그는 사람의 목숨을 돈으로 살 수 있다는 데 아무런 의심도 품지 않고 있었다. 왜냐하면 그는 지금까지 그래 왔고, 그 이외에도 많은 인간들이 그 짓을 하고 있기 때문이었다. 거기에 그 하나가 더 보태진다 해도 새삼 달라질 건 없었다.

"돈이 전부라고 생각하는 당신의 가치관에 딴지를 걸고 싶지는 않소. 하지만……."

현운의 말을 끊으며 전혼이 냉소했다.

"홍, 그렇겠지. 어차피 도사란 인종은 원래 지독한 개인주의자들이니까. 안 그런가? 이 세상으로부터의 탈출을 시켜주겠다고 사람들을 꼬시며 돈을 갈취하는 자들. 쉽게 말해 사기꾼들이지."

"사기꾼이라니! 그런 모욕은 참을 수 없소! 취소하시오."

신주제일도가라는 간판을 내걸고 있는 무당파의 제자인 현운으로서는 도사를 사기꾼 취급하는 남해왕의 말을 그냥 넘겨들을 수가 없었다.

"글쎄, 과연 그럴까? 그들은 사기꾼일 뿐만 아니라 겁쟁이이기까지

하지."

남해왕의 얼굴에 나타나 있는 그 표정은 명백한 경멸이었다. 그는 진심으로 도사라는 인종을 혐오하고 있었다.

"무슨 근거로 또 도사들을 겁쟁이라고 매도하는 것이오?"

사기꾼에 이어 겁쟁이라니, 이자는 도사에게 무슨 원한이라도 있단 말인가?

"흥, 그럼 아닌 것 같나? 도사 나부랭이들은 우화등선을 궁극의 목표로 여긴다고 하더군. 다른 말로는 좌화라고 한다던가? 흥, 웃기지도 않는군. 그러니까 겁쟁이 소리를 들어도 싸지."

"뭐가 웃기지도 않는다는 것이오? 좌화란 불교에서 말하는 해탈의 경지요. 이 세상의 집착으로부터 벗어나 청정해지는 길인 것이오."

그 길을 가기 위해 얼마나 많은 사람들이 피와 땀을 쏟았던가. 그러나 잔인하게도 그곳은 피나는 노력만으로는 갈 수 없는 곳이었다. 그러나 그럼에도 포기하지 않는 것이 바로 도사의 길이었다.

"청정? 비웃음이 멈추지가 않는군. 어차피 그들 역시 인간. 신자들이 주는 돈이 없으면 이 세상에서 살아갈 수 있을 것 같아? 신선 같은 뜬구름 잡는 이야기로 신자들의 등이나 쳐먹지. 자기 손으로 벌지도 않으면서 남들이 준 돈으로 살아가는 놈팡이들 주제에! 난 그런 도사 놈들이 이 세상에서 제일 혐오스러워."

지금까지의 그의 언동에는 상인이 손님을 대할 때와 같은 가식이 들어 있었지만, 지금은 농후한 증오가 배어 있었다.

"도사들도 농사를 짓소. 차를 재배하고 약을 만들기도 하오. 도사라고 놀고만 있다고 생각하면 오산이오."

그 역시 어린 나이에 입문했을 때부터 여러 가지 일들을 해왔다. 도사가 그저 원시천존 상 앞에서 도경만 외우고 있는 건 아니었다.

"하하하, 내가 왜 도사 놈들을 혐오하는 줄 아나?"

"……."

"우리 부모님은 대대로 내려온 지주라 부자였지만 멍청했지. 돈이 많아지니 그다음은 죽는 게 두려워졌나 봐. 영화를 좀 더 오래 누리고 싶었겠지. 그러던 어느 날 영생을 보장해 준다는 엉터리 도사가 찾아왔지. 원체 부모란 작자가 멍청해서 그런지 그 말에 솔깃해 재산을 갖다 받치더군."

"그건……."

그렇게 도사의 탈을 쓰고 사기를 치고 다니는 이들이 있다는 것은 현운도 들어 알고 있었다. 불로장생약이라면서 가짜 약을 파는 이들도 있다는 것도.

"그때 나는 아직 열 살밖에 안 됐었지. 하지만 내가 보기에도 부모님이 하는 행동은 멍청했지. 도사들이 하는 행동은 더욱 수상했고. 그대로 뒀다가는 망할 것 같더군. 그래서 참지 못하고 그 도사들을 향해 외쳤지. '아버지, 어머니, 이놈들은 사기꾼이에요. 더 이상 이놈들 말대로 재산을 퍼주시면 안 돼요!' 하하하. 그랬더니 그놈들이 나에게 손가락질을 하며 뭐라고 지껄였는 줄 아나?"

"……모르겠소."

대답하는 현운의 목소리는 착 가라앉아 있었다.

"나 같은 불신자는 지옥에 떨어질 거라더군. 도를 믿는 자만이 천국에서 영생을 얻는다고 말이야. 그 도사 놈들은 날 마귀의 자식이라 불렀지."

"잠깐, 그건 이상하오. 도가에 그런 가르침은 없소. 도를 믿는다고 천국에 가다니? 도를 믿으면 신선이 된다는 이야기와 다를 바가 어디 있소? 도는 믿는 것이 아니오. 도는 깨닫는 것이오."

현운의 열변에도 전혼은 들은 척도 하지 않았다.

"그게 무슨 상관이지? 그게 그놈들의 신앙이었어. 그리고 그 신앙에 우리 집은 몰락했고. 그 많던 전답과 재물이 모두 날아갔지. 그 가짜 도사 놈의 뱃속으로."

"……"

현운은 갑자기 말문이 막혔다. 도에 대해 알지도 못하면서 도를 파는 놈들을 현운 역시 경멸했다. 현운 역시 그들을 진짜 도사라며 인정하지 않고 있었다. 그러나 그들이 '도(道)'와 '영생(永生)'을 팔고 다닌다는 것은 엄연한 사실이었다. 그 점이 괴로웠다. 그가 추구하던 진짜 '도'까지 더럽혀지고 있다는 느낌이 들어서 참을 수가 없었다. 게다가 지금 무슨 말을 해도 도사인 그의 말은 남해왕의 귀에 가 닿지 않을 게 분명했다.

"어린 나이에 내가 어떻게 했을 것 같나?"

현운은 모른다고 대답했다. 남해왕은 현운의 괴로워하는 표정을 보는 게 좋은지 더욱 신이 나서 이야기에 열을 올렸다. 마치 그때의 복수라도 하듯.

"난 집이 완전히 망하기 전에 창고 깊숙이 숨겨져 있던 금괴 몇 개를 가지고 무관을 하고 있던 먼 친척 집으로 도망갔지. 그 무관을 하던 그 친척은 무인이라 재물에 대해선 다른 친척들보다 좀 어두웠지. 난 누가 돈을 원하는지, 원하지 않는지, 그리고 어느 정도 원하는지 알아볼 수 있는 재능이 있었거든. 사람의 물욕을 읽는 눈, 이른바 상인의 눈을 가지고 있었지. 아무튼, 울먹이며 사정을 이야기하고 약간의 돈을 쥐어줬더니 그곳에서 살게 해주더군. 얼마 뒤 집이 망했다는 소식을 들었지. 부모님은 목을 매 자살하고."

"그런……."

현운은 왠지 숨 쉬기도 괴로울 지경이었다. 마음 한구석이 굉장히 무거웠다. 그 사기꾼들의 죄가 마치 자신의 죄 같았던 것이다.

"그 뒤 난 그 먼 친척의 무관에서 자랐지. 물론 무공도 배웠지만, 난 돈을 버는 데 더 관심이 많았어. 내가 잃어버렸던 것, 마땅히 물려받았어야 했던 것들을 되찾고 싶었거든. 집에서 훔쳐 가지고 나온 금괴는 가게를 일으키는 데 도움이 됐지. 그걸 종잣돈으로 돈도 꽤 벌었고. 그리고 십 년 후 난 그 사기꾼 도사 놈들의 행방을 알아낼 수 있었지. 그때 사기쳐 먹은 돈으로 으리으리한 집에서 삼처사첩을 거느리고 떵떵거리며 잘살고 있더군. 그래서 내가 어떻게 했는 줄 아나?"

그렇게 말하면서 그는 무척 재미있다는 듯 큭큭 웃었다. 현운은 그저 듣고만 있었다.

"난 그 길로 돈을 들고 '야천오(夜天烏)'를 찾아갔지."

"야천오라면!"

그 불길한 이름, 현운도 들은 적이 있었다. 그들은 분명…….

"그래, 맞아. 강호 삼대암살청부조직 중 하나인 바로 그 '밤을 나는 까마귀' 야천오지. 난 돈을 주고 그 도사들의 목숨을 샀지. 내가 번 그 돈으로 말이야. 정확히 일주일 후에 그 도사 놈은 죽었지."

남해왕 전혼의 말투는 무척이나 담담했다.
　"뭐, 영생을 약속해? 웃기지도 않는 놈들. 난 주인을 잃고 사분오열된 그놈의 가게들을 흡수했지. 뭐, 청부 비용이 꽤 비쌌지만, 그 뒤의 수입을 생각하면 남는 장사였지."
　그런 일에까지 이윤의 손익을 따지다니, 현운은 그의 정신을 따라갈 수가 없었다.
　"그 후로 난 이 세상에 믿을 건 오직 돈밖에 없다는 사실에 대해 확신하게 되었지. 결국 그 도사의 목숨을 산 것은 돈이었고, 나의 복수를 완수시켜 준 것도 돈이었지. 역시 도(道)나 노자 왈 장자 왈 가지고는 이 세상을 살아갈 수 없다는 것을 확실히 깨달았지. 그런데 가업이 커지다 보다 여기저기에서 힘깨나 쓴다는 조직들이 집적거리기 시작하더군. 돈을 지키기 위해서는 힘이 필요하더군. 그래서 난 이곳 마천각에 들어왔지, 더욱 큰 힘을 기르기 위해. 내 얘기는 여기서 끝이야. 어때, 이래도 내가 도사를 사기꾼에 겁쟁이라 부르지 말아야 할까?"
　"…난 확실히 당신의 말에 대해 반박할 말이 없소. 또한 당신이 도사를 미워하는 이유도 충분히 알았소. 하지만 그래도 역시 도가의 가르침에는 옳은 것이 있다고 생각하오. 나쁜 것은 도가의 가르침이 아니라 그것을 개인의 사리사욕을 위해 왜곡하는 자들이오."
　"자네가 그런 유(類)의 자들이 아니라는 것을 어떻게 믿을 수 있나?"
　"믿어달라고는 하지 않겠소. 하지만 일부를 보고 그것으로 전체를 판단하는 것은 위험한 생각이오."
　"먼지 하나 속에서도 삼라만상을 볼 수 있다고 주장한 건 그쪽 아니었나? 그럼 사기꾼에 겁쟁이에 거짓말쟁이까지 더해야 되겠군."

"그것 역시 불교 쪽이오. 그리고 사기꾼들이 더 많은 건 장사치 쪽 아니오? 그런 일부 사기꾼 장사치들에게 당했다고 모든 장사치를 사기꾼이라 부르면 좋겠소? 모든 도사가 사기꾼이라면 당신 역시 사기꾼 장사치인 거요."

"……!!"

그런 논리로 나오면 전혼 역시 반박하기가 곤란했다. 남에게 적용된 기준은 자기 자신에게도 적용되는 것이다. 현운이 다시 진지한 목소리로 말했다.

"솔직히 나 역시 한때는 당신처럼 도라는 것에 회의를 가졌을 때가 있었소. 도가는 겁쟁이들의 사상이 아닌가 하고 말이오."

세상을 벗어나고 싶어하는 자들, 신선이 되어 이 세상에 관계하고 싶어하지 않는 이들. 그들은 이 세상과 접촉하는 것을 두려워하고 있는 게 아닌가 하고 의심했던 적이 없었던 것은 아니었다. 그리고 지금도 그런 사람들은 부대에 쓸어 담을 만큼 많다.

"하지만 우리가 도를 추구하는 것은 겁쟁이라서가 아니오. 이 세상의 이치는 인간이 만든 것. 그것은 불안하고 시도 때도 없이 바뀐다는 것을 잘 알 것이오. 당신이 그렇게 움켜쥐고자 하는 '부(富)' 역시 언제 사라질지 모르는 것 아니겠소? 때문에 우리 도사들은 보다 불변하는 것, 혹자는 도(道)라 부르기도 하고 혹자는 진리라 부르기도 하는 것을 찾고자 하는 것이오. 이것이 나의 '길(道)' 이오. 그리고 무엇이든 돈으로 살 수 있다고 생각하는 당신의 생각은 틀렸소."

"자네의 논리대로라면 자네의 생각이 틀렸을 수도 있는 것 아닌가?"

"그럴 가능성을 배제할 수는 없소. 인간은 누구나 실수를 하니까.

하지만 그 실수를 두려워해 위축되는 것은 더 옳지 못한 일이라 생각하오."

"흥, 자기 사정에 좋은 쪽으로만 생각하는군. 그리고 남의 길이 틀렸다고 함부로 말해도 되는 건가?"

"아니, 난 당신이 가고 있는 길이 잘못됐다고 말해줄 것이오. 그러나 최후에 그것을 선택하는 것은 당신이오. 그리고 우리 대사형이라면 이렇게 말했을 것이오, 그런 건 자기 확신이 있다면 밀어붙여 버리는 거라고."

그러니 지금 자신의 상태에 책임을 지라고.

"그런 건 날 쓰러뜨리고 나서나 말하는 게 어떤가?"

"좋소. 그리고 난 해야 할 일이 있소. 그러기 위해, 난 내가 완수해야 할 임무와 당신의 잘못된 생각을 바로잡기 위해서라도 당신을 이길 것이오."

"과연 나한테 이길 수 있을까?"

"당신이 과거에 쓰라린 경험을 했다는 것은 잘 알겠소. 그러나 그렇다고 해서 지금 당신이 다른 사람에게 상처를 주거나 산산을 상처 줘도 되는 것은 아니오. 그 아픈 경험을 이겨내고 삐뚤어지지 않고 사는 사람도 많소. 과거가 안 좋아서 난 어쩔 수 없이 이렇게 되었다고 말하는 것은 '비겁한' 짓이오. 진짜 겁쟁이는 바로 비겁자인 당신이오."

"내가 겁쟁이라고! 말 다 했느냐?"

"아니, 아직 다 안 했소. 그리고 얼마든지 더 말할 수 있소. 당신이 누구든, 무슨 일을 당했든 상관없이 산산을 상처 입힌 당신을 난 용서하지 않을 거요. 그리고 당신을 반드시 쓰러뜨릴 거요. 그래서 당신이 악착같이 모은 그 돈으로도 살 수 없는 것이 있다는 것을 보여주겠소."

"좋아, 그거 재미있군. 바라던 바다! 기다리게, 곧 자네의 목숨에 가격을 매겨줄 테니."

"당신은 아마 매기지 못할 것이오. 그리고 엄청난 손해를 안고 포기하게 될 것이오."

잠들어 있던 현운의 영혼에 불이 붙었다. 연못 속에서 유유자적 놀고 있던 용이 지금 승천하려 하고 있었다.

"왜냐면 당신의 쏘기도 이제 슬슬 눈에 익으니 말이오."

"호오, 그건 그냥 넘겨듣기 힘든 말이군. 이쪽의 재간을 모두 간파했다는 말이니까. 이쪽의 역량이 모두 간파당했다면 더 이상 장사를 해 먹을 수가 없지 않겠나?"

밑바닥까지 다 보여준 다음에는 이미 동등한 장사란 불가능한 것이다.

피융!

다시 한 번 남해왕 전혼의 손에서 매혼전이 날아들었다.

땅!

현운은 검을 휘둘러 그것을 쳐냈다.

다시 두 개의 매혼전이 날아왔다.

땅! 땅!

현운은 또다시 그 두 개를 모두 쳐냈다.

'어째서지? 옛날에도 이런 비슷한 일을 당한 적이 있었던 것 같은데?'

현운은 그것들을 쳐내면서 그런 의문을 품었다. 분명히 이와 비슷한 경험을 한 적이 있었다. 다만 너무 끔찍한 경험이라 스스로 묻어두고 있었던 것뿐인 기억. 그런 기억 대부분은 대사형 비류연과 관련된 기억이었다.

"설마 읽고 있는 건가, 나의 매혼전을?"

현운의 회피 동작에 좀 더 여유가 생겨나는 것을 본 남해왕이 놀란 어조로 외쳤다.

"얘기하지 않았소, 슬슬 눈에 익는다고."

그는 결코 거짓말을 하지 않았던 것이다. 남해왕의 미간이 보기 좋게 일그러졌다. 이대로 한두 개씩 쏘아봤자 돈을 내다 버리는 꼴밖에 더 되지 않았다.

"좋다. 그렇다면 이 기술을 막아봐라. 그럼 인정해 주지."

그는 동전 한 줌을 쥐더니 차곡차곡 쌓아 동전 기둥을 만들었다. 그리고는 지금까지 놀고 있던 오른손을 가슴 높이로 들어 올렸다.

양손 모두를 써서 공격할 생각인 것이다.

'온다!'

현운은 정신을 집중했다.

**탈명매혼전**(奪命買魂錢)
**비기**(秘技)
**칠연비성격**(七連飛星擊)

전혼의 왼손과 오른손이 동시에 움직이면서 연속해서 일곱 개의 동전이 날았다.

알까기
—읽다

 사실 현운은 좀 전부터 이상하다고는 생각하고 있었다.
 남해왕 전혼의 탄기는 지금까지 현운이 전혀 접해본 적이 없는 기술이었다. 백도에서 동전을 무기로 삼는 사람은 거의 없기 때문이다. 사천당가가 암기의 명가이기는 하나 이만한 쏘기 기술은 보지 못했다. 게다가 사천당가의 암기술은 그들이 독자적으로 제작한 암기를 사용할 때 진가를 나타내는 것이다. 하지만 지금 전혼이 쓰고 있는 것은 실생활에서 거래를 할 때 사용하는 진짜 동전이었다. 그의 성격상 가짜 돈은 사용할 것 같지도 않았다.
 '그런데도……'
 그런데도 그의 몸은 그 쏘기 기술에 무의식적으로 반응하고 있었다. 마치 이미 여러 번 겪어보았다는 듯이. 그렇지 않으면 첫 한 냥째에 혼이 팔려 나갔을지도 모른다. 전혀 대비를 하지 못하고 있을 때가 가장 위험한 것이다. 그래서 왜 이런 일이 일어날까, 머리 한구석으로 고민했었다. 그리고 뇌리 저편에 묻어두었던 기억이 되살아났다.

'맞다! 알까기!'

왜 지금까지 눈치 채지 못했을까? 대사형 비류연이랑 했던 그 흉흉한 '알까기'를.

왜 그것을 알까기라고 하는지는 알 수 없다. 하지만 대사형이 하는 알까기는 기존의 알까기랑은 차원이 달라도 아주 달랐다. 보통의 알까기는 흰 돌과 검은 돌을 손가락으로 튕겨 먼저 바둑판 밖으로 돌이 튕겨 나가는 쪽이 지게 된다. 그러나 대사형이 하는 알까기는 그렇지 않았다.

일단 십 보 밖에 주작단을 일렬로 세워놓는다.

그리고 바둑판 위에 그와 같은 개수의 바둑알을 올려놓는다. 그리고는 한 손으로 턱을 괸 채 콧노래를 부르며 바둑알을 튕긴다.

그럼 그 바둑알은 마치 뇌전이라도 된 것처럼 어마어마한 속도로 날아온다. 그걸 요령껏 검으로 막아내야 한다.

그 바둑알의 위력이 어느 정도냐 하면, 언젠가 한번 그 알까기 공격을 피했을 때 그 바둑알은 그의 뒤에 있던 바위를 그대로 파고들어 갔던 것이다. 그런 걸 정면으로 맞으면 죽을 수도 있다. 그러나 대사형은 '걱정 마, 죽지 않을 정도로 힘 조절했으니까'라는 간단한 한마디로 그들의 불안과 공포를 일축했다.

대사형과의 알까기는 목숨을 걸어야 했다.

"이런 걸 왜 하는 겁니까, 대사형? 꼭 해야 합니까?"

"이런 게 나중에 피가 되고 살이 되는 거야. 결코 내가 지금 한가해서 시간 때우기로 이런 걸 하고 있는 게 아니라고."

하품을 거나하게 하면서 그렇게 대답했었다.

'시, 시간 때우기였냐!'

불쌍한 주작단들은 속으로 비명을 내질렀다.

"심심하면 바둑을 하시면 되지 않습니까? 시간 때우기에 아주 그만입니다."

"아니, 난 바둑은 별로라서."

"모르시면 제가 가르쳐 드릴 수 있습니다."

무당산에서 사부님과 맞대국을 할 만큼 그의 바둑 실력은 꽤 높았다.

"현운아, 넌 내가 바둑에 대해서 모른다고 생각하는 거냐?"

"그, 그럴 리가요."

"내가 바둑을 못 둬서 알까기를 하는 게 아니라니까. 다 너희들에게 피가 되고 살이 되라고 하는 거라니까."

다시 한 번 피와 살을 강조했다.

"그전에 피를 뿜고 죽지 않을까 걱정되어 그렇습니다."

그 걱정이 기우가 아닐 만큼 날아오는 알까기 바둑의 위력은 무시무시했다. 그러자 비류연은 손사래를 치며,

"에이, 겁도 많긴. 안 죽는다니까, 절대. 나중에 다 암기 공격을 피하는 데 도움이 된다고. 이런 게 다 수련이야, 수련. 다 너희들을 위해서라고. 난 뭐 안 힘든 줄 아나? 아주 삭신이 쑤신다고, 삭신이."

그렇게 말하면서 다시 '하암' 하고 하품을 하는 것이었다.

"이런 대사형의 깊은 마음을 몰라주다니, 안 되겠다. 피해야 하는 바둑알 양을 세 배로 늘려야겠다."

주작단 전원에서 비명이 터져 나온 것은 당연했다. 그 후로는 누구도 불평불만을 입 밖으로 내는 이가 없었다. 과연 대사형의 말대로 날아온 바둑알에 몸을 관통당하거나 하지는 않았다. 맞아도 죽지는 않았지만, 조그만 바둑알을 맞았는데도 그 충격은 고수가 전력으로 휘두른 권격을 얻어맞는 것과 같았다. 멍도 조그만 점처럼 드는 게 아니라 주먹에 맞은 것처럼 크게 번지는 멍이 들었다. 한 달이 지나도록 사라지지 않는 그 멍은 바로 알까기에서 졌다는 증거로, 그들은 '죽음의 알반점'이라 불렀다. 특히 여자들은 그 알반점이 한 달 동안 사라지지 않는 것을 죽기보다 싫어해 남자들보다 더 필사적으로 피했던 기억이 났다.

그 죽음의 알까기에서 벗어나는 방법은 단 하나. 십 보에서 시작해서 날아오는 바둑알을 튕겨내고 살아남으면, 그 뒤로 한 발씩 한 발씩 전진하는 것이다. 그리고 최후에 남은 한 사람만이 다음 알까기 판에서 빠질 수 있었다. 그러니 다들 눈에 불을 켤 만큼 필사적이 되지 않을 수 없었다.

그리고 현운의 알까기 성적은…….

"보인다!"
땅땅땅땅땅땅땅!
현운은 검을 바람처럼 휘둘러 날아오는 칠연비성격을 정확하게 쳐냈다. 게다가 이번에는 쏘기의 위력에 밀리지도 않았다. 정확한 호흡,

정확한 각도로 쳐낸 덕분이었다. 알까기 최고난이도는 오 보 앞에서 날아오는 열 개의 바둑알을 쳐내고 피해내는 일이었다. 물론 그건 아무도 성공하지 못했지만…… 그래도 일곱 개 이상 쳐낼 수 있게 되기는 했다.

'대사형의 심심풀이 괴롭힘이 이런 데서 도움이 되다니……. 설마 이걸 노리고?'

그러나 곧 세차게 고개를 가로저었다.

'우연이야. 암, 우연이고말고. 대사형이 이런 상황을 상정해서 그런 걸 했을 리가 없잖아? 그건 어디까지나 심심풀이였던 게 분명해. 틀림없어.'

혹시나 하는 생각을 극구 부정하며 우연이라고 치부하기로 결정했다.

"이럴 수가! 나의 매혼전을, 그것도 칠연비성격을 이렇게 정확하게 쳐내다니……. 이런 신묘한 기술을 보인 건 자네가 처음이야. 그 점은 인정하지."

남해왕 전혼의 안색은 무척 좋지 않았다.

"아쉽구려. 천무학관에 온다면 많이 보게 될 텐데……."

주작단원이라면 이 정도는 할 수 있어야 그 무지막지하고 비정하고 잔인하고 막무가내인 대사형 밑에서 생존할 수 있는 것이다. 대사형의 괴롭힘에서 살아남기 위해 그들은 단 하루도 연마를 게을리하면 안 되었던 것이다.

"확실히 내가 자네의 가격을 잘못 매겼던 모양이군. 가격이 맞지 않으면 원하는 물건을 손에 넣을 수 없지."

그러더니 허리춤에 치고 있던 다른 주머니를 열었다.

"그건 또 뭡니까?"

그는 그 주머니에서 다시 돈을 꺼냈다. 그러나 이번에는 동전이 아니라 은전(銀錢)이었다.

"아, 보다시피 이 주머니 안에는 은화가 들어 있다네. 왜냐하면 자네의 목숨은 동전으로 사기에는 너무 비싼 것 같거든. 그렇다면 지불 수단을 바꿔야겠지."

생각했던 것보다 많은 돈을 지불해야 되자 남해왕은 마음이 쓰리지 않을 수 없었다.

"동전에서 은전으로 바꾼다고 해서 뭐가 달라지기라도 한단 말이오?"

그런 말도 안 되는 일이 일어날 리가 없었다.

"글쎄, 과연 어떨까? 비싼 만큼 값을 하는지 그 몸으로 직접 시험해 보면 되지 않겠나!"

쉐애애애액! 쉐애애애애액!

사전 동작도 없이 남해왕 전혼은 망설임없이 두 개의 은전을 현운을 향해 쏘아 보냈다.

"이런 것쯤!"

이미 매혼전의 속도는 눈에 익어서 두려울 게 없어진 현운은 자신만만하게 검을 휘둘렀다.

깡! 깡!

두 개의 매혼전을 분명히 검으로 쳐냈다. 그러나 그것은 튕겨 나가지 않았다.

"컥!"

현운은 검으로부터 전해져 오는 충격에 내장이 진탕되는 바람에 자신도 모르게 비명을 지르고 말았다.

"이… 이럴 수가……."

자신의 청송고검을 들어 올린 현운은 망연자실할 수밖에 없었다. 그동안 애지중지해 오며 쓰던 사문에서 받았던 검신에 두 개의 동전이 보란 듯이 박혀 있었다.

"이게 대체……."

좀 전에 동전을 쓸 때까지만 해도 확실히 튕겨낼 수 있었다. 그리고 확실히 튕겨 나갔다. 그러나 이번에는 속도는 같았지만 그 안에 실린 힘은 전적으로 달랐다.

검기가 주입된 검을 이렇게도 깔끔하게 꿰뚫다니……. 어지간히 압축된 기가 주입되지 않고서는 불가능했다. 그렇다. 적어도…….

"설마…… 검강(劍罡)?"

현운은 저도 모르게 그 말을 내뱉고 말았다. 그 정도가 되지 않으면 이렇게 간단히 쇠를 두부처럼 뚫을 수 없었다.

"정답이네. 보다 정확히는 '전강(錢罡)'이라 해야겠지."

돈에 실리는 강기라는 의미였다.

"이것이 바로 나의 궁극 기술인 '탈명매혼강기전(奪命買魂罡氣錢)'이라네. 그 누구의 목숨도 살 수 있다고 자부하는 비장의 지불 수단이지. 막으려 해도 막을 수 없는, 모든 것을 꿰뚫는 섬광의 창(槍)!"

좀 전에 남궁산산의 검을 부순 것도 바로 이 강기전이었던 것이다.

"강기를 동전에 실어서 쏘아 보내다니……."

강기라는 것은 보통 검이나 도, 혹은 드물게 창 등에만 실리는 것이라 생각했던 현운으로서는 큰 충격이 아닐 수 없었다.

"이 강기전 앞에서 거의 모든 방어는 무용지물이지. 자, 과연 이 강기전의 세례를 견딜 수 있겠나?"

"크윽……."

솔직히 자신이 없었다.

"아무래도 곧 자네의 목숨 값이 정해질 것 같군! 안 그런가?"

다시 전혼의 손에서 강기전의 세례가 쏟아졌다. 막는 것은 위험하다고 판단한 현운은 방어보다는 회피를 선택했다. 현운은 제운종을 펼쳐 날아오는 강기전을 어찌저찌 피해냈다. 세 배 빨라지거나 하지는 않았기 때문에 가능한 일이었다. 그러나 계속 피하기만 해서는 아무것도 할 수 없었다. 현운은 어금니를 꽉 깨물었다.

"이에는 이, 눈에는 눈! 그쪽에서 강기라면 이쪽도 같은 강기로 맞대응할 수밖에!"

현운의 청송고검에 맺혔던 검기가 더욱 선명한 빛을 내더니 푸르스름한 강기를 형성했다.

"그 나이에 벌써 검강을 사용할 수 있다니, 과연 천무구룡의 명성은 거짓이 아니었군. 그러나 아무리 같은 강기라 해도 집중력이 달라!"

피융!

막아볼 테면 막아보라는 투로 전혼의 탈명매혼강기전이 현운의 정면을 향해 날았다.

"이미 간파했소!"

현운은 검강이 실린 검으로 날아오는 강기전을 쳐내기 위해 공간을 갈랐다. 그러나 그 강기전은 갑자기 아래로 뚝 떨어졌다. 가슴을 노리고 날아오던 강기전이 돌연 꺾여져 단전 부위를 공격해 오자 현운은 급히 검의 궤도를 틀어 그 공격을 막아냈다.

카앙!

무시무시한 굉음이 울려 퍼졌다.

"크윽!"

현운은 하마터면 피를 토할 뻔했다. 무시무시한 힘이 그의 내장을 진탕시켰던 것이다. 급격하게 검의 궤도를 튼 것이 안 좋았던 것이다. 게다가…….

'갑자기 빨라졌다?'

뚝 떨어지면서 날아오는 속도는 지금까지의 속도와 다르게 훨씬 더 가속해 있었다. 하마터면 놓칠 뻔했던 것이다.

게다가 검날도 상해 있었다.

'위력에서 밀렸다는 건가……'

아무래도 강기가 한 점에 집중된 강기전의 강도가 그의 검강의 강도를 뛰어넘은 것이다. 같은 수준의 내공을 가졌다면, 검날 전체에 강기로 덮는 것보다 동전 하나에 압축하는 게 강도 면에서는 훨씬 더 강한 것이다. 한 점에 집중된 강기가 바늘 끝처럼 날카롭게 현운의 강기를 관통한 것이다.

'쾌(快)를 뛰어넘는 극쾌(極快)!'

극쾌를 그 근본으로 삼는 남해왕 전혼의 탈명매혼전은 부드러움으로 강함을 제압하는 능유제강을 그 요결로 삼는 무당검에 가장 상성이 나쁜 상대라 할 수 있었다. 이른바 천적이라 할 수 있었다.

'게다가 변초까지……'

위기를 타개했다고 생각했는데 다시 상황은 현운에게 불리해지고 있었다.

'방법을 찾아야 해, 방법을.'

이대로라면 현운의 필패는 불을 보듯 뻔한 일이었다.

'태극혜검의 극의, 이제 그것밖에 없단 말인가?'

## 격돌! 가장 비싼 비기 대 가장 깊은 오의
―무당 극의(極意)

삼 년 전.

갈효봉 습격 사건이 있었던 무당산에서의 일이 끝난 직후 현운은 잠시 짬을 얻어 사문인 무당파에 들렀다. 사부님을 만나뵙고 싶었기 때문이다.

이유는 간단했다. 무당산 습격 사건이 벌어졌을 때, 그는 거의 아무 일도 못했던 것이다. 검에 마음을 주입하고 뜻만으로 항아리 안의 물을 회전시키는 수업을 쌓았는데도 별다른 큰 도움이 되지 않았다. 오히려 재습격해 온 갈효봉을 정면으로 상대한 것은 후배인 모용휘였다. 그리고 그 천재 소년이라 불리는 모용휘조차 감당할 수 없었던 갈효봉에게 최후의 일격을 날린 것은 의외로 대사형 비류연이었다.

그는 잡어(雜魚)들이나 상대하고 있었다.

이대로는 안 된다, 고 생각했다. 그래서 그는 다시 무당산에 올랐다. 그리고 자신이 했던 수련과 그때 있었던 습격 사건에 대해 이야기했다. 사부님에게 가르침을 청하기 위해서였다.

"강해지고 싶다라……. 이 사부는 너에게 이미 모든 것을 가르쳤다. 태극혜검의 요결까지 너에게 전했는데 더 이상 무엇이 남아 있겠느냐?"

사부인 청운자는 더 이상 가르칠 것이 없다고 말했지만, 현운으로선 그 말만으로 마음의 위로를 받을 수 있는 상태가 아니었다.

"하지만……."

태극혜검은 무당파 최고 검공인 태극검의 최종 요결이라 할 수 있었다. 하지만 문제는 태극검은 요결을 안다 해서 그것만으로 익힐 수 있는 검공이 아니라는 데 있었다.

"제자는 아직 태극검의 오의를 깨닫지 못하고 있습니다. 아직 그 성취도 오성(五成)에 불과합니다."

아직 절반 정도밖에 이해하지 못하고 있었다.

"태극검은 형태도 초식도 없는 무형의 검. 그 나이에 그 정도까지 익힌 것도 장한 일이다."

"하지만……."

"초식에서 자유로워진다는 것은 그만큼 어려운 일이니라. 그것은 곧 자신을 얽매고 있는 관습에서 벗어난다는 일. 그것이 누구에게나 가능하다면 누구도 고생할 일은 없겠지."

태극검은 그 심득이 너무 깊기 때문에 평생 익혀도 그 끝을 보지 못한다고 불릴 정도였다.

"제자, 아직까지 안개 속을 헤매고 있는 듯한 느낌입니다."

지금 그에게 필요한 것은 이 안개 속을 나아가게 해줄 길잡이였다.

"하긴 아직 너에게는 넘어야 할 벽이 있구나."

즉, 현운에게 약점이 있다는 뜻이었다.

"벽이라 하시면…… 그것이 무엇이옵니까?"

"지금으로서는 극쾌(極快)를 당해낼 수 없다."

극쾌가 바로 벽이었던 것이다.

"오성의 태극검으로는 극쾌를 이겨낼 수 없다. 그러니 극쾌의 무공을 사용하는 자를 만나면 태극검은 사용하지 않도록 하거라."

태극검의 근간이 되는 태극결은 부드러움으로 강함을 누르는 힘이었다. 하지만 모든 것에는 상극이 있듯 태극검에도 천적이 있으니 그것은 바로 극쾌였다. 부드러움은 강함을 누를 수 있지만 빠름은 부드러움을 끊을 수 있었다.

"가위바위보랑 비슷하지."

"가위바위보, 말씀이십니까?"

"그래. 유(柔:부드러움)란 보자기다. 보자기는 바위, 즉 강(强:강함)을 제압할 수 있다. 하지만 쾌(快)는 가위다. 보자기는 바위를 감쌀 수 있지만 가위에게는 잘리고 말지."

"그럼 극쾌를 상대하기 위해서는 어찌해야 합니까?"

극쾌의 무공을 만나면 무조건 태극검이 무력화된다고는 생각지 않았다. 분명 방법이 있을 것이다. 그렇지 않다면 어찌 수백 년 동안 무당파 최고의 검공으로 전해져 내려올 수 있었겠는가. 현운의 예상대로 그의 사부는 해답을 가지고 있었다.

"무형의 보자기가 되면 된다."

그러나 이해하기 쉬운 해답은 아니었다.

"무형의 보자기요?"

"그래, 제아무리 날카로운 가위라 해도 형체가 없는 보자기는 벨 수 없지 않겠느냐?"

그렇기야 하지만, 어쩐지 말장난처럼 보이기도 했다.

"무형의 보자기라니… 제자에겐 무초(無招)의 경지보다 더 이해가 가지 않습니다."

팟 하고 와 닿는 것이 없었다.

"그것은 즉, 태극결이 팔성의 경지에 다다라 풍우만곡의 경지에 이르러야 한다는 뜻이다."

"풍우만곡의 경지라니요? 그런 경지가 있다는 것은 처음 듣습니다."

"물론이다. 그 경지는 자격이 없는 자에게는 그 이름조차 알려주지 않는 경지이다."

현운은 지금까지 그런 경지가 있다는 것을 꿈에도 모르고 있었다. 당연하다. 아직 때가 되지 않았다고 생각하여 가르쳐 주지 않은 것이다. 그 산에 올라갈 만한 자격이 갖추어지지 않은 자에게 헛바람을 주입할 수는 없는 일이었던 것이다. 즉, 그 말은 그곳부터가 진짜 비전 중의 비전이라는 뜻이었다. 외부에 함부로 알리지 않는 비인부전(非人不傳)의 경지.

"따라오너라."

현운이 청운자를 따라간 곳은 무당산의 심처에 은밀히 위치한 수련장이었다. 나무들에 가려져 일반 제자들은 접근이 금지된 곳이기도 했다. 그 연무장 한쪽에 마치 거대한 벌집처럼 생긴 물체가 커다란 쇠 바퀴 위에 올려져 있었다. 자세히 보니 각 구멍마다 뾰족한 화살촉들이 머리를 내밀고 있는 것이 보였다.

"이건 대체······."

"'풍우살상시(風雨殺傷矢)'라 불리는 무기다. 기관의 힘으로 수십 대의 화살을 동시에 날려 보내는 장치이지."

강호에서 쓰기보다는 군대에서 전쟁 시에나 쓰일 법한 그런 물건이었다. 대체 청정한 도가 문파 한가운데 이런 흉험한 물건이 있다니, 현운은 쉽사리 믿겨지지가 않았다.

"이런 물건이 왜 이곳에······?"

"그것을 이 사부에게 쏘아보거라."

사부의 갑작스런 주문에 현운은 깜짝 놀랐다.

"저보고 사부 살해의 죄를 짊어지란 말씀이십니까?"

"그 정도로 이 사부가 죽을 것 같으냐? 안심하고 쏘아보거라."

"그, 그래도······."

사부 청운자는 한숨을 푹 내쉬었다.

"그 우유부단한 성격은 여전하구나."

쯧쯧, 혀를 차는 청운자의 모습에 현운은 송구스러워 어쩔 줄을 몰라 했다.

"···면목없습니다, 사부님."

확실히 그 성격은 예전부터 지적을 받아도 잘 고쳐지지가 않았다.

"좀 더 이 사부를 믿어보거라. 자, 쏘아보거라. 보여줄 것이 있으니. 뭐 하느냐, 어서 쏘지 않고!"

그렇게까지 사부님이 말씀하시는데 '그래도 역시 사부님을 못 믿겠습니다' 라고 대답할 수는 없었다.

"아, 알겠습니다."

대답은 그렇게 했지만, 기관 발사 장치를 당기는 그의 손에는 여전히 망설임이 남아 있었다.

철컹!

둔중한 쇳소리와 함께 '풍우살상시'가 작동하면서 수십 발의 화살이 청운자를 향해 쏘아졌다. 현운은 눈을 질끈 감고 싶은 심정이었지만, 두 눈 똑똑히 뜨고 지켜보라는 사부님의 엄명 때문에 그리 하지도 못하고 있었다.

하지만 날아오는 화살비 앞에서도 청운자는 태연했다.

스으으으윽!

청운자의 검이 허공에서 동심원을 그렸다.

그리고……

"이, 이럴 수가!"

현운은 자신이 본 것을 믿을 수가 없었다.

"대체 어떻게?!"

그 무수히 쏟아지는 화살비 속에서도 청운자는 멀쩡했다. 그리고 어느 화살 하나 청운자의 몸에 닿은 것은 없었다. 그렇다고 부러지거나 잘려져 나간 것도 없었다. 그 화살들은 청운자를 중심으로 원을 그리며 사방팔방으로 흩어져 있었다.

"보았느냐?"

"네, 보았습니다."

"얼마나 알겠더냐?"

"반 정도……."

현운이 말끝을 흐리며 대답했다. 어쩌면 그 이하일지도 몰랐다.

"잡았느냐?"

느닷없이 묻는 질문, 상당히 밑도 끝도 없는 질문이다. 그러나 현운은 대답했다.

"실마리는 잡았습니다."

"그럼 됐다."

청운자는 그 정도에도 만족스러운 듯 고개를 끄덕이더니 말을 이었다.

"네가 본 바로 방금 전 그것이 바로 태극검 팔성의 경지인 풍우만곡의 경지이다."

그리고는 덧붙였다.

"풍우만곡이란, 바로 검으로 바람을 휘게 하고, 바람이 화살을 휘게 하는 경지이다. 마치 손발이 늘어난 것처럼 주변의 공기를 뒤흔들어 주변의 것을 움직일 수 있게 하는 경지이다. 도성님의 표류무상기가 그 궁극의 형태라 할 수 있지. 나 역시 아직 그 경지에 이르려면 부족하다. 이 사부는 아직까지 검 주위의 바람만 움직일 수 있지만, 도성 그분은 수 장 밖의 바람도 손가락 하나로 움직이실 수 있기 때문이다."

"이 경지에 다다르려면 어찌해야 합니까?"

"회전의 힘이다. 회전의 힘을 깨달아라."

"회전의 힘 말입니까?"

현운은 눈이 동그래졌다. 뭔가 땅을 파야 할 것 같은 충동이 드는 힘이었다.

"그렇다. 이번 합숙 훈련은 너에게 크나큰 힘이 될 것이다. 잊지 말거라. 검이 바람을 움직이는 게 아니라 너의 뜻이, 의지가 바람과 비를 움직이는 것이라는 것을. 기억하거라, 네가 받았다던 '항아리 훈련'을! 그 항아리가 바로 풍우만곡의 경지로 들어가는 입구다."

정말 그런가, 현운은 믿을 수가 없었다. 항아리 훈련이라 함은 무당산 합숙훈련 때 비류연이 주작단에게 강제로 시킨 훈련으로, 기와 의지의 힘으로 무당산 합숙훈련 때 손을 대지 않고 항아리 속에 가득 차 있는 물을 회전시키는 수련이었다. 그 수련에서 벗어날 수 있는 자는 회전하는 물의 힘으로 항아리를 깰 수 있는 사람들뿐이었다. 그 무의미하고 쓸데없는 수련을 한답시고 얼마나 많은 친구들이 차례차례 빈사 상태로 쓰러져 갔던가. 수련을 끝마쳐도 강해졌다는 기분은 별로 들지 않던, 아직도 그냥 생각하는 것만으로도 치가 떨리는 그런 수련이었다.

'그 무의미해 보이던 훈련이 풍우만곡의 경지로 가는 입구라고?'

그가 보지 못했던 것을 아무래도 사부님은 보고 계신 모양이었다. 하지만 사부님의 눈이 삐었다고 말할 만큼 현운은 막돼먹지 않았다.

"더욱 수련에 정진하도록 하여라. 그리하면 태극검의 끝을 볼 수 있을지도 모른다. 오직 조사이신 장삼봉 조사께서만이 이루셨다는 그 경지, 누구나 꿈에 그리는 그 경지에 도달할 수 있을지도 모른다."

그 말인즉슨 풍우만곡의 경지 위에 더 높은 경지가 있다는 뜻이었다.

"그 꿈의 경지란 대체 어떤 경지입니까?"

풍우만곡의 경지를 알려주고 보여주었을 때와 마찬가지로 이런 경지가 있다는 것을 말해주는 것 자체가 도전자로서의 자격을 얻었다고 할 수 있었다. 즉, 사부님에게 인정받은 것이다. 그러나 현운은 그 사실을 까맣게 모르고 있었다.
"풍우만곡의 최고 경지가 표류무상기라 하셨습니다. 그것보다 더 높은 경지란 말씀이십니까?"
청운자는 망설임없이 고개를 끄덕였다. 하긴 풍우만곡의 팔성의 경지이니 그보다 높은 십성과 십이성의 경지가 있을 것이다.
"그렇다. 그것은 정말로 검선의 경지라 불릴 만한 경지이다. 우리 무당파에서도 전설로 전해져 올 뿐인 경지이다."
즉, 그의 사부의 청운자 역시 도달하지 못했을 뿐만 아니라, 무당제일고수라 불리는 '그분' 역시도 도달하지 못한 경지라는 이야기였다.
"그 경지가 대체 무엇입니까?"
두근거리는 마음으로 현운이 물었다.

"공(空).간(間).만(彎).곡(曲)."

청운자는 한 자 한 자 깊이 새겨들으라는 듯 또박또박한 목소리로 말했다. 현운의 귀에는 그 소리가 마치 사자후(獅子吼)처럼 들렸다.
"전설에는 그렇게 전해지고 있다. 하지만 어떤 경지인지는 나조차도 알 수 없구나."
그리고 사부님이 그에게 마지막으로 한 말을 그는 지금도 가슴속 깊이 간직하고 있었다.
"깊어져라!"

\* \* \*

"풍우만곡(風雨彎曲)이라……."

시험해 볼 수밖에. 연습도 없이 곧바로 실전이란 점이 아쉽긴 했지만, 지금은 할 수밖에 없었다. 현운은 검극을 앞으로 내밀며 검끝에 의식을 집중하기 시작했다.

'돌아라[回]!!'

태극혜검의 힘의 원천은 회전의 힘.

의식을 집중하고 집중하고 또 집중한다.

그때의 무당산에서 대사형이 시켰던 항아리의 물을 돌리는 수련을 생각한다. 항아리 속의 물이 소용돌이치자 그 힘을 이기지 못하고 종국에 가서는 항아리가 깨졌던 일을. 거기까지 성공시킨 사람은 남자 중에선 남궁상과 현운뿐이었다. 그 이후 물론 탈진하고 말았지만. 그때 탈진해 쓰러진 그들을 향해 대사형이 뭐라고 했더라?

"좋아, 방금 그 감각을 기억해 둬라. 그게 기본이니까. 그리고 이 말도 기억해 둬라. 바람이 가볍겠냐 물이 가볍겠냐?"

마지막 말은 정말이지 뜬금없는 말이었다. 왜 그때 그런 말을 했을까, 전혀 이해할 수 없었다. 하지만 지금이라면 알 것 같았다.

바람이 가볍냐 물이 가볍냐.

당연히 바람이 가볍다. 그렇다면 무거운 걸 움직이는 게 쉬울까 가벼운 걸 움직이는 게 쉬울까? 그 답도 이미 정해져 있었다.

'나도 어리석었구나. 그때 이미 다 배웠었는데…….'

풍우만곡의 모든 것이 다 갖추어져 있었는데, 그는 자기 자신이 무엇을 가지고 있는지조차 제대로 보지 못한 것이다. 이미 풍우만곡의 실마리는 손에 쥐어져 있었던 것을, 다른 곳에서 찾는답시고 먼 길을 돌아왔던 것이다.

'회전의 요체의 중심. 축을 고정하는 것이야말로 회전의 기본.'

항아리 수련에서 가장 힘들었던 것도 이 축을 염상(念想:이미지)하는 것이었다. 그러나 지금 그의 손에는 회전축에 가장 어울리는 물건이 들려 있었다.

현운은 자신이 내뻗은 검을 축으로 세상을 돌리기 시작했다.

그의 검을 중심으로 바람이 천천히 돌기 시작했다, 천천히.

'돌았다!'

현운은 속으로 쾌재를 불렀다. 물처럼 선명하게 보이는 것은 아니지만 확실히 바람이 되는 게 보였다. 이제 남은 그 회전을 더욱 키워 자신의 영역을 늘려 나가는 것이다.

'……!'

그 삼엄한 기세를 남해왕도 느꼈는지 표정에서 여유가 사라져 간다. 현운에게서 점점 더 빈틈이 사라져 가는 듯한 느낌이었다.

"오시오. 난 언제든 준비가 되어 있소."

현운이 전혼을 향해 차분한 시선을 보내며 말했다.

"호오, 지금까지와는 다르게 상당히 자신만만하군?"

"오늘 당신에게 무당 태극검의 진수를 보여주겠소. 지금부터 보여줄 이것이 지금 내가 가진 전부요."

현운의 검극이 살짝 앞으로 숙여진다. 언제든지 오라는 듯한 도발

자세였다.

"그게 자네의 전재산이라면 나도 그에 상응하는 기술을 보여주어야겠지. 장담하건대 이번 기술은 내가 가진 어떤 기술보다 더 값비싼 기술이라네."

"가장 값비싼 기술?"

그렇다는 것은······.

"좀 전에 말했지만 난 사람의 목숨을 끊은 돈은 회수하지 않지. 저승길의 노잣돈으로 쓰라고 보내준다네. 때문에 나는 일전일전에 나의 생명과 혼을 불어넣지. 비용을 절감하기 위해서. 하지만 이번 일격만큼은 특별히 막대한 비용을 지불할 용의가 있네. 그래도 자네의 목숨을 살 수 없는지 꼭 시험해 봐야겠네. 맞아. 이 기술이야말로 내가 가진 최강의 기술이라 할 수 있지."

"대체 어떤 기술인지 궁금하구려. 나 또한 그에 어울리는 기술을 준비하도록 하겠소."

먼저 움직인 것은 전혼 쪽이었다.


탈명매혼전(奪命買魂錢)

최종(最終) 비기(秘技)

탈혼비천락(奪魂飛天落)

파산선고(破産宣告)


피융! 피융! 피융! 피융! 피융! 피융! 피융!

은전 주머니 가득 들어 있던 모든 은전이 폭우처럼 현운을 향해 쏘아져 나갔다. 게다가 모두 똑바로 날아가는 것도 아니었다. 어느 것은 똑바로 날아가고, 어느 것은 날아가다 뚝 떨어지고, 어느 것은 곡선을 그리며 휘어져 들어왔다. 그러나 그 모든 도착 지점은 현운이었다. 사방에서 강기가 실린 돈이 쏟아지니 어디로도 도망갈 길이 없었다.

막대한 적자를 각오하고 날려 보낸 필살의 기술이었다. 이대로 있다가는 폭우처럼 쏟아지는 강기전에 꿰뚫려 고슴도치가 될 게 명약관화했다.

'지금이다!'

현운의 검이 그의 앞에 존재하는 공기층을 휘저었다. 마치 국자로 솥 안을 젓듯 그의 검이 공기층을 휘젓자 바람이 휘어지며 소용돌이치기 시작했다. 지금 현운의 검기는 자연에 간섭하고 있었다. 자연에 거역하지 않고 순응하면서 자연스럽게 자연을 움직인다.

사량발천근(四兩拔千斤)!

적은 힘으로 큰 현상을 일으키는 것이 바로 무당 태극검의 진정한 힘이었다.

무당(武當) 태극혜검(太極慧劍)
팔성(八成) 극의(極意)
풍우만곡(風雨彎曲)

즈즈즈즈즈즈즈즈즉!

그러자 놀랍게도 현운을 향해 날아오던 수십 줄기 빛화살이 휘어지며 궤도가 비틀렸다.

퍽퍽퍽퍽퍽퍽퍽!

수십 줄기의 빛줄기가 등 뒤에 세워져 있던 벽을 꿰뚫고 들어가 박혔다. 그러나 현운의 몸에는 상처 하나 없었다.

"이럴 수가! 궤도가 휘어졌다고?!"

남해왕은 자신의 눈앞에서 버젓이 일어난 일을 믿을 수가 없었다. 아직도 바람은 현운과 전혼 사이에서 세차게 소용돌이치고 있었다.

현운의 검이 여러 개의 동심원을 그리며 회오리치는 바람을 검신에 감았다. 그리고는 그대로 나선의 궤적을 그리며 전혼을 향해 쏘아 보냈다.

풍인참(風刃斬)!

파바바바바바박!

매섭게 소용돌이치는 바람의 칼날이 단단한 청석 바닥을 무서운 기세로 파헤치며 전혼을 향해 날아갔다. 풍우만곡의 힘을 방어에서 그대로 공격으로 전환한 것이다.

"질까 보냐!"

좀 전의 기술로 은전 주머니가 몽땅 비었지만, 아직 동전 주머니는 남아 있었다. 전혼은 급히 동전들을 꺼내 날아오는 풍인(風刃)에 대항하려 했다.

콰과과과과과곽!

그러나 전혼의 손에 들렸던 동전은 날아온 풍인의 소용돌이에 휘말려 사방으로 흩어졌다. 또한 전혼의 팔 역시 무사하지 못했다. 그의 소매와 옷이 너덜너덜 여기저기 찢겨 나갔다. 덩달아 피가 사방으로 튀었다.

"크아아아아아아아아아아악!"

고통을 참지 못한 전혼의 입에서 비명이 터져 나왔다. 전혼을 난도질한 바람의 칼날은 그 여세를 늦추지 않고 전혼의 뒤에 있는 값비싼 자단목 책상까지 산산조각 내버렸다. 가짜 남해왕 뚱보가 그렇게 필사적으로 지키려 했던 자단목 책상은 방금 한 무더기의 장작더미로 변해 버린 것이다. 풍인참에 직격당한 전혼은 충격 때문에 손가락을 움직일 수가 없었다.

그리고 엉망진창이 된 전혼의 목덜미에 어느새 현운의 검이 닿아 있었다. 넋이 빠져 있는 전혼을 향해 현운이 선언했다.

"결국 당신은 나의 목숨을 살 수 없었소. 이 싸움은 나의 승리요."

# 해외 유학파 현지처(現地妻)의 상관관계
―장홍, 궁지에 몰리다

"정말 괜찮겠소?"

나직한 목소리로 묻는 장홍의 얼굴은 평소의 헤벌레한 표정이 아니라 무척이나 진중했다.

"뭐가요?"

옥유경은 영문을 모르겠다는 표정으로 장홍을 바라보며 반문했다.

"마천각을 배신하는 것 말이오."

"흥, 듣기 안 좋은 소리군요. 배신이라니. 난 마천각을 배신하려는 게 아니에요."

"아니라니……?"

대체 뭐가 아니란 말인가? 지금 그녀의 행위가 마천각을 향해 칼끝을 겨누는 배신 행위가 아니라면 무엇이 배신 행위이겠는가? 그러나 옥유경은 그렇게 생각하지 않는 듯했다.

"내가 하려고 하는 건 마천각의 기강을 책임지는 마천십삼대의 대장 중 한 사람으로서 잘못된 것을 바로잡으려는 것뿐이에요. 아녀자를 납치하는 비겁한 짓이야말로 마천각에 대한 배신 행위죠. 안 그런가요?"

날카로운 옥유경의 반문에 장홍은 마땅히 대답할 말이 없었다.

"그, 그렇게도 생각할 수 있겠지만……"

하지만 그건 어디까지나 그녀 개인의 사고에 근거한 판단일 뿐이고, 주위에서는 절대 그렇게 보지 않을 게 분명했다.

"주위에서 어떻게 보든 상관없어요, 내가 어떻게 생각하고 있는가가 중요한 거니까. 전 마천각의 배신자를 찾으려는 것뿐이에요. 그러기 위해서는 다소 거친 수단을 사용해도 어쩔 수 없는 일이죠."

여기서 말하는 거친 행동이란, 같은 마천십삼대의 대장 이하 대원들을 차례차례로 쓰러뜨려 나가는 것을 의미했다.

"고맙소, 유경."

장홍은 자신을 도와주는 옥유경이 너무나 고마워서 감히 얼굴을 들지 못할 정도였다.

"아뇨, 고마워할 것 없어요. 대신 그냥 내 질문에 대답해 주기만 하면 돼요. 궁금한 게 있거든요."

기분 탓인지 목소리가 약간 날카롭다.

"뭐든지 물어보시오. 내가 대답할 수 있는 거라면 뭐든지 대답하리다."

"그럼 사양하지 않겠어요."

그리고는 기다렸다는 듯이 질문을 쏟아내기 시작했다.

"한동안 부상국(扶桑國:일본)에 가서 수업을 쌓았다고요?"

"그렇소. 이른바 해외 유학이라고 할 수 있지. 특히 그곳은 오랜 전쟁으로 닌자술이라는 고유의 은신잠행술이 발달한 곳이오. 요즘은 중원에서도 부상국의 닌자들을 쓰는 경우도 종종 있기 때문에 그들의 기술을 습득할 필요가 있었소."

"그 인자(忍者)들의 이야기라면 들은 적이 있어요. 특히 거기 여닌자들은 자신의 몸을 이용해 사내를 홀리는 특수한 비법을 연마한다더군요."

"그렇소. 그녀들은 정말 대단하오."

장홍은 어디까지나 솔직한 감상을 이야기한 것뿐이었다. 그러나 그 순간 옥유경의 눈빛이 비수처럼 날카롭게 빛났다.

"당신은 어땠나요?"

"어, 어땠냐니? 뭐가 말이오?"

날카로운 비수처럼 급작스럽게 찔러 들어오는 질문에 장홍은 당황하고 말았다.

"젊은 여닌자에게 유혹받으니 좋던가요?"

옥유경이 한 발을 앞으로 움직이며 압박해 들어왔다.

"무, 무슨 말인지……."

그러면서도 장홍은 자신도 모르게 한 발 뒤로 물러나고 있었다.

"남자들은 주에서 다른 주(州)로 일하러 가기만 해도 그곳에 '현지처(現地妻)'라는 걸 만든다고 하더군요. 바다 건너 해외라면 더 말할 것도 없지 않겠어요? 그것도 수년씩이나 그곳에 있었는데?"

현지처라는 부분에서 장홍은 세 걸음이나 더 물러나고 말았다. 지금 이런 분위기는 상당히 위협적이지 않을 수 없었다.

"그, 글쎄… 난 모, 모르는 일이오. 오해요, 오해. 그런 일은 절대로 없었소."

손사래를 치며 장홍이 극구 부인했다.

"난 다른 남자들 얘길 했을 뿐인데, 왜 그렇게 민감하게 반응하는 거죠?"

"아니, 누가 민감하게 반응했다는 거요? 겨, 결코 그런 일 없었소."

그다지 설득력있는 태도라고는 할 수 없었다.

"그럼 여닌자들과 만난 적이 없단 말인가요?"

장홍은 목뼈가 부러져라 고개를 끄덕였다.

"아니, 닌자술을 배우기 위한 유학 길이었으니, 물론 여닌자를 만나기는 했지만……."

닌자든 여닌자든 닌자는 닌자였다. 닌자술을 배우러 갔는데 안 만난다는 게 오히려 더 부자연스러웠다. 그러나 옥유경에게는 자연이든 부자연이든 비자연이든 전혀 알 바가 아니었다.

"그렇다면 그 여자들이랑 같이 수련도 하고 그랬을 거 아니에요?"

"그거야 그렇지만……."

"그럼 여닌자들의 수련 상대도 되어주기도 했겠군요."

"그거야… 그렇소. 하지만 배우는 체계가 달라서 그다지 많지는……."

"것 봐요. 역시 그렇잖아요. 특히 매혹술은 상대가 있어야 연마할 것 아닌가요? 흑도의 어느 문파에도 그런 비슷한 기술이 있기 때문에 잘 알아요, 그런 수법들을 어떻게 연마하는지."

이미 그녀의 눈빛은 범인을 취조하는 냉철한 포두의 눈빛이었다.

장홍의 등에서 식은땀이 비 오듯이 흘러내렸다.

"그, 그… 그건…… 오해요. 그런 일은 정말……."

"정말정말정말 아무 일도 없었나요?"

"아니, 그 일은 그런 게……."

장홍은 입을 '헙!' 하고 다물었다.

"오호, 그 일이라니요? 꼭 듣고 싶군요. 자, 말해보세요. 방금 전 그러셨잖아요. 자신이 대답할 수 있는 거라면 모두 대답해 주겠다고."

장홍은 거의 벼랑 끝까지 몰리고 말았다. 옥유경은 전방위적으로 그를 찬찬히 압박하며 진실을 실토할 것을 강요하고 있었다.

장홍은 울고 싶었지만 꾹 참는 수밖에 없었다. 그리고는 북해도의 관문을 향해 더욱 빠른 걸음으로 걸어가기 시작했다. 마치 자신을 발견해 달라고 외치고 있기라도 한 듯한 태도였다. 그리고 그의 바람대로 북해도로 향하는 관문을 지키고 있던 마천각도 두 명이 관문을 향해 저돌적으로 달려오는 장홍을 발견하고 무기를 들어 그를 제지하려 했다. 장홍으로서는 불감청이언정 고소원이었다.

"컥……."

그러나 북해도로 들어가는 입구를 지키고 있던 제팔 기숙사 소속 대원 두 사람은 영문도 모른 채 옥유경의 단 일 초에 정신을 잃고 풀썩 그 자리에 무너지고 말았다. 과연 마천십삼대의 대장답게 군더더기 하나 없는 솜씨였다.

무시무시한 기세로 소리치며 수상한 자의 뒤를 맹렬한 기세로 추격해 오던 제칠번대 대장 옥유경을 보고 잔뜩 긴장한 채 예를 취했던 두 명은 그렇게 눈 깜짝할 사이에 쓰러졌던 것이다.

"자, 이제 방해꾼도 사라졌으니 하던 이야기를 계속해 볼까요?"

"아, 아니, 지금은 이 사람들을 먼저 처리해야 하지 않겠소? 그런 건 나중에 얘기합시다, 나중에."

사실 장홍으로서는 그 나중이 평생이 되어도 상관없었다. 그리고는 대답을 듣기 전에 재빨리 움직이기 시작했다.

질질질.

쓰러진 두 명의 보초를 한쪽으로 끌어내 숨기는 장홍의 모습은 명백하게 대화를 거부하고 있는 듯했다.

"지금 나랑의 대화를 거부하겠다는 건가요?"

"지금은 먼저 해야 할 일이 있지 않소. 이런 식의 화제를 꺼내기에는 적절한 시기가 아닌 듯하오."

장홍은 명분을 이용한 정면 공격을 택했다. 그 말에 옥유경은 잠시 주춤했다.

"좋아요. 일단 이번 납치 사건을 해결한 다음, 그리고 나서 정정당당하게 천무학관을 이겨 보이겠어요. 그동안 내가 정성 들여 키운 아이들이 얼마나 강한지 당신한테 따끔한 맛을 보여주죠."

"그, 그건 정말 사양하고 싶구려."

아무래도 그런 일을 당했다가는 무사하지 못할 것 같았다.

"어머, 사양할 것 없어요. 당신이 좋아하는 젊은 영계들이 상대인걸요. 미모도 빼어나고. 그러니 틀림없이 마음에 들 거예요. 암, 그렇고말고요."

말속에 스며 있는 날카로운 가시를 감지한 장홍의 등골을 타고 식은

땀이 흘러내렸다.

"여, 영계를 좋아하다니. 난 아직 덜 익은 애들보다는 가슴이 큰 농익은 사모님 취향으로……."

장홍은 횡설수설 자기가 무슨 말을 하는지도 잘 모를 정도로 당황해 있었다. 해명이랍시고 내뱉은 말이 사태를 더욱 악화시키고 있었다.

"남자들은 여자한테 가슴하고 엉덩이밖에 없는 줄 알죠?"

"아니오. 본능적으로 그런 데 눈길이 먼저 가긴 하지만 얼굴도 제대로 보고 허리의 굴곡이랑 다리의 각선미도……."

"시끄러워요! 본능대로 사는 건 짐승들도 할 수 있어요. 본능을 정신으로 제어할 줄 알기에 비로소 인간인 것이지요. 그래서 남자들이 짐승이라 불리는 거예요. 제가 우리 애들한테 남자는 짐승이라고 가르치는 건 무슨 억하심정이 있어서가 아니라 그게 명백한 사실이기 때문이에요."

그런 극단적인 교육은 좋지 않다고 반박해 보려다가 모든 것이 부질없는 짓이라는 것을 깨달은 장홍은 백기를 들어 올렸다.

"입이 백 개라도 할 말이 없습니다. 모두 제가 잘못했습니다, 부인."

그제야 사나워졌던 옥유경의 눈꼬리가 부드러워졌다.

"뭐, 좋아요. 하지만 앞으로 두고 보도록 하겠어요. 당신이 짐승의 길을 택하는지, 아니면 사람의 길을 택하는지. 만일 한눈을 팔았다가는……."

그녀가 오른쪽 검지와 중지를 갈고리처럼 구부려 들어 올리며 장홍을 겨냥하자 장홍은 저도 모르게 찔끔하며 시선을 피해 버렸다. 저 갈고리가 마치 자신의 눈을 확 찔러 버릴 것 같은 공포심이 들었던 것이다. 젊은 처자에게 함부로 눈길 주지 말라는 경고였다.

그리곤 옥유경은 북해도로 향하는 문을 향해 성큼성큼 걸어 들어갔다. 장홍은 부랴부랴 그 뒤를 쫓아갔다.

## 꿈에서 깨어나다
―물것?

그녀는 꿈을 꾸고 있었다.

멀리서 부르는 목소리가 들린다. 작은 소녀의 목소리이다. 아무래도 자신을 부르고 있는 듯하지만 뭐라고 하는지는 잘 들리지 않는다. 귀를 기울여 본다.

'……사자, ……사자…… 독고…… 사자…….'

누구지? 누굴까?

자신을 향해 앙증맞은 손을 흔들며 달려오는 작은 소녀의 그림자가 보인다. 그러나 그 얼굴만은 안개가 낀 것처럼 희뿌예서 누군지 알 수가 없다.

대체 누구지? 저 소녀는 누구를 부르고 있는 걸까? 저 소녀가 부르고 있는 사람이 바로 나일까?

생각을 하려 하자 지끈 머리가 아파온다. 왜 이럴까? 생각을 이어가기가 힘들다. 왜 이러지? 머릿속이 뒤죽박죽 혼란스럽다.

느닷없이 세상이 녹아내리며 다시 장면이 바뀐다.

파도가 치는 해안가 바위 위에 등을 돌리고 서 있는 여인의 모습이 보인다. 옷 한쪽에 열두 날개를 가진 새가 수 놓여져 있다.

'저분은 누구지?'

자신은 그녀 뒤에 무릎을 꿇고 있다. 왜 자신이 이렇게 무릎을 꿇고 있는 걸까? 저 뒷모습을 보고 있는 것만으로도 눈물이 날 것만 같다. 한없는 애정과 존경이 마음속 깊은 곳에서 우러난다.

'어째서?'

난 저 여인을 알지도 못하는데 어째서? 눈물이 넘쳐흘러 내릴 것만 같다. 가슴속에서 무언가가 끓어올라 참을 수가 없다. 저 뒷모습의 여인을 향해 뭐라고 외치고 싶었다. 무언가를 말하고 싶었다. 그러나 숨통이 꽉 막히며 아무 말도 나오지 않는다. 입만이 공허하게 뻐끔거릴 뿐이다. 단 한마디 말인데도, 자신은 그 말을 알고 있다고 생각하는데도 그 한마디 말은 밖으로 나오지 못한 채 계속 입속에서 맴돌 뿐이었다. 자기도 모르게 여인을 향해 손을 뻗는다. 다른 한 손으로 가슴을 움켜쥔 채 외친다.

'도와주세요! 도와주세요!'

왜 자신은 저 여인을 향해 도와달라고 외치는 걸까? 왜? 왜?

한 번도 자신을 돌아보지 않는 저 여인을 향해 왜 도와달라고 외치는 걸까?

가슴 저 밑바닥에서 용솟음치는 이 알 수 없는 그리움은 대체 뭐란 말인가?

 그러나 손을 뻗으면 뻗을수록 여인의 뒷모습은 점점 더 그녀에게서 멀어져 갈 뿐이었다.

 '가지 마세요! 가지 마세요!'

 길 잃은 아이가 엄마를 찾는 듯한 애통한 목소리로 부른다. 손이 닿는다면 옷깃을 움켜잡고 매달리고 싶었다. 저 여인의 옷깃을 붙잡고 자신은 무어라고 할 생각이지? 멀어져 가는 그녀의 뒷모습을 쫓아 달리고 달리고 또 달린다. 숨이 턱까지 차오르지만, 심장이 터질 것 같지만 아랑곳하지 않는다.

 무언가 기억에 없는 광경들이 그녀의 머릿속을 훑고 지나간다. 흘러내리기 시작한 눈물이 멈추지 않는다. 그러나 그녀를 구해줄 수 있는 유일한 사람은 그녀에게서 점점 멀어져 갈 뿐이었다. 아무리 손을 뻗어도 그 구원에는 닿지 못할 것 같았다. 그래도 포기하지 않고 외친다.

 '날 여기서 구해주세요!'

 왜 구해달라고 하는 걸까? 왜? 자신은 부족한 것 하나 없지 않은 것 아니었나? 그녀에게는 모실 주인이 있었다. 그 사실을 당연하다고 생각했고 후회 따위도 하지 않았다. 그런데 왜일까? 왜 그 나예린이라는 아이를 죽이라고 했을 때 그렇게 동요했을까? 왜 검끝에 망설임이 깃들어 있었을까? 왜 그 아이의 목소리는 그리도 귓가에 익숙했을까? 왜 그 목소리에는 가슴 한구석을 따뜻하게 만드는 힘이 있었을까? 그녀와 검을 부딪치는 것이 왜 그리도 그립게 느껴졌을까? 생사가 교차하는 그 가운데서도 그녀는 그 안에서 그리움을 느끼고 있었다. 자신의 검이, 아니, 자신의 영혼이 공명하고 있다는 것을 부정할 수 없었다.

그리고 그녀는 마침내 비통한 목소리로 외쳤다.
"……사부님!"
뒤돌아 있던 여인이 멈춰 서더니 천천히 그녀를 향해 고개를 돌렸다.
그 얼굴은…….
번쩍!
눈이 떠졌다.

* * *

눈은 떴지만, 정신은 아직도 멍했다.
영령은 아직도 꿈속을 헤매고 있는 듯한 느낌이었다. 가벼운 현기증과 함께 단편적인 기억들이 명멸한다.
'내가 방금 무슨 꿈을 꿨지?'
방금 전 뭔가 굉장히 중요한 꿈을 꿨던 것 같은데 무슨 꿈을 꿨는지 전혀 기억이 나지 않았다. 굉장히 가슴 아프고 그립고 슬픈 느낌의 꿈이었다. 그러나 깨어나는 순간에 모든 것이 머릿속에서 지워지기라도 한 것처럼 깨끗이 날아가고 없었다.
정신을 잃기 전에 있었던 일들이 마치 아득한 꿈처럼 느껴진다. 그만큼 현실감이 느껴지지 않았다.
하지만 한 가지만은 기억하고 있었다. 그때의 충격이 너무나도 생생했기에 지워지지 않는 기억. 그때 떠올랐던 선명한 충격을 그녀는 아직 기억하고 있었다.

'대체 그 검초는 뭐였지?'

자신의 손에서 펼쳐졌던 그 화려한 검초를 떠올려 본다. 하지만 다시 되새겨보려고 하니 기억이 도려내어진 듯 막막하다.

분명 자신은 그 검초를 펼쳤다. 그러나 어떻게 그 검초를 펼칠 수 있었는지는 그녀 본인조차 알 수 없었다. 그런 검초는 배운 기억조차 없는 것이다. 한데 배우지도 않은 걸 어떻게 펼칠 수 있었지?

'그냥 몸이 펼쳤다.'

그렇게밖에 생각되지 않았다. 위기의 순간에 몸이 무의식적으로 반응했다고, 그렇게밖에 생각되지 않았다.

그 나예린이란 여인이 펼치던 검법과 너무나 똑같은 검법을.

그녀는 본능적으로 자신이 위기의 순간에 펼쳤던 그 검법과 나예린이 펼쳤던 검법이 같은 원리(原理)하에서 나온 검법이라는 것을 알았다. 그만큼 그 검법이 가지고 있는 색깔은 독특했고, 그것은 함부로 흉내 낼 수 없는 종류의 것이었다.

'어째서?'

어째서 자신의 몸은 그 검법을 알고 있는 거지? 어째서?

그 부분을 생각하려고만 하면 머리가 깨질 듯이 아파온다. 마치 머리가 기억해 내기에 저항하는 것 같았다. 그러자 한 가지 의문에 도달할 수밖에 없었다.

'난 대체 누구지?'

자신이 알고 있는 자신이 자신이 아닌 것 같은 기묘한 감각에 사로잡힌 영령은 피할 수 없는 의문에 부딪치고 말았다. 그리고 그녀는 자신이 지금 이 질문에 대한 명쾌한 답을 가지고 있지 않다는 사실 역시 동시에 깨달았다.

모든 것이 혼란스러웠다.

"으음……."

영령은 쿡쿡 쑤시는 두통 때문에 짧은 신음을 흘리며 주위를 둘러보았다.

그녀가 눈을 뜬 곳은 어두컴컴한 방 안이었다. 주위는 차가운 돌 벽으로 되어 있고, 희미한 촛불 하나만이 방 안을 밝히고 있었다. 벽에서 느껴지는 싸늘한 냉기로 보아 이곳은 아무래도 지하실인 것 같았다. 방 한가운데 놓여 있던 침상에서 몸을 일으킨 영령은 눈살을 찌푸렸다.

'내가 언제 이런 곳으로 옮겨진 거지?'

강호란도에서 나예린과 싸운 이후로 기억이 없었다.

서둘러 몸을 확인해 본다. 일단 치료는 되어 있었다. 진기를 돌려 몸을 점검해 본다. 그러고 보니 주위에는 희미한 약향이 맴돌고 있는 것으로 보아 치료실 같기도 했다. 하지만 그런 것치고는 너무 음침했다.

아직 따끔따끔하고 기의 흐름이 불안정하긴 하지만 다행히 큰 문제는 없는 것 같았다.

'그렇게 격렬하게 싸웠는데…….'

이 정도로 끝났다는 게 믿기지 않을 정도였다. 만일 마지막에 나예린이 자신의 검을 그대로 받아내지 않고 반격을 가했다면 과연 자신이 무사할 수 있었을까?

솔직히 말해 자신이 없었다.

그만큼 나예린이 보인 검각의 새하얀 검기는 전율이 일어날 정도로 위력적이었다. 그때, 마지막에 그 초식을 보며 느꼈던 것은 분명 증오가 아닌 감탄의 마음이었다.

'왜일까? 저주스러워야 마땅할 검각의 검기를 보고 왜 나는 그런 전율을 느꼈을까? 왜 눈물이 흘러내렸을까? 내 한쪽 눈을 빼앗아간 증오스러운 적일 텐데?

그리고 왜 그리도 그리울까…….

검기와 검기가 교차하는 그 가운데서 보았던 그 부인은 대체 누구일까? 왜 그 여인을 생각하는 것만으로도 이렇게 가슴이 아파올까?

무엇 하나 명확하지가 않았다.

"몽무? 환무?"

불러봐도 대답하는 이는 아무도 없었다.

"거기 아무도 없나요?"

여전히 침묵만이 되돌아올 뿐이었다.

그런 그녀의 눈에 방 한쪽에 위치한 계단이 보였다. 위로 향하는 계단이었다. 영령은 아직도 약간 멍한 얼굴로 그 계단을 향해 발걸음을 옮겼다.

일단 이곳은 답답했다. 이런 곳에 있다 보면 왠지 안 좋은 기억이 떠오를 것 같았다.

―자, 괜찮아요. 곧 모든 게 편해질 테니…….
―새로운 삶을 사는 거예요.

그건 대체 언제였지? 그리고 그 사람은 대체 누구였지? 손에 기다란

침을 들고 웃고 있던 그 늙은 남자는……
"큭!"
갑자기 엄청난 두통이 그녀를 엄습했다. 그 두통 때문에 생각을 더 이어갈 수 없었다. 머리가 깨질 것만 같고, 눈앞이 어지러워졌다.
오른손으로 벽을 짚고 왼손으로 머리 한쪽을 쥔 채 영령은 힘겹게 계단을 올랐다. 곧 막다른 길이 나왔다.
어둠에 조금씩 적응한 눈으로 주위를 둘러보아도 문 같은 것은 보이지 않았다.
'이게 대체……'
당황해서 주위를 둘러보고 있는 바로 그때,
드르르릉!
문이 열리며 환한 빛이 쏟아져 들어왔다. 너무나 눈부신 빛에 그녀는 자기도 모르게 눈을 감고 말았다.
얼굴을 알 수 없는 누군가가 그 벽 앞에 서 있었다. 상당히 위압적인 모습이었다. 영령이 대응 자세를 취하기도 전에 그 사내는 아직도 시계가 하얗게 타버린 그녀를 향해 우악스럽게 손을 뻗었다.

그리고…….
물컹.
비극은 그렇게 일어났다.

\*　　　\*　　　\*

북해도는 텅 비어 있었다. 장홍과 옥유경은 그 사실을 믿을 수가 없었다. 그 많던 인원들이 움직이는데도 아무런 동요도 감지할 수 없었다니, 있을 수 없는 일이었다.

게다가 지금은 모두가 각자의 자리에서 대비해야 되는 특급 비상 체제하였다.

대체 이곳에서 무슨 일이 일어난 거지?

심지어 오번대의 대장 집무실까지 텅 비어 있었다. 무단으로 들어가 여기저기 들춰보지만 쌓여져 있는 것들은 그저 논어나 맹자 같은 경전들뿐이었다.

"거참, 흑도인이 경전이라니……."

"흑도인은 경전 보면 안 된다는 법이라도 있나요?"

"아니… 그런 건 아니지만 좀 그렇지 않소?"

"어디에 속해 있든 자기가 읽고 싶은 책을 읽는 데 타인이 왈가왈부할 건 없다고 생각해요."

제오 기숙사 대장 집무실의 서적들과 서찰을 모두 뒤져 보았지만 별달리 도움이 될 만한 정보는 없었다.

"혹시 다른 장소에 숨겨놨나?"

이 정도로 깔끔하게 정리되어 있는 것으로 보아, 비밀 방 혹은 비밀 금고가 존재할 것 같았다.

'좋아. 그런 걸 찾는 게 바로 이 몸의 특기지.'

장홍은 전문가의 눈빛으로 방 안 여기저기를 살펴보기 시작했다. 여기서 짠 하고 비밀 방의 입구를 찾아내 옥유경에게 멋진 모습을 보여주는 것이다. 그럼 그녀도 틀림없이 자신의 능력에 감탄하리라. 대단하다고 확 껴안아주고 볼에다가 쪽 하고 뽀뽀까지 해줄지도 몰랐다. 상상만으로도 입 주위의 근육이 풀리는 듯했다.

'저건가?'

방 안 여기저기를 살피던 장홍의 눈에 수상한 물건 하나가 보였다. 그건 바닥 위에 솟아오른 사자상이었다. 위치가 좀 특이했다. 별로 있어야 할 곳처럼 느껴지지 않았다.

이번에는 발로 밟아 여는 방식의 비밀 통로였던 것이다.

'좋았어! 열려라, 참깨!'

속으로 쾌재를 부르며 장홍은 그 돌을 밟았다. 그러자 드르르르릉, 기관이 작동하는 소리와 함께 벽이 열렸다.

"유경, 여길 보시오."

장홍이 옥유경 쪽을 쳐다보며 그녀를 불렀다.

"여기요, 여기."

여전히 옥유경을 쳐다본 채 싱글벙글 웃으며 장홍은 열려진 비밀 통로 안으로 손을 불쑥 집어넣었다.

물컹!

그 순간 부드럽고 야들야들한 무언가가 그의 손아귀에 한 움큼 잡혔다.

'크다!'

그 순간 장홍은 얼굴이 창백해졌다. 어둠이 곧 밝아지며 벽 앞에 한 여인이 서 있는 모습이 보였다. 그리고… 자신의 손은 무엄하게도 그녀 쪽을 향해 뻗어 있었다.

"무슨 일이죠, 홍식?"

하필이면 그 순간 옥유경이 무슨 일인가 싶어 장홍 쪽을 바라보았다. 옥유경의 두 눈이 동그래지더니, 이윽고 지옥의 불길과도 같은 새빨간 홍염이 광채를 내며 타오르기 시작했다.

\* \* \*

이게 대체 무슨 일이지?
영령은 한순간 사고가 정지했다.
아무것도 만지지 않았는데 갑자기 비밀 통로가 열렸다. 그 앞에 어떤 사내가 서 있었다. 그리고 그 사내가 뻗은 손이 어느새 자신의 가슴을 움켜쥐고 있었다.
한순간 머릿속이 백지가 되었다가, 겨우 사태를 이해한 영령의 얼굴이 수치심으로 인해 새빨갛게 변했다.
"꺄아아아아아아!"
영령은 서둘러 가슴을 두 손으로 가리며 비명을 질렀다. 약간 몽롱한 탓인지 무인으로서의 반응보다 여인으로서의 반응이 더 빨랐다.
"아, 아니, 소저… 지금 이건……."
급 당황한 장홍이 화상이라도 입은 듯 화들짝 놀라 손을 떼며 변명을 늘어놓으려 했다. 그 순간 옥유경의 입에서 분노의 포효가 터져 나왔다.
"장.홍.식!"
어버버버버버!
장홍은 손을 뻗은 상태 그대로 돌처럼 굳어버렸다. 혀도 함께 굳어졌는지 말도 제대로 나오지 않았다. 말을 심하게 더듬기 시작한 것은 옥유경도 마찬가지였다.

"다, 다, 당신이란 사람은…… 아, 아직도 정신을 못 차리고……."

"아, 아니오, 부인. 이, 이건 사고요. 절대 고의가 아니오! 그, 그렇소. 이건 불행한 사고였던 거요!"

"저번에 복도에서 나한테도 그러더니……. 당신이란 남자는 아저씨가 되어서도 그렇게나 여자의 가슴이 좋단 말인가요! 시도 때도 가리지 않을 만큼!"

옥유경의 얼굴이 분노로 인해 야차처럼 변해 있었다. 장흥이 오돌오돌 떨며 손사래를 쳤다.

"진짜요. 믿어주시오. 물론 좋긴 하지만 지금 이건 사고요. 게다가 가슴은 당신이 훨씬 크오. 훨씬 부드럽고…… 그러니까…… 그러니까…… 내가 말하려던 건 그게 아니라…… 그러니까……."

찰캉!

맑은 검명과 함께 옥유경의 검이 발검 태세로 들어갔다.

"닥치시죠! 그런 시답잖은 변명은 염라대왕 앞에나 가서 하시죠!"

퍼버버버버벅!

장흥은 직싸게 얻어맞았다. 하지만 지금 그는 회피 불능이었다. 방어도 불능이었다. 피하는 것도 막는 것도 입을 놀려 변명하는 것도 허용되지 않았다. 뺨을 때리면 때리는 대로, 주먹으로 패면 패는 대로, 발로 차면 차는 대로 고스란히 얻어맞는 수밖에 없었다. 찍소리하지 않고 당하는 게 유일한 속죄의 길이었다. 그리고 마침내 옥유경은 왼손으로 장흥은 손목을 잡고 오른손으로 혈봉검을 치켜들었다.

"자, 잠깐! 지금 뭐 하려는 거요?"

"가만있어 봐요. 이런 버릇없는 놈은 잘라 버려야 돼요. 그렇지 않으면 계속 이 여자 저 여자 찝쩍거릴 게 분명해요."

"머, 멈추시오, 부인! 아니, 마님! 아무리 그래도 이건 너무하지 않습니까?"

"어허, 다 큰 어른씩이나 돼서 소란 떨지 말아요. 금방 끝나니까요."

번쩍! 치켜들린 혈봉검이 섬뜩한 검광을 발했다.

"끄아아아아아아악!"

파렴치한 장홍의 손목을 자르려 할 바로 그때,

그 절체절명의 위기에 직면한 장홍을 구한 것은 다름 아닌 영령이었다.

혈봉검의 검이 죄인의 목을 치는 작두처럼 장홍의 죄수(罪手:죄지은 손)를 뎅경 자르려는 찰나, 영령의 입에서 아연한 목소리가 흘러나왔다.

"옥유경 대장님?"

내려치려던 혈봉검이 허공에서 우뚝 멈추었다. 경황이 없던 옥유경은 그제야 그 목소리가 귀에 익다는 사실을 깨달았다.

"응? 너는 영령이 아니냐? 네가 어찌 여기에? 게다가 그 차림은?"

절체절명의 위기에서 벗어난 장홍도 다른 의미에서 놀랐다.

"령 소저 아니시오? 아직 강호란도에 있는 줄 알았는데? 언제 이곳에?"

원통투기제 준결승전에서 나예린과 격전을 벌인 이후 내상을 크게 입은 것이 명약관화해 당연히 강호란도에서 정양하고 있을 줄 알았던 것이다. 그런 그녀가 느닷없이 북해도의, 그것도 북해왕의 비밀 방에서 모습을 드러냈으니 장홍이 놀라는 것도 무리가 아니었다.

"저도 그런 줄 알았는데……. 잘 기억이 안 납니다."

영령도 이제 막 깨어난지라 뭐가 뭔지 하나도 알 수가 없었다.

"괜찮다. 좀 혼란스러운 것뿐이다. 천천히 떠올려 보도록 해라. 같은 여자끼리 아니냐. 내가 널 도와줄 수 있는 방법이 분명 있을 것이다."

"하지만……."

영령이 불안한 시선으로 장홍 쪽을 흘깃 바라보았다.

"아, 저 파렴치한 변태 아저씨는 신경 쓸 것 없단다. 그냥 장식이라고 생각하렴. 아니면 칼 빌려줄까? 마음이 편해질 때까지 네댓 방 찔러도 된단다."

옥유경은 온화한 미소를 지으며 그렇게 말했다. 그 따스한 미소를 보며 장홍은 오금이 저려오지 않을 수 없었다.

"찌, 찌르다니요. 괜찮습니다."

"아니다. 사양할 것 없단다."

'설마 이건 차도살인지계?'

두 여인의 다정한 대화를 들으며 장홍은 후덜덜 두려움에 몸을 떨어야 했다.

"아뇨, 전 정말로 괜찮습니다."

"그래, 착한 애네. 그럼 타협해서 마구 패기만 하는 건 어떠니?"

"저, 정말로 괜찮습니다."

그리고는 왠지 그 화제를 계속 끌고 가는 게 불편했는지 자신이 겪었던 자초지종을 이야기하기 시작했다. 일단 같은 여자이기에 변태 아저씨에게 이야기하는 것보다 훨씬 마음이 놓였다.

"그러니까… 깨어보니 이곳 북해도였다, 그 말이냐? 그것도 비실(秘室) 안에 있었다?"
"예……."
"어떻게 옮겨졌는지도 기억에 없고?"
"예, 예."
"치료는 모두 되어 있었다, 그거지?"
"예."
"흠……."

그 이외에 기억나는 것이라고는 단편적인, 두통을 동반하는 꿈뿐이었다. 그러나 그 꿈에 대해서는 이야기하지 않았다.

한편 영령의 이야기를 모두 들은 장홍은 깊은 생각에 잠겼다.

'이게 대체 어찌 된 일이지?'

장홍은 나예린이 영령을 화산지회에서 행방불명된 독고령이라고 확신하고 있다는 것을 잘 알고 있었다. 확실히 영령과 독고령 두 사람은 쌍둥이가 아닐까 여겨질 정도로 닮아 있었다. 미묘하게 얼굴의 특징이 다르기는 하지만, 그 정도쯤 변형하는 것은 무림에선 일도 아니었다. 그리고 장홍은 위치상 어두운 그림자 속에서 일어나는 일이나 강호에서 금기시되어 오는 제령술법이나 인격 변형, 기억 변조 등에 대해서도 상당히 자세히 알고 있었다.

거의 전설처럼 내려오는 몇 가지 비법을 쓰면 본인도 모르게 완전히 새로운 사람으로 만들어내는 것도 불가능은 아니었다.

'물론 그건 어디까지나 가설이고, 이 영령 소저처럼 완벽하게 다른 사람이 된 것을 보는 건 처음이지만······.'

하지만 그건 어디까지나 영령이 독고령과 동일 인물일 때의 이야기였다. 장홍 역시 아직 이 영령이라는 아가씨가 독안봉 독고령이라는 증거는 가지고 있지 못했다.

'거참······ 의외의 사태가 되고 말았군. 게다가 단서도 거의 남아 있지 않으니······.'

지금은 영령만이 이곳 북해도에 남겨진 유일한 단서였다. 지금은 그녀를 중심으로 주변을 파악해 가는 수밖에 없었다.

"그런데 두 분은 이곳에 어쩐 일로 오신 거죠?"

두 사람은 서로를 한 번 쳐다보며 진상을 이야기해 줘도 괜찮다는 사실에 동의한 다음 다시 영령을 쳐다보았다.

"우린 납치된 한 여자아이를 찾고 있단다."

"납치라니요? 대체 누가 그런 짓을?"

"그건 아직 우리도 잘 모르겠다. 하지만 납치당한 아이는 너도 잘 아는 아이일 게다."

"전 여기에 아는 사람이 거의 없는데요?"

"꼭 그렇지만도 않지. 바로 어제 서로 한바탕 검까지 섞은 사이인데 모를 리가 있겠느냐."

그동안 엄청나게 많은 일들이 일어났지만, 시간은 아직 하루 열두 시진도 채 경과하지 않은 상태였다.

"서, 설마······."

마음에 짚이는 바가 있어 영령의 눈이 휘둥그레졌다. 긍정의 의미로 옥유경은 고개를 끄덕였다.
"그래, 검후님의 애제자이자 정천맹주 나백천님의 무남독녀인 나예린, 바로 그 아이다."

"설마 그런 일이 있었을 줄이야…… 그래서 그 목관을 찾으러 이곳 북해도에 오신 거군요."
"그런 거란다."
모든 자초지종을 말한 옥유경이 고개를 끄덕였다.
"설마 그런 일이 강호란도에서 일어났었다니…… 그것도 제가 쓰러진 직후에……."
그녀가 쓰러져 있던 시간이 그렇게 길지 않았다. 하지만 그럼에도 엄청나게 많은 일이 일어나는 데 부족함이 없었던 모양이다.
'그리고 역시 날 이곳으로 옮겨온 것은 그분일까?'
그럴 만한 사람은 한 사람밖에 떠오르지 않았다. 그런데 그렇다면 그분은 왜 자신을 홀로 남겨두고 이곳을 떠난 것일까? 대체 무슨 일이 생긴 거지? 조그만 실마리조차 잡히지 않았다.
"아마 미리 계획하고 있지 않았다면 그런 완벽한 기회를 잡기란 힘들었겠지."
정천맹주의 외동딸을 납치하기란 결코 쉬운 일이 아니었다. 게다가 그 외동딸이 뛰어난 고수일 때는 더욱더. 하지만 그때만은 모두의 시선이 나예린에게서 일순간 떨어져 있었다. 곁에 붙어 있던 윤미를 제외하고는.

"때마침 진기도 모두 소진하고 있었으니 그토록 포획하기 쉬운 사냥감이 또 어디 있었겠느냐? 얄궂게도 네가 그 일에 큰 역할을 담당하고 말았구나."

"저, 전 관계없습니다."

영령의 목소리가 심하게 떨렸다.

"그래, 안다. 너를 의심하거나 탓하는 건 아니란다. 넌 우연히 어쩌다가 이 납치 사건에 한 팔을 거든 것뿐이지. 지독히 운이 나빴던 것이다. 그뿐이야."

그러나 그 말에도 영령의 기분은 전혀 나아지지 않았다. 오히려 마음속의 동요는 사나운 소용돌이처럼 용솟음치고 있었다.

'내, 내가 왜 이러지? 왜 이렇게 마음이 불안한 거지? 왜? 왜?'

그녀를 자신의 사자 독고령이라는 터무니없는 주장을 하던 그 무례하기 짝이 없던 아이가 납치당했다는 사실에 왜 이리도 심한 충격을 받고 동요하고 있는 것인가.

나랑은 관계없는 일이라고 못 본 척하려고 하면 할수록 불안은 점점 더 심해질 뿐이었다. 당장이라도 몸이 뛰쳐나가려 하고 있었다. 어디로 가야 하는지도 알지 못하면서.

'이래서야 내가 진짜 그 나예린이란 아이를 걱정하고 있는 것 같잖아? 마치…… 마치…….'

진짜 그녀의 사자라도 되는 것처럼.

자신이 이렇게 동요하는 이유를 그녀 자신도 잘 설명할 수가 없었다. 하지만 한 가지 명확한 것은 절대로 이대로 가만히 있을 수 없다는 사실이었다. 그랬다가는 이 정체를 알 수 없는 불안에 짓눌려 미쳐 버릴지도 몰랐다. 어느새 그녀는 자신도 모르게 외치고 있었다.

"저도 함께 데려가 주세요, 옥 교관님!"

갑작스런 영령의 부탁에 옥유경의 눈이 크게 떠졌다.

"지금 뭐라고 했느냐?"

"저도 그 나예린이라는 아이를 찾는 데 도움이 되고 싶습니다."

"넌 아직 어제 싸움으로 인한 내상도 완치되지 않은 상태 아니더냐?"

확실히 어제 나예린과의 싸움에서 입은 내상은 하루아침에 깨끗이 나을 정도로 가벼운 것은 아니었다. 하지만······.

"괜찮습니다. 거의 다 회복했습니다. 저도 돕고 싶습니다. 제발 돕게 해주십시오."

자신과 별 관계도 없는 아이를 위해 왜 이렇게 필사적이 되는지 알지 못한 채 영령은 애걸하다시피 외쳤다. 옥유경은 곤란한 표정을 지으며 한숨을 내쉬었다.

"이거 참······."

한참을 고민하던 옥유경이 장홍 쪽을 바라보았다. 어떻게 하면 좋겠냐는 눈빛이었다.

'괜찮지 않겠소?'

장홍의 눈빛은 그렇게 대답하고 있었다. 옥유경은 잠시 더 고민하다가 마침내 고개를 끄덕였다.

"좋다. 따라오너라."

"감사합니다."

영령이 머리를 깊숙이 숙이며 감사를 표했다.

"알았다. 알았으니 이 옷깃 좀 놓거라. 찢어지겠구나."

영령은 자신도 모르는 사이에 옥유경의 옷을 손가락이 파래질 정도로 꽈악 움켜쥐고 있었던 것이다.

"어머나! 죄, 죄송합니다."

화들짝 놀란 영령이 급히 옷에서 손을 뗐다. 얼마나 힘껏 움켜쥐고 있었는지 아직도 그녀의 손에는 그 자국이 선명하게 남아 있었다.

'난 다시 한 번 그 아이를 만나야 해.'

일단 그녀의 마음속에 소용돌이치는 이 감정을 확인해 보기 위해서라도 그녀는 다시 한 번 나예린을 만나지 않으면 안 되었다. 또한 자기 자신이 누구인지 확신을 가지기 위해서라도 꼭 그럴 필요가 있었다.

"저……"

겨우 마음을 진정시킨 영령이 옥유경을 향해 우물쭈물 입을 열었다.

"응? 무슨 일이냐?"

"옥 교관님, 하나만 물어봐도 되겠습니까?"

"그래, 물어보거라."

영령이 약간 움츠린 자세로 쭈뼛쭈뼛 장홍을 가리켰다.

"저기…… 옥유경 교관님은 저 변태 아저씨랑 아는 사이신가요?"

그 질문에는 옥유경도 당황할 수밖에 없었다.

"아, 뭐… 좀 아는 사이라고나 할까?"

뭐라고 설명해야 할지 알 수가 없었다.

"가깝다면 참 가까운 사이라 할 수 있고 멀다면 참으로 멀다고 할 수 있지. 참고로 피는 한 방울도 안 섞인 사이란다. 미안하지만 그 이상 말해주기가 곤란하구나. 사적인 일이거든."

"아뇨, 저야말로 당돌한 질문을 드려 죄송합니다."

"아냐, 아냐. 괜찮다. 정말로. 치한이 과연 누구인지 여자애라면 누구나 알고 싶은 법이지."

그럴 리가 없잖소, 라고 힘차게 외치고 싶었지만 그럴 권리는 치한 혐의를 받고 있는 지금의 장홍에겐 없었다.

"자자, 일단 좀 더 주위를 둘러봅시다. 목관까지 가져갔는지 안 가져갔는지 확인도 해야 하지 않겠소?"

그리고는 불편한 자리를 피하기라도 하듯 황급히 자리를 떠나 앞장서기 시작했다.


"이럴 수가……."

장홍은 망연자실한 눈으로 목관을 바라보았다.

결론적으로 말해 북해도의 사람들은 목관을 챙겨가지 않았다. 장홍은 부대 본부의 가장 깊은 곳에 위치한 방에서 그것을 찾아낼 수 있었다. 목관이 그곳에 있긴 있었지만, 그대로 두어져 있지는 않았다.

목관의 한가운데에는 보란 듯이 검이 박혀 있었다. 대검은 마치 흉흉한 묘비처럼 관 뚜껑을 뚫고 깊숙이 박혀 있었다.

"이건 대체 무슨 장난이죠?"

옥유경은 눈살을 살짝 찌푸렸다.

"저, 저 안에 설마……."

파랗게 질린 얼굴로 영령이 중얼거렸다.

"그런 끔찍한 일은 되도록 상상하고 싶지 않군."

말은 그렇게 했지만 장홍 역시 끔찍한 생각이 드는 것은 어쩔 수 없었다. 하지만 곧 고개를 흔들며 그 불안한 생각들을 지워 버렸다. 그리고는 조심스럽게 관 쪽으로 다가갔다.

"조심하세요."

옥유경이 걱정스런 어조로 말했다. 장홍은 고개를 살짝 한 번 끄덕여 보인 후, 관에 박힌 검을 천천히 빼내기 시작했다. 검끝에서 약간의 저항이 느껴졌다. 손아귀 전체에 퍼지는 이 가벼운 저항의 느낌을 장홍은 잘 알고 있었다. 이 감촉은 검이 사람의 몸에 박혔을 때의 바로 그 감촉이었다. 다시 한 번 일어나는 불길한 느낌을 떨쳐 버리기라도 하듯 장홍은 서둘러 검을 뽑았다.

쑤욱!

뽑혀 나온 검끝에 묻어 있는 선명한 진홍색은 의심할 여지 없는 사람의 피였다.

이 피는 대체 누구의 피일까?

"꿀꺽."

장홍은 긴장된 마음으로 마른침을 삼키며 천천히 관 뚜껑을 열었다.

끼이이이이익.

관이 열리는 마찰음이 야밤의 공동묘지에서 들려오는 흐느낌처럼 들려 소름 끼쳤다. 그건 이 안에서 시체가 누워 기다리고 있다는 사실을 알고 있기 때문일 것이다.

덜컹.

마침내 관 뚜껑이 완전히 열렸다.

"이건……."

관을 열고 안을 확인한 장홍은 가슴을 쓸어내렸다. 분명 그 안에는 시체가 뉘어져 있었다. 그러나 그 시체는 나예린이 아닌 복면을 한 사내의 시체였다.

장홍은 망설임없이 복면을 벗겼다. 나예린이 아닌 것만 알았으면 그에게 마음에 걸릴 일은 아무것도 없었다. 이 정도 시체가 옆에 있는 것은 그에게는 일상적인 일이었다.

"본 적이 있는 얼굴이오?"

장홍이 돌아보자 옥유경의 얼굴은 딱딱하게 굳어 있었다.

"본 적이 있는 얼굴이에요. 확실히 제육 기숙사의 학생이었던 것으로 기억하는데… 제가 검술을 가르칠 때 꽤 실력이 있어 얼굴을 기억하고 있어요."

그녀에게 얼굴이 팔렸다는 것은 즉, 우등생이었단 뜻이다.

"그런 우수 학생이 왜 이런 관 속에 복면을 한 채 누워 있는 거요?"

"당연히 누가 시켰기 때문이죠."

그리고 그가 맡은 역할은 물어볼 필요도 없이 암습이었다.

"그렇다면 설마 육번대 대장이 이번 납치 사건의 범인이란 말이오?"

원래 각 부대의 대원들은 무공 수업 이외에 다른 일에 관련해서는 다른 부대의 대장 말은 듣지 않는다는 것을 장홍도 잘 알고 있었다. 그게 아무리 무교관이라 해도 말이다.

"그럴 리가 없어요. 그분은 그럴 만한 분이 아닌데……."

옥유경이 강하게 부정했다. 무명은 자신이 마천각의 어린 학생일 때도 여전히 육번대의 대장이던 사람이었다. 오랜 시간 알아온 그녀로서는 그 가설에 선뜻 동의할 수가 없었다.

"혹시 그 사람, 외팔이이면서도 외팔이가 아닌 사람 아니오?"

장홍이 진지한 표정으로 묻는다.

"외팔이이면서도 외팔이가 아닌 사람이라니요? 지금 말장난하는 건가요?"

옥유경이 어리둥절한 표정으로 반문했다.

"그건……."

장홍은 자신이 가지고 있는 그 범인의 정보를 말해야 하나 고민하기 시작했다. 서천에 대한 정보를 말하는 순간 안 그래도 복잡한 이 일이 훨씬 더 복잡해질 것은 명약관화한 일이었던 것이다.

그러나 이대로 숨길 수는 없었다. 게다가 그는 더 이상 옥유경에게 무언가 비밀을 가지고 있기가 싫었다. '그' 일만 빼고. 그리고 현재의 상황을 좀 더 알게 된다면 마천각에 대해서 그보다 훨씬 더 상세하게 알고 있는 옥유경이라면 무언가 그가 놓치고 있는 부분에서 단서를 발견할지도 몰랐다.

"당신, 무슨 생각을 그렇게 골똘히 하나요?"

"음…… 유경!"

장홍이 옥유경을 똑바로 바라보며 진지한 목소리로 힘주어 말했다.

"왜, 왜 그러시죠?"

옥유경의 얼굴이 조금 붉어졌다.

"당신에게 긴히 할 이야기가 있소. 중요한 이야기요."

"하, 하세요."

그러나 기대(?)와는 달리 사랑의 속삭임 같은 것은 아니었다. 대신 장홍은 자신이 비류연에서 들은 서천에 관한 이야기를 옥유경에게 하나둘씩 하기 시작했다.

처음에는 약간 맥이 빠졌던 그녀였지만, 이야기가 진행되면 될수록 옥유경의 표정은 더욱더 딱딱하게 굳어졌다. 그녀는 깊이 분노하고 있었다. 그 이야기인즉슨, 지금 마천각 안에 그 핵심적인 영역까지 천겁령의 손이 뻗쳐 와 있다는 이야기랑 똑같은 이야기였던 것이다.

"여기 마천각뿐만이 아니오. 모르긴 몰라도 천무학관 안, 아니, 정천맹과 흑천맹까지, 전 무림에 그들의 촉수가 뻗어 있을 것이오. 오랜 시간 큰 나무의 뿌리가 땅속으로 파고들 듯 그 뿌리는 거미줄처럼 전 무림의 모든 영역에 걸쳐 뻗어 있는 게 틀림없소."

"그 말은……."

"그렇소. 우리가 누리고 있는 이 평화는 아주 열악한 기반 위에서 겨우겨우 그 형태를 유지하고 있다는 뜻이오. 언제 무너져도 이상할 것 없는 사상누각. 그것이 지금 우리가 백 년 동안 누렸던 길고 따분한 평화의 정체요."

"그리고 정천맹주의 친딸인 나예린에게 무슨 일이라도 생기면……."

"이 아슬아슬한 평화는 단숨에 무너져 내릴 것이 분명하오. 그럼 우린 이 따분했던 평화를 그리워하게 될 거요. 다시 돌아올 수 없는 오늘을."

그런 사태만은 무슨 수를 써서라도 막아야 했다.

하지만 어떻게 막는단 말인가? 아직 그 방법에 대해서는 막막하기만 했다.

"일단 다른 친구들이랑 합류해야겠소. 그쪽도 지금쯤이면 나름대로 결판이 났을 테니."

"과연 무사할까요? 상대는 아무리 학생 신분이라 해도 마천십삼대의 대장들이에요. 일대일, 아니, 이 대 일로 싸운다 해도 쉽게 이길 수 있는 상대가 아니에요."

마천십삼대의 실력을 얕보지 말라, 그렇게 말하고 있는 것이다.

"물론 얕보는 건 결코 아니오. 쉽지 않으리란 건 이미 알고 있소. 다만 내 친구들을 믿을 뿐이오. 물론 걱정이 안 되는 건 아니지만……."

다른 관에도 자객들이 숨어들어 있다면, 방심하고 그 관을 연 이들이 매우 위험했다. 하지만 지금은 그의 어린 친구들을 믿는 수밖에 다른 방도가 없었다.

'조심하게, 류연.'

### 발동(發動)! 석괴압살관(石塊壓殺關)!
―짓눌러 부숴 주겠다!

수십 명의 무사들에게 둘러싸인 대청 한가운데서 비류연과 서해왕 락비오는 서로를 마주 보았다.

"아직이다. 아직 나는 패배하지 않았다."

눈에 힘을 가득 준 채 락비오가 비류연을 노려보았다. 그러나 눈빛 싸움 정도에 덜덜 떨 만큼 예민한 신경은 가지고 있었다.

"어라어라, 그럼 방금 진 건 대체 뭘까나?"

비류연이 피식거리며 좀 전의 패배를 상기시켜 준다.

"헹, 조금 전 건 그저 장난에 불과해. 애들 놀이 같은 거지."

"호오, 요즘 애들은 놀이에 목숨을 거나 보군요?"

"요즘 애들은 목숨이 아까운 줄 잘 모르거든."

그러자 비류연이 살짝 고개를 들어 락비오의 얼굴을 뚫어지게 바라보며 한마디 했다.

"정말 그런 것 같네요, 확실히."

비류연의 몸짓이 말하고자 하는 바는 명확했다. 네가 바로 그 목숨이 아까운 줄 모르는 꼬맹이라는 뜻이었다. 락비오의 각진 얼굴이 다시 붉으락푸르락해졌다.

"조금 있다가도 그렇게 이죽거릴 수 있는지, 두.고. 보.지."

"두고 보자는 사람치고 무서운 사람 없죠."

"그래? 그러나 이번엔 좀 다를걸? 이 '석괴압살관(石塊壓殺關)'에서는!"

"이쪽도 바쁘니까 본론으로 넘어가죠."

"좋아. 저기 바닥에 그려져 있는 작은 네모 칸이 보이나?"

"누구처럼 장식품이 아니라서요. 모두 팔십일 칸이네. 바둑이라도 둘 건가요?"

그러면서 바둑보다는 알까기가 특기인데라고 조그만 목소리로 중얼거렸지만 락비오의 귀에까지는 가 닿지 않았다.

"바둑? 흥, 그런 쪼잔한 두뇌 노동으로 진정한 힘을 겨룰 수 있을 거라 생각하나?"

"그럼?"

락비오가 득의만만한 미소를 지으며 외쳤다.

"삼십일."

그러자 양쪽 벽면에 서 있던 무사 중 한 명이 줄을 하나 끊었다.

구구구궁!

쐐애애애애애애애액!

그 순간 비류연의 머리 위쪽 천장에 매달려 있던 석추 하나가 무서운 속도로 떨어져 내렸다. 저 무거운 석추에 깔리면 그 누구도 무사할 수 없었다.

쾅!

마치 지진이라도 난 것처럼 대청 안이 진동했다.

"류연!"

효룡이 다급한 목소리로 소리쳤다.

"대단한 배짱이군, 한 발자국도 움직이지 않다니."

락비오의 표정이 약간 딱딱하게 굳어 있었다. 방금 전의 석추는 비류연이 서 있는 칸 바로 옆 칸에 떨어져 내려 있었다. 사슬의 길이로 조절을 한 탓인지 부서지거나 하지 않은 채 기둥처럼 우뚝 서 있었다.

"이런이런. 왜요? 당황해서 도망치는 모습이라도 보고 싶어나 보죠?"

"큭."

의외로 정곡이었던 모양이다. 감정이 얼굴에 그대로 드러나는 인간이었다.

"뭐, 장난은 여기까지 하도록 하지. 방금 보다시피 이곳의 칸은 모두 팔십일 개. 각각의 칸마다 그에 상응하는 석추가 준비되어 있지. 규칙은 간단해. 각각 한 번씩 일에서 팔십일까지의 숫자 중 하나를 말하면 그에 해당하는 추가 떨어지지. 단 한 차례에 한 번만이야. 이미 석추를 떨어뜨린 사람은 상대방이 석추를 떨어뜨릴 때까지는 석추를 떨어뜨릴 수 없네. 어때, 간단하지?"

간단하지만 매우 위험한 규칙이었다.

이번이야말로 진짜 목숨을 건 놀이인 것이다.

"무서우면 언제든지 항복하도록."

"어라라라, 요즘은 왠지 환청이 자주 들리는군요."

손가락으로 귓구멍을 파며 비류연이 대답했다.

"좋아, 그런 상태면 죽어도 원망하지는 않겠군."

"애석하게도 난 병약미소년 불사신이라서요. 안타깝지만 평생 원망할 일이 없어요. 그쪽이나 원망하지 마시죠?"

약간 비아냥거림을 담아 비류연이 활짝 웃으며 말했다.

"좋다. 그 잘난 혀, 얼마나 오랫동안 놀릴 수 있을지 두고 보지. 그리고 규칙 하나 더."

그러면서 품 속에서 조그마한 모래시계 하나를 꺼내놓았다. 그리고는 험악한 표정으로 말했다.

"이 모래시계의 모래가 다 떨어지기 전에 '숫자'를 불러야 한다. 그러지 못하면 겁쟁이로 인정되어 그 즉시 패배다."

어디서 떨어질지 모를 석추가 무서워 떨어뜨리는 것을 망설이면 그 즉시 패배라는 뜻이었다.

"기다려라. 금방 네놈이 겁쟁이라는 것을 증명해 줄 테니까. 그렇게 되면 정의가 나한테 있다는 것 역시 명백해지겠지."

그 말을 들은 비류연이 히죽 웃었다.

"글쎄요, 그건 신의 존재 증명만큼이나 어려울 것 같은데? 하긴 불가능에 도전해 보는 것도 좋은 경험이 되겠죠."

그 말에 굵은 한쪽 눈썹을 꿈틀거리며 락비오가 외쳤다.

"그럼 이회전을 시작한다! 선공은 양보하지."

태연한 척하고 있긴 하지만 작금의 사태는 비류연에게 있어 압도적으로 불리한 상황이었다. 비류연은 저 석추들이 일, 이, 삼, 사 순서대로 떨어질 거라고는 생각하지 않았다. 아마 불규칙적으로 숫자가 배분되어 있을 것이다. 즉, 지금 그는 어느 칸에 어느 석추가 떨어질지 알 수 없었다. 그러나 락비오는 분명 알고 있을 것이다. 몇 번의 석추가 어느 칸에 떨어질지. 괜히 락비오가 선심 쓰듯 선공을 양보한 게 아니었다. 그만큼 자신있다는 반증이었다. 비류연은 락비오의 공격을 빼고도, 머리 위의 또 다른 공격에 대해 항상 신경을 쓰지 않으면 안 되게 된 것이다.

"일(一)!"

선공을 양보받은 비류연이 외쳤다.

그러자 저 팔십일 칸의 맨 첫 번째가 아니라 바로 머리 위에서 석추가 떨어져 내렸다.

'역시!'

비류연은 석추를 피하기 위해 얼른 몸을 뒤로 뺐다. 역시 숫자는 무작위였다. 이때를 놓치지 않고 락비오가 외쳤다.

"이십삼!"

그러자 뒤로 피하는 비류연의 진로상에 석추 하나가 '쉐애애액!' 무서운 소리를 내며 떨어져 내렸다.

"칫."

비류연은 혀를 차며 오른쪽으로 몸을 뺐다. 그때를 기다렸다는 듯 갑옷을 두른 락비오가 맹렬한 속도로 돌진해 왔다.

금강반탄신공(金剛反彈神功)
돌격(突擊) 비기(秘技)
폭렬질주(爆裂疾走)

쒜에에에엑!

달려오는 상태 그대로 락비오의 몸이 또 한 번 가속했다. 그 기세는 마치 전쟁터를 가로지르는 강철의 전차 같았다.

"이크."

비류연은 봉황무의 신법을 발휘해 다시 한 번 방향을 급속도로 바꾸었다.

콰쾅!

달려온 락비오의 몸통과 석추가 그대로 충돌했다. 끔찍한 소리가 울려 퍼졌다.

"헤헹. 저런저런, 수발이 자유롭지 않은 기술은 자기 몸을 상하게 할 뿐이죠. 이럴 걸 자업자득이라고 한다던가요?"

그러나 산산이 부서져 나간 것은 락비오의 몸이 아니라 석추 쪽이었다. 사람 키보다 더 큰 돌기둥이 락비오의 몸통박치기를 견디지 못하고 그대로 부서져 나간 것이다. 반면 강순천갑을 두른 락비오의 몸에는 상처 하나 없었다. 락비오는 검이나 창 같은 무기는 일체 쓰지 않았다. 그에게 있어서는 이 금강처럼 무식하게 단단한 몸뚱이 그 자체가 바로 최강의 무기였다.

옷에 묻은 먼지를 털어낼 생각도 하지 않은 채 락비오가 몸을 돌려 비류연 쪽을 바라보았다. 그 눈동자는 먹이를 노리는 야수의 눈동자를 연상시켰다.

"흐흐흐, 누가 자업자득이라고?"

"……."

저런 무식한 공격법은 비류연으로서도 처음 보는 것이었다. 생각 이상으로 저 몸뚱이는 단단한 모양이었다.

"이거이거, 아무래도 방심하면 안 되겠군요."

현재의 몸 상태로 저 공격을 받으면 제아무리 비류연이라 해도 무사하기 힘들었다.

'그러기 위해서는 일단 저 손대면 톡 하고 터지는 거추장스런 갑옷부터 어떻게 해야 할 것 같은데?'

그러지 못하는 이상 승리를 장담할 수 없었다.

'자, 이제 어떻게 한다……'

모래시계가 몇 번씩이나 아래위로 뒤집어졌다. 그러나 승부는 나지 않았다. 그 대가로 대청 여기저기에 돌기둥들이 불쑥불쑥 솟아올라 있었다. 사실 떨어진 거였지만. 그러나 비류연과 락비오 어느 쪽도 아직 큰 손해를 입지 않고 있었다. 락비오는 모든 석추들의 위치를 파악하고 있기 때문에, 그리고 비류연은 재빠른 반사신경으로 무거운 석추와 그것보다 더 단단하고 위협적인 락비오의 저돌적인 공격을 막아내고 있었다. 몇 번 락비오의 몸에 타격을 먹이기는 했지만, 그때마다 갑옷의 그 부위가 튕겨져 나오는 바람에 오히려 비류연 자신이 당할 뻔했다. 다행히 무지막지한 반사신경과 봉황무의 재빠른 움직임으로 그것을 피해낼 수 있었다. 그러나 피하는 것만으로는 아무것도 해결이 되지 않았다.

"언제까지 피해 다니기만 할 거냐?"

비실비실 쓰러질 것처럼 보이던 비류연이 요리조리 잘도 피해 다니자 락비오도 슬슬 짜증이 치밀기 시작했다.

"넌 정면승부도 제대로 못하는 겁쟁이냐?"

덩치도 큰 주제에 도발을 시도한다. 그러나 상대는 비류연이었다. 도발 십단의 비류연에게 그런 어설픈 도발이 통할 리가 없었다.

"어라, 그럼 당신은 정면승부밖에는 할 줄 모르는 단순무식쟁이인가 보죠?"

비류연은 어떻게 하면 상대의 속을 긁을 수 있는지 잘 알고 있었다.

"뭐라고! 날 모욕할 셈이냐."

반응은 금방 나타났다. 비류연은 깜짝 놀란 듯한 표정을 지으며,

"어? 어떻게 알았어요? 우와, 꽤 둔탱이인 줄 알았는데 의외로 눈치도 있네요. 완전 바보는 아니었군요."

감탄성을 내뱉는 것이다.

"이…… 이…….''

그 말에 너무 열이 받은 락비오는 제대로 말도 잇지 못했다. 되로 주려다 말로 받은 격이었다.

"그 입 다물게 해주마!"

분통을 참지 못한 락비오가 다시 저돌적인 몸통박치기를 시도했다. 그러나 비류연은 또다시 옆으로 그 공격을 피하며 태연하게 대꾸했다.

"지금까지 그 말을 한 수백 번 들은 것 같은데, 이를 어쩌죠? 지금까

지 성공한 사람이 단 한 사람도 없거든요."

이제는 들어도 그저 심드렁할 뿐이었다. 좀 더 독창성있는 말을 해 줬으면 하는 그런 바람이었다.

"사십사!"

락비오가 다시 숫자를 외치자 비류연의 머리 위로 석추 하나가 무시무시한 속도로 떨어져 내렸다. 그러나 비류연의 이동 속도가 생각보다 빨라 그 석추는 공교롭게도 락비오와 비류연 사이에 떨어졌다. 일순 그 석추에 가려 비류연의 모습이 보이지 않게 되었다.

콰쾅!

락비오는 바위 같은 어깨를 정면으로 돌려 그대로 석추를 파괴했다. 여전히 그의 돌진의 위력은 무시무시했다.

"아니!"

그러나 부서진 석추 뒤에 있어야만 하는 비류연의 모습은 온데간데 없었다.

"대체 어디로……."

락비오는 그 말을 끝낼 수 없었다. 비류연의 신형은 어느새 그의 정 좌측에 신기루처럼 나타나 있었다.


비뢰문(飛雷門) 독문신법(獨門身法)

봉황무(鳳凰舞) 오의(奧義)

그림자 숨기[隱影]의 장(章)

낙뢰영(落雷影)

이것은 어떤 사물 뒤로 숨는 것처럼 보여 상대의 의식을 빼앗은 다음 그 의식의 사각으로 파고드는 신법이었다. 봉황무의 신속이 있기에 가능한 기술이기도 했다.

원래 저돌적이고 공격 궤도가 일방향이던 락비오는 완전히 비류연에게 의식의 사각을 찔리고 말았다. 그래서 반격을 하기 위해 몸을 돌렸지만 이미 때는 늦어 있었다. 그러나 락비오는 그의 절대적인 방어를 자랑하는 강순천갑과 금강반탄강기에 대해 자신이 있었다.

'자, 쳐봐라. 아무리 타격을 맞춘다 해도 그 타격은 모두 너에게로 돌아갈 테니!'

비뢰도(飛雷刀) 오의(奧義)
일점집중(一點集中)의 장(章)
뇌섬일시(雷閃一矢)

퓨욱!

진각을 밟은 비류연의 주먹이 정확하게 락비오의 중심을 향해 뻗어나갔다. 마치 한줄기 뇌전 같은 일격이 락비오의 몸을 꿰뚫었다. 락비오의 돌진이 그대로 멈추었다. 비류연의 주먹은 쭉 뻗은 채 락비오의 갑옷에 닿아 있었다. 그리고……

콰쾅!

요란스런 폭발이 일어났다.

"……?"

그 폭발 속에서도 비류연은 멀쩡히 그 자리에 서 있었다. 폭발한 것은 비류연의 주먹이 닿아 있는 앞의 갑옷판이 아니라 등 뒤의 갑옷판들이었던 것이다.

"컥!"

예기치 못한 충격에 락비오는 신음을 터뜨렸다. 절대로 무너질 것 같지 않던 강철의 거탑이 일순간 흔들렸다. 그러나 무릎까지 꿇지는 않았다.

"어, 어떻게?!"

"그 갑옷, 대충 어떤 구조인지 알 것 같아요. 꽤 무식하고 위험한 걸 몸에 걸치고 다니네요. 잘도 그런 걸 걸치고 무사할 수 있네요. 이거 감탄감탄."

"이 강순천갑의 비밀을 알았다고?"

"아까 룡룡이 당하는 것을 보고 약간 의문을 품었거든요. 떨어져 나간 그 갑판을 붙인 하얀 덩어리가 뭘까, 하고 말이죠."

"……!"

락비오의 표정이 순간 딱딱하게 굳어졌다.

"그건 바로 화약이었죠. 아닌가요?"

"화, 화약이라고?!"

조마조마한 마음으로 지켜보고 있던 효룡이 깜짝 놀라 소리쳤다. 그러자 스스로 친절한 류연 씨라고 자처하고 있는 비류연이 친절하게 보충 설명을 해주었다.

"그래, 그것도 꽤 특수하게 조합한 화약덩어리였지, 일정 이상의 충격을 받으면 폭발하도록 되어 있는. 그 폭발의 힘으로 적의 타격을 상쇄하는 그런 구조지."

석추를 부술 때 폭발하지 않은 것은 비정상적일 정도로 두툼한 어깨 부위를 이용해 부딪쳤기 때문이다. 그 부분만은 충격을 받아도 폭발하지 않는 부위였던 것이다.

"하지만 그런 게 바로 옆에서 터진다면 아무리 튼튼한 갑옷을 입었다 해도 무사하지 못할 텐데?"

저 강순천갑이 만련정강으로 만든 물건이라 해도 마찬가지였다. 그 안에 들어있는 몸뚱이는 폭발의 타격을 받게 마련이다. 그건 맨몸의 인간이 견뎌낼 수 없는 충격이었다.

"나도 그 부분이 좀 의문스러웠는데, 아마도 그 충격을 별 타격 없이 받아들이기 위해 특수한 외가기공을 익혀 육체를 단련한 것 같아. 어때, 내 말이 틀렸나요?"

어디 반박할 것이 있으면 해보라는 그런 투였다.

"놀랍군. 이 강순천갑의 비밀을 이렇게 빨리 눈치 챈 사람은 네가 처음이다. 하지만 그것만으로는 막을 수 없었을 텐데?"

무언가 더 있다는 뜻이었다. 이 강순천갑의 속성을 꿰뚫은 기술이.

"오의 일점 찌르기. 뇌섬일시(雷閃一矢)."

방금 전 비류연이 선보였던 무공, 강순천갑의 방어를 뚫고 그에게 직접적인 타격을 가하는 데 성공한 무공이었다.

처음 들어보는 무공이었다.

"바늘구멍 같은 한 점에 타격력을 집중시키는 타격법이죠. 이렇게 말이에요."

퓨욱!

그러면서 발로 툭 차올린 돌멩이에 섬전 같은 빠르기로 주먹을 내질렸다. 그러나 그 빠르고 무서운 일격을 맞고도 돌멩이는 전혀 손상이 없었다.

"……?"

고개를 갸우뚱하고 있는 락비오에게 던져 주었다.

"이건 뭐냐?"

"눈깔이 제대로 박혀 있으면 잘 볼 수 있어요. 그것도 못 보면 까막눈인 거고."

마지못해 이리저리 돌을 살펴보던 락비오는 깜짝 놀랐다. 돌 한가운데 바늘구멍처럼 작은 구멍 하나가 돌멩이를 관통해 있었던 것이다.

"이건……!"

락비오는 경악하지 않을 수 없었다. 그의 특기는 강력한 힘으로 적을 분쇄하는 것이기 때문에 이런 정교한 수법은 흉내조차 불가능했다. 락비오는 한편으로 감탄하면서도 한편으로는 어이없어했다.

"자신의 무공의 비밀을 아무렇지도 않게 보여주다니, 배짱이 좋은 건지 멍청한 건지."

"흥, 보고 흉내 낼 수 있다면 얼마든지 흉내 내봐도 상관없어요. 할 수 있어요? 어차피 알아도 막지 못하고, 알아도 흉내 내지 못하는데 보여주는 데 거리낄 게 없죠. 사실 그걸 보고 당장 패배를 인정하라는 뜻이에요. 이해했어요?"

"……."

락비오는 이해는 했지만 납득은 못하고 있었다.

"확실히 이런 날카로운 집중 타격이라면 강순천갑도 반응하지 않을 것 같은데? 아니면 한 번으로 부족한가요?"

그 사이에는 '머리가 나빠서?' 라는 말이 생략되어 있었다.

"크윽!"

확실히 그가 특별히 조합해 만든 '반응폭약'은 돌로 치는 것 같은 충격에는 반응하지만 바늘로 찌르는 것으로는 폭발하지 않았다. 하지만 이 단단한 갑옷에 바늘로 찔러 들어오는 멍청이는 없었다. 어지간한 검의 찌르기는 모두 막아낼 수 있을 정도로 갑옷은 단단했다. 설마 이런 기술이 있으리라고는 예상치 못했던 것이다.

"그런 이야기죠. 자, 그럼 패배 인정?"

비류연으로서는 앞으로도 많은 싸움이 남아 있었다. 적게 싸우면 적게 싸울수록 그로서는 유리했다. 그러나 락비오는 그렇게 요령 좋은 사내가 아니었다.

"그러나 내 사전에 패배는 없다. 난 절대 항복하지 않아!"

대청이 쩌렁쩌렁 울리는 어마어마하게 큰 고함을 지르며 락비오가 달려들었다.


**금강반탄신공**(金剛反彈神功)

**철갑전술**(鐵甲戰術)

**비기**(秘技)

**철구진천지**(鐵球震天地)


쿠르르르르르릉!

철갑을 두른 락비오의 몸이 거대한 철공이 되어 비류연을 향해 달려들었다. 몸을 동그랗게 말고, 거기에 회전의 힘을 더해 파괴력을 높인 것이다.

"이크. 인간 공 굴리기는 취미가 아니거든요."

시전자가 멀미를 피해갈 수 없는 듯한 굉장히 특이한 기술이기는 했지만 피하지 못할 만큼 빠른 속도는 아니었다.

"멀미 조심하세요~!"

장난스런 말 한마디와 함께 비류연은 그 공격을 쉽게 피해냈다. 어찌 보면 너무 단순할 정도로 일직선인 공격이었던 것이다. 그러나 맹렬한 속도로 회전하고 있었기 때문에 비류연으로서도 타점을 잡기가 힘들었다. 권격의 타격력을 한 점에 모으기 위해서는 대상이 어느 정도 고정되어 있을 필요가 있었던 것이다. 이 상태로 뇌전일시를 먹일 수 없는 것은 아니었지만 큰 효과는 기대하기 힘들었다. 그리고 락비오의 노림수는 그것뿐만이 아니었다.

"폭렬잔(爆裂殘)!"

락비오의 외침과 함께 '콰콰쾅!' 하는 엄청난 폭음 소리가 울려 퍼지더니 락비오가 두르고 있던 강순천갑 전체가 폭발하면서, 그 갑옷 파편들이 마치 폭우처럼 사방을 향해 쏟아졌다. 무시무시한 위력이었다. 그 파편의 폭우는 제아무리 비류연이라도 피하기 힘든 것이었다.

비뢰도(飛雷刀) 독문운신보법(獨門運身步法)
봉황무(鳳凰舞) 비전극상오의(秘傳極上奧義)
우중거(雨中去) 불점의(不霑衣)

비류연은 봉황무의 극의 중의 극의를 긴급히 펼쳤다. 온몸의 신경을 타고 무시무시한 통증이 뻗어나갔다. 마치 온몸이 여덟 갈래로 찢겨져 나가는 듯한 고통이었다. 사실 이 우중거 불점의는 봉황무 중에서도 특상급의 기술이라 양발에 묵룡환을 달고 쓸 수 있는 기술이 아니었다. 그러나 이미 묵룡환이 하나 풀려 있는 비류연으로서는 또 다른 묵룡환을 풀 엄두를 내지 못했던 것이다.

"크아아아아아아악!"

온몸이 찢어지는 것 같은 고통을 견디며 비류연은 극상오의를 시전했다. 어차피 펼치지 않으면 죽는 것이다. 그렇다면 차라리 오의를 펼치다가 죽는 게 더 나았다.

"죽을까 보냐아아아아아아아!"

불안정하게 흔들리던 비류연의 몸이 투명해지더니 주욱 늘어나는 것처럼 날아오는 파편의 폭우 사이를 흐르듯이 피해 나갔다. 이제는 어느 쪽이 먼저 기력을 소모하느냐의 경쟁이었다.

콰콰콰콰콰쾅! 퍽퍽퍽퍽퍽!

강철의 폭우가 곳곳에 떨어져 있던 돌기둥들을 인정사정없이 찢어발겼다.

잠시 후, 무자비한 강철의 폭우가 주변을 휩쓸고 간 후 정적이 흘렀다.

스르륵!

그 정적 한가운데 비류연의 신형이 나타났다. 마치 흩어져 있던 잔상들이 한곳에 모이는 듯한 그런 형상이었다. 엄청난 고속 이동 때문에 그의 신형이 늘어나거나 흩어져 있거나 때로는 사라진 것처럼 보였던 것이다.

다시 모습을 드러낸 비류연의 얼굴은 무척이나 창백했고, 이마에는 식은땀이 송골송골 맺혀 있었다. 그는 지금 지독한 고통에 시달리고 있었지만 겉으로 내색하지는 않았다. 하지만 단 몇 걸음도 떨어져 있지 않은 락비오에게 한 방 먹일 만큼의 상태가 못 되는 것만은 확실했다. 지금은 자신의 몸을 먼저 추스를 때였다.

락비오는 비류연으로부터 일 장 정도 떨어진 곳에 몸을 둥글게 만 채 그대로 멈추어서 있었다. 처음에는 죽은 게 아닐까 싶을 정도로 그에게서는 아무런 기척이 느껴지지 않았다. 온몸에 두르고 있는 폭약을 일제히 폭발시킨 것이나 다름없었다. 그 폭렬잔이라는 무식하기 짝이 없는 기술을 쓴 다음이니 죽지 않은 게 오히려 이상할 정도였다.

잠시 후, 그 동그란 철구가 움찔거리더니 조금씩 조금씩 움직이기 시작했다. 그리고는 곧 철탑을 연상시키는 거구의 사내가 벌떡 일어났다. 안색이 약간 시커멓게 죽어 있긴 했지만 의외로 그는 별로 타격을 입은 것 같지 않았다. 그 모습을 보고 비류연은 씨익 하고 웃었다.

"되도록이면 그냥 그대로 기절해 있길 바랐는데, 아무래도 그렇게 되지 않았나 보네요."

이럴 줄 알았으면 공처럼 몸을 말고 정지해 있을 때 무리를 해서라도 한 방 먹여줄걸, 하는 후회가 살짝쿵 들었다. 비류연은 자신의 몸을 어느 정도 회복시키는 데 총력을 기울였다. 락비오도 당장 움직일 만한 상황은 되지 못했는지, 잠시 두 사람은 서로를 노려본 채 그 자리에 서 있었다.

"합!"

잠시 후, 락비오의 기합과 함께 그가 걸치고 있던 나머지 갑옷이 모두 떨어져 나갔다. 이제 그의 구릿빛 상반신은 완전히 맨살이었다. 밑에도 천으로 된 바지 하나만을 걸쳤을 뿐이다.

"흐흠, 스스로 갑옷을 벗었다는 것은 항복하겠다는 뜻?"

혹시나 하는 마음에 비류연이 그렇게 물었다. 락비오에게 있어서 갑옷은 방패이자 창이었던 것이다. 그러나 예상대로 락비오는 고개를 가로저었다.

"아니, 이제부터가 본편이다. 금강반탄신공의 무서움, 똑똑히 가르쳐 주마!"

락비오의 선언과 함께 그의 구릿빛 피부가 서서히 쇠를 연상시키는 청동색으로 변해갔다. 강철 쇳덩이처럼 단단한 근육이 야수 같은 기세를 내뿜고 있었다.

울퉁불퉁! 꿀럭불럭! 불끈불끈!

단단한 구릿빛 근육의 약동적인 움직임을 본 비류연이 비명을 질렀다.

"끄아아악! 아니, 잠깐! 난 남자 벗은 몸에는 별로 관심없거든요. 지금 뭐 하는 짓입니까?"

못 볼 걸 봤다는 듯 비류연은 고개를 돌렸다. 왜 자꾸 이렇게 진짜 싸나이를 자처하는 이들은 옷을 홀러덩 홀러덩 벗어 젖히는가. 주변에 끼치는 민폐를 조금도 감안하지 못하는 것 같았다. 아무래도 이들은 자신의 단단하고 불끈불끈한 근육들에 스스로 매료되어 있는 모양인데―속어로는 자뻑이라고도 한다―그건 어디까지는 본인의 착각이라는 것이다. 비정상적으로 불끈불끈하고 핏줄이 툭툭 튀어나온 우락부락한 근육은 보고 있는 이에게 있어 그저 오염일 뿐이다. 사내의 터질 것 같은 근육과 너무나 삐쩍 말라 뼈밖에 안 느껴지는 깡마른 여자의 몸은 세계의 조화와 균형을 파괴할 뿐이었다. 뭐든 지나치면 좋지 않은 것이다. 그러므로 락비오의 저런 근육의 떨림은 비류연에게 있어 일종의 고문과도 같았다.

"뭐 하는 짓이냐니? 난 단지……."

비류연의 호들갑스런 반응에 망연자실해진 것은 오히려 락비오 쪽이었다. 별거 아닌 걸 가지고 왜 저렇게 민감하게 반응하는 것인지 이해가 가지 않았다.

"우리 옷 좀 입고 하는 게 어때요? 비겁하게 이런 치사한 공격을 하다니……."

"무, 무, 무슨 소리냐! 치사하다니? 게다가 난 공격한 적 없다. 자, 빨리 덤벼라. 장난치지 말고."

락비오가 버럭 소리쳤다.

장난, 물론 비류연은 장난이 아니었다. 한시바삐 저 흉한 것을 눈앞에서 치워 버리고 싶었다. 게다가 강순천갑도 없으니 이제 타격 부위를 고려치 않고 마음대로 두들겨도 된다는 뜻 아닌가.

**삼복구타권법**(三伏狗打拳法) **중복**(中伏)

비류연의 신형이 락비오의 품 안으로 파고들어 갔다. 락비오는 기습을 당한 탓인지 꿈쩍도 하지 못하고 있었다.

파바밧!

비류연의 주먹이 무방비 상태인 락비오의 상체를 두들겼다. 그리고……

텅텅텅!

삼복구타권법을 시전하던 비류연은 깜짝 놀랐다. 락비오의 상체를 가격한 주먹이 그 속도 그대로 튕겨져 나왔기 때문이다.

그 반동으로 비류연은 기술을 완전히 시전하지도 못하고 일 장 밖으로 급히 물러났다. 그것은 반탄력을 감소하기 위한 조치이기도 했다.

"이건……."

비류연은 자신의 주먹과 락비오의 상체를 번갈아 바라보았다.

이 감각을 어찌 설명해야 될까? 돌처럼 단단해 보이는 근육을 쳤는데, 마치 탄력성이 지나치게 강한 고무를 후려친 듯한 그런 느낌이었다. 그 탄력이 너무나 강해 오히려 친 사람을 상하게 하는 그런 고무 말이다. 락비오의 얼굴에 득의만만한 미소가 맺혔다.

"보았느냐? 이것이야말로 금강반탄강기의 본모습이다."

이것이야말로 그가 피나는 수련을 통해 얻어낸 그의 정의, 즉 그의 '힘'이었다.

# 락비오의 수련 과정
### ─금강반탄강기의 수련

힘이란 무엇일까?

그것은 무언가를 강제하는 힘이다. 때문에 세계는 힘있는 자의 논리에 의해 돌아간다. 아무리 이치에 맞는 주장이라 해도 힘이 없으면 그저 허망한 메아리에 불과했다. 설혹 그것이 법과 규칙이라 해도 말이다.

때문에 락비오는 힘을 추구했다. 세상이 자신의 말에 귀를 기울이게 하기 위해서는 그 귀를 자신에게로 가져올 힘이 필요했던 것이다. 그래서 그는 강한 무공을 찾았다.

강하다는 것은 무엇일까?

그에게 있어 강하다는 것은 '쓰러지지 않는 것'이었다.

어떠한 힘에도 쓰러지지 않는 힘, 최후의 순간에 모든 것이 쓰러졌을 때 강철의 탑처럼 홀로 서 있을 수 있는 힘이야말로 그가 추구하는 힘이었다. 멸문지화를 당한 그를 거둔 스승은 그에게 그것을 가르쳐 줄 수 있었다. 그러나 그 무공은 수련 과정이 너무나 힘들어 대부분이 중도에 포기하고 마는 그런 무공이었다. 뼈와 살을 강철처럼 단단하게 만들어 도검불침의 몸으로 만드는 그 과정은 너무나 험난했기에 그것을 채 익히지 못하고 죽는 이들도 부지기수였다. 단련법은 있지만 그것을 해낼 수 있는 사람이 없어서 그의 스승 역시 그때까지 후계를 찾지 못하고 있었다. 서로가 서로에게 필요한 존재였다. 한 사람은 가르칠 제자가 필요했고, 한 사람은 자신을 강철로 단련시켜 줄 스승이 필요했다. 그리하여 하나의 사제 관계가 맺어졌다. 그리고 미친 듯한 수행과 단련의 나날들이 이어졌다. 그것은 지옥이라 부를 만한 것이었지만, 그렇기에 그 지옥은 그의 힘을 뒷받침하는 세계가 되어주었다.

지옥을 헤쳐 나왔다는 사실이 그의 정신에 힘을 불어넣어 주고 있었다. 물론 지옥을 겪고 나온 그의 몸은 어떤 외부의 충격에도 부서지지 않고 쓰러지지 않는 단단한 강철의 탑이 되어 있었다.

그가 익힌 무공의 이름은 '금강반탄신공'이라고 했다.

이 무공을 완성한 날 그의 사부는 그에게 무언가를 자신의 손으로 완성한 장인만이 가질 수 있는 특유의 자부심이 가득한 목소리로 다음과 같이 말했다.

"너는 지옥의 불길로 완성된 강철이다. 이제 어떤 힘도 너를 쓰러뜨릴 수 없을 것이다."

금강반탄신공은 사람들한테는 일종의 호신강기라고 생각되어지고 있었지만, 어느 누구도 이 능력의 진가를 아는 자는 없었다. 그리고 그는 이 신공을 이용해 전임 십번대 대장을 쓰러뜨리고 대장 직에 올랐다. 그의 힘이 증명되는 순간이었다. 그러나 그 대장 역시 그가 가진 힘의 진수를 간파하지는 못했다. 물론 그러니 패배했겠지만 말이다.

'금강반탄신공' 과 '강순천갑'.

이 둘만 있으면 그는 어느 상대도 두렵지 않았다. 그리고 이 두 가지 무공이 가진 비밀을 간파한 사람은 아직까지 단 한 사람도 없었다. 때문에 모두들 그 앞에 패배할 수밖에 없었다. 지금껏 한 내기는 언제나 일방적인 그의 승리로 끝났다.

그의 방어는 무적이었다.

그 누구도 그의 방어를 뚫는 자는 없었다.

그는 자신의 힘을 믿고 있었다.

'나 자신은 힘을 지닌 존재이다.'

그것이 그의 정체성을 구성하는 주춧돌이었다. 그리고 그 주춧돌은 지금까지 단 한 번도 무너진 적이 없었다.

"나의 몸은 금강(金剛)이다! 나의 신공이 깨지는 일은 절대로 없다!"

락비오는 이렇게 당당하게 외칠 자격이 있었다. 그만큼 그는 이 신공을 연마하는 데 전력을 기울였던 것이다.

"글쎄요, 이 세상에 절대란 건 절대로 없어서요."

그 정도 말에 기죽을 비류연은 절대 아니었다.

"뇌섬일시!"

좀 전에 무적의 강순천갑을 꿰뚫었던 일격이 비류연의 주먹에서 다시 한 번 뻗어 나왔다. 뇌광 같은 섬광이 락비오의 몸을 꿰뚫었다고 생각하는 순간, 이상한 현상이 일어났다.

두—웅!

비류연의 주먹이 접촉하고 있는 부위를 중심으로 북 치는 소리와 함께 파문 같은 것이 락비오의 온몸으로 퍼져 나갔다. 마치 호수에 돌멩이 하나를 던졌을 때와 같은 그런 동심원의 파문이었다. 락비오의 입가에 의기양양한 미소가 맺혔다.

"아무리 날카로운 바늘이라도 금강은 뚫을 수 없지."

전신을 향해 퍼져 나가던 파문이 방향을 틀어 그의 오른쪽 주먹에 집중되었다. 그 순간 그 주먹이 빛나는 것처럼 보이더니,

금강반탄신공(金剛反彈神功)
비전기(秘傳技)
반탄강(反彈罡)

슈확!

한줄기 섬광이 비류연을 향해 뻗어 나왔다. 비류연은 급히 고개를 돌려 직격을 피해냈다. 그러나 어깻죽지 위가 쓸려 나가는 것을 피할 수는 없었다. 락비오의 손에서 발사된 반탄강은 비류연을 지나 오 장 뒤의 벽에 거대한 균열을 만들어냈다. 조금만 늦었으면 어깨뼈가 박살났을지도 모를 일이었다.

"자, 어떠냐? 이제 항복해야 할 쪽이 누구인지 확실히 알았겠지?"

비류연은 그 말에는 눈곱만큼도 신경 쓰지 않은 채 다른 것에 몰두

해 있었다. 그저 단단해서 바늘이 들어가지 않은 것이 아니라, 다른 무언가가 더 있었던 것이다. 그것이 무엇인지 알아내야 했다.

"흐음, 타격력을 흡수한 다음 그것을 힘으로 바꿔 쏘아 보낸 건가?"

방금 전 락비오가 보여준 기술을 분석하는 데 여념이 없었다. 기존에 근육과 피부를 강철처럼 단련하는 호체기공과는 확실히 다른 방식의 기공이었다. 게다가 받은 충격을 공격에 이용하는 방식은 상당히 독특하고 놀라웠다.

"이봐, 내 말 듣고 있는 거냐?"

물론 비류연은 듣고 있지 않았다.

"좀, 조용히 해요. 생각하는 데 방해되잖아요. 덩치가 곰이라고 눈치도 곰이라니, 쯧쯧쯧."

비류연이 딱하다는 듯 혀를 찼다. 덩치 커지는 데 밥 한 숟갈 보태준 것도 없으면서 감히 저런 소리를 지껄이다니, 락비오로서는 미치고 팔짝 뛸 노릇이었다.

물론 비류연은 말은 그렇게 하지만 경계를 풀고 있는 것은 아니었다. 다행히 락비오는 되받아치기에 집중하기 위해서인지 먼저 공격해 들어오거나 하지는 않았다. 서 있는 표적이라……. 확실히 비류연의 구미를 자극하는 부분이 있었다. 하지만 겉보기에는 맛있어 보이는 먹이지만 함부로 물었다가는 큰코다치는 수가 있었다.

"하지만 완전하지는 않아."

저 금강반탄신공도 다른 여타의 호신기공과 같은 약점을 내포하고 있었다. 그것은 바로 타격에는 강하지만 참격(斬擊)에는 약하다는 것이

락비오의 수련 과정 273

었다. 물론 상당한 수준의 제련을 거쳤을 테니 평범한 칼질 따위는 콧방귀 정도로 막아낼 것이다. 하지만 비류연은 아직 검강이 실린 참격을 막아내는 호체기공이 있다는 이야기는 듣지 못했다.

'확, 써버려? 비뢰도?'

저 보기 괴로운 불끈불끈 근육의 갑옷을 꿰뚫을 만한 필살의 기술 몇 가지가 머릿속을 스치고 지나갔다.

'안 돼, 죽이면 안 되잖아…… 죽이면…….'

필살의 기술이라고 괜히 불리는 게 아니다. 그런 기술들은 위력이 강한 만큼 적을 반드시 섬멸하는 데 그 목적이 있었다. 그러나 그랬다가는 일을 수습할 때 겉잡을 수가 없게 되어버린다.

대장을 잃어버린 부하들의 반응은 두 가지다. 뿔뿔이 흩어지거나 아니면 눈이 뒤집힌 채 일제히 달려들거나. 저 많은 근육덩어리들이 한꺼번에 덤벼들면 상당히 곤란했다. 결국 피가 피를 부르는 형국이 되는 것이다. 그러면 곤란했다. 바로 앞의 싸움은 승리할지 몰라도 더 큰 싸움에서 패배하게 되는 것이다. 나예린을 구출하지 못하면 이런 거대 근육 덩치에게 이겨봤자 아무런 의미도 없었다. 사지를 꿰뚫어버리는 방법도 되도록이면 피하는 게 좋았다. 가장 깔끔하고 압도적인 승리가 필요했다. 참격이 아니라 가장 자신있어하는 타격으로 저 덩치를 쓰러뜨릴 필요가 있었다. 지금 비류연에게 필요한 건 압도적인 승리였다.

"어떻게 한다…… 육체의 갑옷, 육체의 갑옷……."

락비오와 대치한 채 비류연은 조용히 중얼거렸다.

'그걸 써볼까?'

번뜩 하고 뇌리를 스쳐 지나가는 생각 하나가 있었다. 그러기 위해서는 '마음의 틈'을 만들 필요가 있었다.

"그러고 보니 왜 그렇게 판관을 싫어하는 거죠?"

비류연이 살짝 물었다.

"법의 정의는 힘의 정의를 이기지 못하기 때문이다. 법은 힘 앞에서 무력해!"

락비오의 대답은 무척이나 단호했다. 그리고 그 단호함은 과거의 경험이 뒷받침되는 그런 확고함이었다. 뭔가가 있었던 게 분명했다.

"호오, 아버지가 판관이었다면서요? 판관의 아들이니 누구보다 법과 규칙을 잘 준수해야 하는 거 아니에요?"

맛보기로 한번 찔러본다.

"닥쳐라! 네가 상관할 바가 아니다!"

락비오가 불같이 화를 터뜨렸다. 그것은 즉, 정곡이었던 것이다.

"어머, 민감하시긴. 왜, 찔리는 데라도 있어요? 하긴 판관의 아들이 이런 곳에서 이런 일을 하고 있는 걸 부모님이 아시면 무척 슬퍼하시지 않겠어요?"

사실 아버지가 판관이었다는 것은, 정사로 나누었을 때 한없이 정도 쪽에 가까웠다. 그런데 왜 그 자식은 지금 흑도의 최고 교육 기관에서 대장 직을 맡고 있는 것일까?

분명 사연이 있는 게 틀림없었다.

"닥쳐라! 내 양친은 모두 죽었다. 어리석게도 법을 신봉하다 힘의 정의에 의해!"

격앙된 목소리로 락비오가 소리쳤다. 그 사연이 그의 정신적인 상처

와 매우 연관이 높을 게 분명하다고는 생각했지만, 이 정도까지 지나치게 높을 줄은 몰랐던 비류연은 약간 미안한 마음으로,
 '좋았어, 흔들렸다.'
 속으로 쾌재를 불렀다.

# 법과 힘
―락비오의 파거

서해왕 락비오의 아버지는 한 지방의 판관이었다. 즉, 법에 따라 죄를 심판하는 사람이었다. 그는 매우 강직하고 정직했다. 쉽게 부패할 수 있는 권력을 지니고 있으면서도 그의 아버지는 부패하지 않았다. 법이야말로 그의 아버지에게 있어 정의였다. 어릴 적 그는 엄중한 법에 따라 죄를 판단하는 아버지를 존경했다.

그러던 어느 날, 한 죄인이 잡혀왔다. 그런데 문제는 그 죄인이 그 지역 유지의 아들이라는 점이었다. 그 지역 유지는 그 도시의 부와 어둠의 세력까지 한 손에 쥐고 있는 자였다.

당연히 얌전히 자신의 아들을 풀어주라는 청탁이 들어왔다. 거대한 돈 궤짝과 함께. 그의 아버지는 그 궤짝을 받지 않았다. 그러자 그다음에는 협박이 들어왔다. 가족들과 함께 장수하며 살고 싶으면 얌전히 말에 따르라고. 이 현에서는 그들이 바로 법이라고. 그러나 그의 아버지에게 있어 법은 법전에 적혀 있는 법뿐이었다. 그 이외의 법에 아버지는 따르려 하지 않았다. 아버지는 자신의 소신에 따라 그 유지의 아들에게 사형 판결을 내렸다. 온갖 사기를 일삼고, 부녀자를 밥 먹듯이 강간하고, 심심하면 살인을 저지르는 그놈을 그냥 둘 수 없었던 것이다. 그것은 아버지의 정의가 용서치 않았다.

그러나 그때 그런 그의 아버지를 용서치 못하겠다고 생각하는 이가 있었다. 바로 그 지역의 유지였다.

돈과 권력의 멍멍이가 되지 않는 법관 따위는 그에게 필요없었다. 돈을 한 손에 움켜쥐고 있는 그들은 법이란 힘있는 자의 입맛에 맞추어 해석되는 것이야말로 세상의 섭리라고 굳게 믿고 있는 그런 자들이었다.

그들에게 정정당당이란 말도 안 되는 개념이었다. 어차피 공정함이란 것은 그들의 기준에서는 없는 일이었다. 불공정한 것이야말로 그들에게 있어 공정한 것이었다.

그자는 자신이 거느리고 있는 수하들을 풀어 현청을 습격했다. 이미 현청을 지키는 대부분의 병졸들은 그자에게서 돈을 받아먹지 않는 이가 없었기에 저항은 미미했다.

자신이 한 일에 한 점 부끄러움이 없었던 아버지는 도망도 치지 않은 채 자신이 집무를 보는 그 자리에 앉은 채 목숨을 잃었다. 어머니도 도망가지 못하고 그들에게 잡혀 수모를 당한 다음 죽임을 당했다.

락비오 혼자만이 아이 하나 정도만 들어갈 수 있는 비밀스런 공간에 숨어 있다가 화를 면했다. 아버지가 지키려 했던 법이 적혀 있던 법전이 아버지, 어머니의 시체와 함께 불타서 재가 되어 날아가는 것을 두 눈으로 똑똑히 지켜보았다. 법 따위는 힘 앞에서 너무도 무력했다.

그는 현청에 불이 난 것을 보고 달려온 한 덩치 큰 고수에 의해 거두어졌다. 얄궂게도 그 고수는 예전에 아버지의 공정한 판결에 의해 은혜를 입은 적이 있는 사람이었다. 그는 무림인은 은원(恩怨)을 명확히 해야 한다며 그를 제자로 거두었다. 그의 사부는 강호의 숨어 있는 절정고수 중 한 명으로 별호가 '흑금강(黑金剛)'이라 했다. 그리고 그는 사부로 모시게 된 그 사내와 함께 산으로 들어가 무공을 연마했다. 그때 전수받은 무공이 바로 금강반탄신공이었다.

"그 일로 난 깨달았지, 법과 규칙을 숭상하던 아버지가 얼마나 어리석었는지를. 이 세상에서 오직 힘만이 정의라는 것을. 다른 것은 모두 힘 앞에서 무력할 뿐이라는 것을. 그때부터 오직 힘만을 추구하기로 했지. 그리고 마침내 힘을 손에 넣은 난 하산하여 그들에게 복수를 할 수 있었다. 그들의 방식대로 힘에 의한 처절한 복수를. 법 따위는 전혀 내 복수를 도와주지 못했어. 오직 힘만이 나의 복수를 성사시켜 주었다."

그리고 복수를 끝마친 그 길로 그는 마천각에 입관했다, 바로 더 강한 힘을 손에 넣기 위해서.

"난 뼈를 깎는 고통 속에서 이 힘을 손에 넣었다. 난 정의를 손에 넣었다. 그러니 난 더 이상 지지 않는다. 난 더 이상 불행해지지 않아!"

내심 속으로 감정이 거칠게 소용돌이치고 있던 락비오가 신경질적으로 소리쳤다. 불행한 과거를 듣고도 비류연은 눈썹 하나 꿈쩍하지 않았다. 그런 일에 동조해서 엉엉엉 울 만큼 무르지 않았다. 아니, 오히려 비류연의 입가에 걸려 있는 건 비웃음이었다.

"풋, 거짓말은 좀 그만 하시죠. 웃기니까."

"뭐가 거짓말이라는 거냐?"

예기치 못한 조롱을 당한 락비오의 두 눈에서 분노의 불꽃이 번뜩였다.

"자신을 좀 돌아보는 게 어때요? 뭔가 이상하다는 생각 안 들어요?"

"뭐가 이상하다는 거냐?"

"이거 중증이네. 이봐요, 당신. 지금 왜 나랑 혼자 싸우는 거죠? 양쪽에 늘어선 수십 명이나 되는 부하들을 놔두고 왜 일대일을 고집하죠? 힘을 원한다고 하지 않았나요? 얘길 들어보니 다수의 무력에 한 사람의 법이 무너진 것 같은데? 그런 처참한 꼴을 두 번 다시 당하지 않으려면 처음부터 단체로 덤볐어야 할 것 아니에요? 마흔이든 쉰이든 한꺼번에 짓쳐들어 오면 될 것을. 그럼 좀 더 쉽게 끝낼 수도 있었을 텐데?"

"그, 그건……"

웬일인지 락비오는 그 쏟아지는 질문에 하나도 명확한 대답을 내놓지 못했다.

"정말 이상하다 생각하지 않아요? 게다가 아까 내기를 할 때부터 왜 그렇게 규칙에 집착하죠? 한 대든 두 대든 마음 내키는 대로 치면 되잖아요? 왜 귀찮게 규칙을 정해 그것에다가 스스로를 묶어놓는 거죠? 당신이 말하는 힘이란 그런 규칙 따위는 간단히 부숴 버리는 그런 것 아니었나요?"

"그건 어디까지나 재미로………."

확신이 들어 있지 못한 락비오의 대답에 곧바로 비류연은 고개를 가로저었다.

"아니, 그건 변명일 뿐이에요. 이제 좀 자각하는 게 어때요? 규칙이나 법이나 이름만 다르지 똑같은 거죠. 당신은 혼자서 규칙을 지키면서 이기고 싶었던 거예요. 단 혼자의 힘으로도 다수에게 밀리지 않는다는 걸 증명해 보이고 싶은 것뿐이죠."

"우, 우……."

락비오의 입에서 이상한 신음이 흘러나왔다. 그는 무척 당황스럽고 혼란스러워하고 있었다. 지금 그의 마음은 그 어느 때보다 세차게 흔들리고 있었다. 비류연은 공세의 고삐를 늦추지 않으며 최후의 일격을 날렸다.

"아직도 모르겠어요? 당신이 지금까지 계속 아버지의 그림자를 쫓고 있었다는 사실을? 말로는 극구 부정하고 힘이 정의입네 하고 떠들었지만, 당신의 행동은 그렇지 못했어요. 당신의 무의식은 아직 당신의 아버지가 옳다고 믿고 있어요. 좀 전에 아버지를 어리석다고 했나요? 아니, 어리석었던 건 바로 당신이에요! 그리고 지금도 그저 어리광이나 부리고 있을 뿐이에요."

락비오의 몸이 벼락맞은 사시나무처럼 부르르 세차게 떨렸다.

"난, 난……."

단숨에 정신적인 궁지에 몰려 버린 락비오는 무언가 반박을 해야 한다고 생각했다. 하지만 반박할 말이 떠오르지 않았다. 당연했다. 그는 진짜로 그렇게 믿고 있었던 것이다. 의식의 한구석에서 계속 그렇게 믿어왔던 것이다. 그 사실로부터 계속 도망쳐 다닌 것은 바로 그 자신이었다. 그 자신이 바로 가장 큰 겁쟁이였던 것이다. 이 순간 락비오의 정신은 완전히 무력화되었다.

'이때다!'

비류연의 눈동자가 황금빛으로 불타오르기 시작했다. 보이지 않는 것을 보고, 들리지 않는 것을 듣고, 만질 수 없는 것을 만진다는 '홀황의 경지'에 들어간 비류연의 눈이 락비오의 마음속에 생겨난 균열을 정확히 감지했다.

"그동안 육체의 갑옷은 상당히 단단하게 연마한 모양인데, 그럼 정신의 갑옷은 얼마나 단단할까나?"

말이 끝맺어지기도 전에 비류연의 몸이 한줄기 뇌전으로 화(化)했다.

비뢰도(飛雷刀)

검기(劍氣) 오의(奧義)

단심무형(斷心無形)의 장(章)

심뢰(心雷) 열파(裂破)

비류연의 손에서 비뢰도 하나가 한줄기 섬광이 되어 수직으로 떨어져 내렸다. 그 섬광은 락비오의 이마 한가운데를 정확히 베고 지나갔다. 그 순간 무형의 번개 한줄기가 락비오의 혼란스런 마음과 정신을 관통했다. 그는 벼락에 감전이라도 된 듯 몸을 부들부들 떨었다. 뇌 속이 순간 새하얗게 백지가 되어버리는 듯한 느낌을 받은 것이다.

비류연은 이것과 비슷한 기술로 예전에 무당산에서 심령제어술에 걸려 있던 갈효봉의 금제를 푼 적도 있었다. 이 기술이 베는 것은 육체가 아니라 정신이었다. 갈효봉이 심령제어술에 걸려 있었듯, 락비오 역시 과거에 입었던 정신적 상처에 속박되어 있었다. 이 기술은 그런 것을 베는 기술이다. 하지만 이것은 부드러운 정신 상담과는 달랐다. 이것은 상당히 강제적인 개입이었다. 그리고 마음의 상처가 낫는 경우보다는 훨씬 더 벌어지는 경우도 있었다. 당연했다. 원래는 그런 균열을 비집고 들어가 완전히 부숴 버리는 것이 이 기술의 본래의 용도였다. 사람의 정신을 부수기 위한 목적을 가진 실로 무시무시한 기술인 것이다.

그걸 비류연은 약간 변형해서 쓰고 있었다. 하지만 결과가 어떻게 나올지는 비류연 본인도 잘 알 수가 없다. 무책임하다고 해도 할 말은 없었다. 육체와 달리 정신에 가한 충격은 여러 가지 형태로 표출될 가능성이 높기 때문이다.

방금 비류연은 락비오의 단련된 단단한 육체의 갑옷과는 달리 생각 이상으로 불안정한 정신의 갑옷을 이 일격으로 부숴 버린 것이다. 락비오는 잠시 정신적으로 공백 상태가 되었고, 비류연은 그 기회를 놓치지 않았다.

비뢰도(飛雷刀) 오의(奧義)
환영분신(幻影分身)의 장(章)

팔섬(八閃)

뇌광굉타(雷光轟打)

순간 여덟 개로 불어난 비류연의 신형이 사방에서 락비오의 몸을 두들기기 시작했다. 그러나 이번에는 좀 전처럼 튕겨 나오거나 그러지 않았다. 다만 비류연의 주먹이 부딪치는 곳마다 둥둥 하는 북소리가 울려 퍼지며 파문이 내달렸다. 정신이 약간 아득해진 상태에서도 육체에 새겨진 무공은 그 역할을 해내고 있었다.

"이미 간파했어요."

파문이 퍼져 나가는 반대쪽에 위치한 비류연의 분신이 다시 주먹을 날렸다. 좀 전에 비류연이 맞혔던 곳과 정반대의 장소였다. 그 파문이 서로 부딪치더니 그대로 상쇄되었다. 그것과 비슷한 일을 여덟 개로 나뉘어진 분신으로 동시에 해결한다. 그러다 보니 파문이 빈번히 상쇄되어 반격을 가하는 게 불가능했다.

퍼져 나가는 파문이 다시 돌아올 때 그 힘을 유도해 공격으로 바꾸는 것이 바로 그의 기술 '반탄강'이었던 것이다.

하지만 다수의 방향에서 동시에 공격을 가하니, 힘의 흐름을 원활하게 제어하기가 거의 불가능했다. 원래 락비오는 인체의 구 할이 넘는 몸 안의 물을 이용해 받은 충격파를 분산시키곤 했는데, 이런 상태라면 그 물이 얼어버린 것이나 다름없었다.

충격파를 감쇄시키지 못하게 된 락비오는 자랑하던 육체의 갑옷까지 빼앗긴 것이나 다름없었다. 그것은 곧 받은 충격을 그대로 감내해야 된다는 뜻이었다.

쿠쿵!

거대한 탑이 무너지는 것처럼 락비오의 몸이 무너졌다. 그는 그대로 땅에 무릎을 꿇었다. 더 이상 그의 몸에는 반격할 여력이 남아 있지 않았다.

금강반탄신공이 완전히 흩어져 버린 것이다. 다시 회복하기까지는 상당한 시간이 걸릴 것 같았다.

온몸에서 힘이 썰물처럼 쭉 빠져나가 있어서 손가락 하나 까딱할 수 없었다.

그렇게 힘을 숭배하던 그가 힘으로 진 것이다. 완벽한 패배였다.

"내가 져…… 졌다……."

약간 멍한 목소리로 락비오가 패배를 시인했다. 이 싸움에서 패배했다는 사실보다 비류연의 말발 정신 공격이 더 큰 충격으로 남아 있었다.

망연자실해 있는 락비오를 향해 비류연이 말했다.

"자, 그럼 약속대로 목관이 있는 곳으로 안내해 주실까요?"

## 지켜야 할 책임과 피로 이어진 혈연
—통곡(痛哭)!

그녀, 예청은 외로웠다.

유일하게 기댈 수 있는 존재인 남편은 어쩔 수 없이 흑천맹으로 떠나고 지금 그녀의 곁에 없었다. 그 서찰에 일단 따르는 것 이외에 다른 선택의 여지가 없었던 것이다.

'하지만 흑천맹주의 암살이라니……'

그것도 다름 아닌 정천맹주가, 백도의 장이 흑도의 장을 살해한다는 것은 터무니없는 일이었다. 만일 그런 일이 일어난다면 그 후에 무슨 일이 벌어질지 상상만으로도 모골이 송연해질 정도였다.

"흑도와 백도의 전면전쟁……"

전 무림이 말려들고, 수천, 수만 명의 피가 흐를 대전쟁으로 들불처럼 번져 나갈 게 불 보듯 뻔했다. 때문에 그녀는 무림인의 한 사람으로

서 남편인 나백천을 말려야 했다. 딸아이 목숨 하나를 위해 전 무림을 위험에 빠뜨릴 수는 없다고.

그러나 그것은 어디까지나 이성의 목소리. 예청은 끝내 나백천을 말리지 못했다. 아마 그녀의 남편 역시 지금쯤 그곳으로 향하는 배에 오른 채 그녀와 똑같은 고민을 하고 있을 것이다.

만일 그 비류연이란 아이와 그의 일행이 제시간에 나예린을 구출하지 못한다면, 그래서 그녀가 가진 유일한 통신 수단인 전서웅으로 나백천에게 제시간에 연락을 줄 수 없다면 나백천은 괴로운 선택의 기로에 놓이게 될 것이다.

'무림 전체의 안위냐, 아니면 소중한 딸의 안전이냐……'

전 무림의 평화와 한 여자아이의 목숨. 어느 쪽이 무거운지는 저울에 달아볼 것도 없었다. 그럼에도 그녀는 버리지 못했다. 그녀의 남편 역시 그러했다. 사실 지금은 그 선택을 미루고 있었다, 최후의 최후까지.

그 선택의 기로에 남편이 놓이기 전에 그를 이 지독한 고뇌에서 구해주고 싶었다. 그러나 그녀는 지금 막막한 상태였다. 지금 그녀가 할 수 있는 유일한 일은 기다리는 것뿐이었다. 그리고 기다리는 것은 예청의 장기가 아니었다. 그녀는 무언가를 손에 넣기 위해 스스로 행동하는 여인이었지, 무언가가 일어날 때까지 하염없이 기다리는 유형의 여인이 결코 아니었던 것이다.

기다리는 데 재주가 없기에 혼자 남겨진 이 시간이 더 괴로울 수밖에 없었다. 자신의 존재가 한없이 무력하게 느껴지고 마는 것이다. 그래도 지면 안 된다고, 지금 각자 다른 방향으로 향한 이들은 그녀보다 더 괴로운 상황에 직면해 있을 게 분명하다고 생각했다. 그러나 그렇게 생각하면 할수록 그녀는 스스로를 더 자책하게 되었다. 기다리는 이 시간이 영원처럼 느껴졌다.

'이대로는 안 되겠구나.'

그녀는 강렬한 위기감을 느꼈다. 멍하니 수평선만 바라보면서 배가 돌아오길 기다리다가는 미쳐 버릴 것만 같았다.

그러나 그녀는 기다리는 데도 재주가 없었지만, 남에게 기대고 약한 소리를 하는 데도 그다지 재주가 없었다. 평소에는 그 높으신 무림맹주님도 그녀 앞에서는 고양이 앞의 쥐처럼 벌벌 떨고 만다. 그런 그녀가 누구에게 나약한 소리를 할 수 있겠는…….

"아!"

불현듯 한 사람의 얼굴이 그녀의 머릿속을 스쳐 지나갔다.

있었다!

빙월선자라 불리며 주변의 경외를 받는 그녀가 기댈 수 있는 몇 안 되는 사람 중 한 명이 바로 이 강호란도에 있었다. 그 사람이라면 안절부절못하며 괴로워하는 그녀의 정신적인 버팀목이 되어줄 수 있었다.

'……할아버지.'

갑자기 왈칵 눈물이 솟아나려 했다. 좀처럼 눈물을 보이지 않는 그녀로선 지극히 드문 일이었다. 그만큼 그녀가 약해져 있다는 증거이리라.

예청은 그 사람을 만나기 위해 서둘러 발걸음을 옮겼다. 행선지는 알고 있었다. 그녀는 강호란도의 모처에 위치한 '흑영의원'으로 발걸음을 옮겼다.

\*     \*     \*

 현재 혁중 노인이 머물고 있는 곳은 한 의원으로 이곳은 그의 입김이 미치고 있는 곳이라 다른 곳에 비해 안심이 되었다. 보다 정확히는 노인을 극진히 따르는 철각비마대 대주 질풍묵혼 구천학의 입김이었다. 그는 예전에 이 의원 주인의 목숨을 구해준 적이 있었던 것이다.
 "그 녀석의 상태는 어떠냐?"
 "아직 깨어날 기미는 보이지 않고 있습니다. 하지만 송 의원의 말로는 이제 목숨에는 지장이 없을 거라고 합니다. 다행히 처치가 빨랐던 모양입니다."
 "그나마 다행이구나."
 구천학은 아직도 중독 상태에서 깨어나지 않고 있는 칠상혼, 과거에는 이벽한이라 불렸던 자의 옆을 지키고 있었다. 칠상혼은 심신이 약해진 상태에서 독무의 공격을 받은 탓인지 아직 깨어나지 못하고 있었다. 우는 아이도 벌벌 떤다는 철각비마대의 대주가 병자 간호라니, 그를 아는 사람이라면 결코 그 사실을 믿으려 하지 않을 것이다.
 똑똑.
 그때 밖에서 문 두드리는 소리가 들렸다.
 "분명 '진료 종료' 라는 팻말을 걸어놨는데 대체 누가……?"
 이벽한을 간호하던 구천학의 몸이 그의 애병인 오성묵룡창(五星墨龍槍) 중 하나를 집어 들고는 질풍처럼 움직여 문 옆쪽의 벽에 몸을 찰싹 붙였다. 그리고는 오감으로 바깥의 상황을 살폈다. 다행히 기척은 하나뿐이었다.

　다시 한 번의 기척도 없이 벌컥 문이 열렸다.

　쉬이익!

　구천학은 장기인 무영창(無影槍)으로 무단 침입자를 공격해 갔다.

　스륵!

　그러나 그곳에 이미 침입자의 인영은 없었다.

　땅!

　묵직한 충격과 함께 그의 창이 옆으로 튕겨 나갔다. 그리고 전혀 예기치 못한 사각에서 서늘한 검기가 날아왔다. 초승달처럼 휘어진 검이었다.

　'고수!'

　막기는 이미 늦었다고 판단한 구천학은 창끝을 돌려 적을 찔러 나갔다. 동귀어진을 꾀해 침입자를 저지하려 한 것이다.

　검과 창이 상대의 주인을 맞찌르려는 바로 그때!

　"둘 다 그만!"

　혁중 노인에게서 우렁찬 사자후가 터져 나왔다.

　살기등등하게 찔러 나가던 검과 창이 거짓말처럼 '우뚝!' 멎었다. 조금만 더 갔더라면 서로의 몸을 여지없이 꿰뚫었으리라.

　"아는 아이다. 창을 거두거라."

　그제야 구천학은 얼른 창을 거두며 물러갔다. 그제야 그는 침입자의 얼굴을 확인할 수 있었다.

　"헉!"

　침입자는 깜짝 놀랄 정도로 기품이 흘러넘치는 미부인이었다. 그러나 구천학이 더 놀란 것은 그 역시 아는 얼굴이었던 때문이다.

"공주님……."

그녀는 다름 아닌 빙월선자 예청이었던 것이다.

"방금 전 그림자조차 제대로 보이지 않는 창이 누구의 창이었나 했더니, 바로 구 대주의 창이었군요. 예전보다 창법의 조예가 더욱 깊어진 듯하군요."

갑작스런 기습을 당했는데도 예청의 얼굴에서는 별다른 감정의 동요가 느껴지지 않았다. 오히려 당황해서 안절부절못해진 것은 구천학 쪽이었다.

"죄, 죄송합니다, 공주님."

사실 구천학과 예청은 같은 시기에 마천각을 다니던 동기였다. 그러나 당시 거의 무명이나 다름없던 구천학에 비해 예청은 칠공주파의 한 사람으로서 각 내에 명성이 자자했었다. 그리고 구천학의 은밀한 우상이기도 했다.

"공주님이라는 호칭은 그만둬 줘요, 구 대주. 모두 옛날에 철이 없었을 때의 일이니까. 이제는 우리 모두 나이가 들어버렸지요."

"아니오. 여전히 아름다우십니다."

부동자세를 취하며 구천학이 대답했다. 긴장하고 있는 것이 역력히 느껴졌다.

"빈말이라도 고맙군요, 구 대주."

물론 그것은 자신의 십이 할 진심이었다, 라고 외칠 뻔한 걸 구천학은 간신히 참아냈다.

"그건 그렇고, 네가 여긴 웬일이냐? 하마터면 다칠 뻔하지 않았느냐? 게다가 그 녀석은?"

그 녀석이란 물론 정천맹주 나백천을 의미했다.

"흑천맹에 잠깐 볼일이 있어서 떠났어요."

"볼일이라니? 무슨 볼일? 저번에 만났을 때는 아무 이야기도 없었지 않느냐?"

예청의 안색에 어두운 그림자가 깔렸다. 그리고는 천천히 입을 열었다.

"바로 흑천맹주의 암살이요."

제아무리 두 사람이라도 그녀의 이 말에는 경악하지 않을 수 없었다. 특히 구천학은 거의 제정신이 아니었다. 하마터면 예청한테 다시 창을 휘두를 뻔했다. 그러나 혁중은 쌓아놓은 연륜이 깊은 만큼 대처도 침착했다.

"무슨 일이 있었구나?"

조용한 어조로 묻는다. 예청은 얼음처럼 차가운 얼굴로 혁중을 바라보았다.

"딸아이가, 예린이가 납치당했어요."

감정이라고는 모두 사라져 버린 듯한 그런 무미건조한 말투였다.

"납치라니? 대체 감히 누가 말이냐?"

예청의 눈동자가 살짝 흔들렸다. 그녀는 그 이름을 입에 담는 것조차 혐오스럽다는 듯이 그 이름을 내뱉었다.

"서천멸겁, 바로 그자에게요."

"……!"

혁중 노인의 안색이 딱딱하게 굳어졌다. 그 역시 지금의 서천이 누구인지 알고 있었던 것이다. 혁중은 예청의 등 뒤쪽에서 무슨 일인가 싶어 목을 길게 내밀며 서 있던 구천학에게 잠깐 밖에 나가 있으라고 눈짓을 줬다.

"철컥!"

구천학이 아쉬움을 뒤로하며 나가자 문이 닫혔다.

"그놈이 예린이가 갈가리 찢겨 버리는 것을 보고 싶지 않으면 흑천맹주의 목을 가지고 오라고 했답니다."

북해의 얼음처럼 차갑고 무표정한 얼굴, 무감동한 목소리로 말했다.

"그러냐?"

혁중 노인이 무덤덤한 목소리로 되물었다.

"그이는 백도무림을 책임지는 장입니다. 저는 그의 아내이고요."

여전히 무감동한 목소리로 예청이 말했다. 있는 사실을 그저 나열한다는 듯한 그런 말투였다.

"알고 있다."

"높은 자리에 있는 사람은 그 자리에 걸맞은 책임을 져야 합니다."

"그렇지."

"때에 따라서는 대의멸친(大義滅親)할 각오도 있어야 합니다. 그리고 전 예전에 그 각오를 했었습니다. 나는 정천맹주의 아내에 걸맞은 당당한 여장부로 살아가겠다고."

"넌 그렇게 하고 있다."

혁중 노인이 말했다.

"하지만…… 지금은…… 자신이 없어요. 전 그 아이의 어미인 것을 포기할 수가 없어요."

무감동하던 예청의 목소리가 처음으로 떨리기 시작했다. 차갑고 딱딱하게 얼어붙어 있던 예청의 얼굴에 감정의 파문이 번져 나가기 시작했다. 고개가 푹 숙여진 예청의 꽉 쥐어진 주먹으로부터 시작된 떨림이 몸 전체로 퍼져 나갔다.

혁중 노인은 미간을 살짝 찌푸리더니 작은 한숨을 내쉬며 예청에게로 걸어갔다. 그리고는 떨리는 예청의 몸을 감싸 안았다. 그 순간 그녀의 마음속에 쌓여 있던 감정이 폭발했다.

"할아버지!"

예청은 울음을 터뜨리며 혁중을 와락 끌어안았다. 그리고는 끝없이 울음을 토해냈다. 그녀가 약한 모습을 보여줄 수 있는 거의 유일한 사람 앞에서.

"힘들었겠구나."

혁중은 인자한 할아버지처럼 예청의 등을 토닥토닥 두드려 주었다.

"예린아…… 예린아…… 예린아……!!!"

그녀는 울고 울고 또 울었다.

혁중은 재촉하지 않았다. 그리고 한참 뒤, 어느 정도 진정되었다 싶었을 때 비로소 입을 열었다.

"자초지종을 말해보거라."

예청은 정천맹주 나백천 앞으로 전달된 한 장의 초대장으로부터 차근차근 이야기를 시작했다.

이곳 강호란도로 동행해 와 딸아이와 연비라는 아이를 만났던 일. 결승전이 끝나고 대기실로 갔을 때 딸이 납치되었던 일. 윤미라는 아이의 증언, 정보상 구노이의 죽음, 그리고 나백천 앞으로 보내진 목관과 그 안에 들어 있던 서찰, 그리고 그 내용까지 모두 이야기했다.

이야기를 모두 들은 혁중은 못마땅한 듯 혀를 찼다.

"쯧쯧. 마천각의 아이들과 천무학관 아이들의 충돌은 피할 수가 없겠구나. 아니, 이미 충돌하고 있겠군."

여기서 출발한 시간으로부터 얼추 계산해 보면 초반에 전멸하지 않았으면, 지금쯤 한창 싸우고 있을 때였다.

"너는 왜 마천십삼대의 부대가 십삼대를 칭하면서도 왜 열두 개밖에 없는지 알고 있느냐?"

예청은 고개를 가로저었다.

"아니오. 보이지 않는 십삼대는 전설일 뿐 아니었나요?"

마천각에서 십삼대에 관련된 이야기는 거의 괴담 같은 거였다. 마천각 창설 이래 아무도 본 일이 없으니 무리도 아니었다.

"십삼대는 있다."

단호한 목소리로 혁중이 단언했다.

"그게 정말인가요?"

"노부가 너에게 거짓말을 해서 무엇 하겠느냐?"

"그들은 대체 어디 있죠? 혹시 할아버님이 키우신 비밀 부대인가요?"

혁중 노인은 고개를 저었다.

"아니, 나는 그런 것 키운 적이 없다. 사실 십삼대는 항상 너희들 옆에 있었다. 다만 너희들이 보지 못하고 있었을 뿐이지."

"항상 존재하고 있었지만 우리들이 보지 못했을 뿐이다, 그 말씀이

신가요?"

"그래. 뭐, 자신들이 십삼대임을 자각하지 못한 그 녀석들도 문제이긴 똑같지만 말이다. 쯧쯧쯧."

혁중 노인은 또다시 뭐가 그리 못마땅한지 혀를 찼다.

"그게 무슨 말씀이신지 감이 안 잡히는걸요?"

사실 그녀의 주위에서 그 비밀을 아는 사람은 단 한 사람도 없었다.

"잘 생각해 보거라. 그러면 알 수 있다."

"그러다가 백 년이 지난 지금까지 아무도 못 알아차린 거 아니에요. 그러니 가르쳐 주세요."

"안 된다. 절대 비밀이다!"

과장될 정도로 엄숙한 목소리로 혁중 노인이 말했다.

"…라는 건, 거짓말이다!"

그러고는 만면에 웃음을 띠며 혀를 내밀었다. 그리고는 껄껄껄 웃었다.

감히 보리라 생각하지도 못했던 그 익살스런 표정에,

"풋!"

예청은 자기도 모르게 웃음을 터뜨렸다. 의외의 존재가 상상 불허의 의외의 행동을 한 만큼 그 효과는 훨씬 대단했다.

"이제 좀 웃는구나."

혁중 노인이 그제야 만족스런 웃음을 지으며 말했다. 연륜 깊은 노인이 가끔씩 살짝살짝 보이는 그런 개구진 웃음이었다.

"할아버지……."

아무래도 혁중 노인은 예청의 기운을 북돋워 주기 위해 이 이야기를 꺼냈던 모양이다. 확실히 혁중 노인이라는 전설적인 존재가 곁에 있으니 예청도 조금은 기분이 안정되었다. 뭔가 희망이 손에 잡힌 것 같은 그런 느낌이었던 것이다. 이 세상에서 불가능한 일이라고는 아무것도 없는 존재, 예청에게 있어 혁중 노인은 그런 존재였다.

"내 크게 선심을 써서 너에게만 알려주마. 하지만 다른 사람에게는 말해주면 안 된다. 알겠느냐?"

"네, 약속할게요."

예청이 선뜻 대답했다.

"음중양(陰中陽), 양중음(陽中陰)에 대해서는 너도 알고 있겠지?"

"물론이죠. 태극 문양에서 보면 검은색 속의 흰색 작은 원, 흰색 속의 검은색 작은 원이 바로 그것들이잖아요?"

태극 문양에서 검은 쪽은 '음(陰)'을 상징하고 흰 쪽은 양(陽)을 상징했다.

"그래, 음이 오래되면 양이 되고, 양이 오래되면 음이 되는 것을 상징하는 것들이지. 음과 양이 완전히 이분되어 있는 것이 아니라 음 속에 양이 품어져 있고, 양 속에 음이 품어져 있는 것을 상징하고 있는 것이기도 하다."

"그리고 음양의 순환을 나타내는 상징이기도 하죠."

"잘 아는구나."

"그런데 그거랑 마천십삼대랑 무슨 상관이 있나요?"

"십삼대가 바로 '음중양'이다. 흑중백이 바로 그들이지."

혁중 노인의 말은 생각 이상으로 짧고 알쏭달쏭했다.

"……."

예청이 아직 어리둥절해하고 있는 것을 본 혁중 노인이 불쑥 한마디를 던졌다.

"그럼 너는 그동안 괜히 '교환생도' 제도가 있었다고 생각했더냐?"

"교환생도제도…… 흑 속의 백, 백 속의 흑…… 설마……!"

잠시 이리저리 생각하던 예청은 너무 놀라 눈을 크게 떴다. 짚이는 곳이 있었던 것이다.

"그래, 임시 열세 번째 기숙사를 쓰는 그들이 진짜 십삼대다."

"그럴 수가!"

마천십삼대는 사실상 마천각의 인원들로 이루어진 부대가 아니었다. 천무학관, 즉 '백(白)도'에서 '흑(黑)도'인 마천각으로 온 천무학관 사절단, 바로 그들이 '보이지 않는 십삼대'였던 것이다.

"흑도와 백도가 힘을 합쳐 천겁령에 대항할 수 있도록 하기 위한 조치였지. 그런데 지금은 마음을 합하기는커녕 서로 충돌하고 있을 뿐이니……. 쯧쯧."

음이 양이 되고 양이 음이 되는 것. 그 순환이야말로 자연스러운 것이다. 음중양, 양중음은 그 변화의 중간에 있는 과도기이자 일종의 완충 장치였다. 음양을 교류시켜 주는 존재였다.

그래서 그것을 깨우쳤으면 싶었다. 좌가 없이는 우가 없고 음이 없이는 양도 없다. 균형과 조화를 이룰 필요가 있었다.

그런 사실을 스스로 깨달아주길 바랐다.

무신과 무신마라는 절대적인 존재가 강압적으로 명령해서는 의미가 없었다. 그런 것은 진정한 의미에서 조화와 균형이 아니었던 것이다.

그래서 끝없이 실험하고 시험했던 것이다.

그러나 아무래도 그들의 시도는 실패로 끝난 것 같았다.

"쯧쯧, 미증유(未曾有)의 위기가 다가오고 있거늘 적의 꼬임에 넘어가 서로 싸움질이나 하고 있으니……."

백 년을 쏟아 부었던 원대한 계획은 그다지 좋은 수확을 거두지 못했으니 혁중 노인의 마음이 편할 리 없었다. 친구와 함께 세웠던 그 뜻이 지금에 와서는 세월에 풍화되어 흔적도 없이 사라지고 남아 있는 것은 사람과 사람 사이의 이전투구뿐이었다.

천무학관과 마천각을 세웠던 무신과 무신마 그들의 마음이 지금 시대에 전해지지 않고 있었다. 지난 세월 동안, 그 시간의 흐름 속에서 그들의 정신과 목소리는 인간의 욕망과 시간의 흐름 속에서 열화되어 이제는 그 잔재조차 남겨지지 않은 것 같았다.

그들의 의도와 마음이 시대를 넘어 전해지길 바랐건만 그것은 덧없는 꿈과도 같았던 모양이다.

"우리들의 마음이 시대를 뛰어넘어 너희들에게 전해지길 바랐건만 아무래도 그것은 덧없는 꿈과도 같았던 모양이구나."

참으로 쓸쓸한 일이 아닐 수 없었다. 예청은 송구스러워 고개를 들 수가 없었다.

"무림에 사나운 폭풍이 불어닥칠 듯하구나."

혁중 노인이 수염을 쓰다듬으며 조용히 혼잣말로 중얼거렸다.

'이 반쪽짜리 세계가 다가오는 미증유의 위기에 직면한다면 과연 어떻게 될까?'

노인은 그 끔찍한 대답을 알고 싶지 않았다.

'이미 그놈들이 움직이기 시작했건만…….'

백 년 전 강호의 어둠 속으로 몸을 숨겼던 '천겁의 후예들'. 표면화되지 않았을 뿐, 보이지 않는 곳에서는 여전히 소리없는 싸움이 벌어져 왔었다. 그러나 수법이 비상하여 꼬리를 잡는 데 실패했다. 아니, 꼬리는 잡았지만 그때마다 번번이 그 꼬리를 자르고 도망갔다. 그 꼬리들은 몸통이 아닌 깃털들이라 해서 '천겁우'라 불렸다. 그러나 지금 움직이고 있는 이들은 달랐다. 드디어 몸통이 직접 움직이기 시작한 것이 분명했다.

'그렇다는 건 싸움의 때가 다가온다는 거군.'

지금으로서는 그것을 피해갈 방법은 떠오르지 않았다. 이제 이 겉보기뿐인 평화를 더 길게 이어가는 것도 불가능했다.

'하지만 지난 백 년 동안 안락한 평화 속에서 살아왔던 이들이 과연 다가오는 싸움을 극복할 수 있을까? 배부르고 등 따시게 보낸 탓에 자신들의 이권밖에는 머릿속에 넣지 못하고 있는 저들이?'

'진짜 무인은 얼마나 남았을까?'

그걸 막기 위한 마천각과 천무학관이었다. 그러나 경우에 따라서는 마천각은 포기해야 될지도 몰랐다.

'불찰이다.'

작금의 사태는 산 위에서 굴러 떨어지기 시작한 바위랑 같았다. 이미 저지하기에는 너무 때가 늦었다.

'좀 더 빨리 전 무림에 경종을 울렸어야 했던 것을……'

아이들이 스스로 정신을 차리기를 기다리며 그저 지켜보고 있었건만, 아무래도 쓴맛, 매운맛을 모두 본 다음에야 정신을 차릴 것 같았다.

그러나 그때는 이미 소 잃고 외양간 고치기나 마찬가지가 될 터였다.

"하아……."

혁중 노인은 좀처럼 하지 않는 한숨을 내쉬었다.

강호의 앞날에 두꺼운 암운(暗雲)이 끼어 있는 것처럼 느껴져서 마음이 무거웠다. 그러나 심려 때문에 짓눌릴 만큼 약한 마음을 가지고 있지는 않았다. 곧 혁중 노인은 금세 원래대로 돌아왔다. 그리고는 예청을 보며 온화한 목소리로 말을 건넸다.

"그래, 그건 그렇고… 좀 나아진 것 같구나."

예청은 좀 전보다 훨씬 안정되어 있었다. 혁중이라는 존재가 큰 지지대가 되어주었기 때문이다.

"네, 만일 그 아이에게 무슨 일이 생긴다면…… 그땐 그자는 어미의 무서움을 알게 될 겁니다."

그것이 그녀가 지금 내릴 수 있는 결단이자 각오였다.

"아직 최악의 상황을 생각할 때는 아니다. 네가 생각하는 것 이상으로 그 비류연이란 아이는 믿을 만하다. 지금은 믿고 기다리도록 하자."

비류연이란 아이를 믿어라, 그 말에 예청은 깜짝 놀랐다.

'다른 사람도 아닌 할아버지가 믿을 만하다고 인정하다니…… 대체 그 애의 정체가 뭐지? 어디에나 굴러다니는 말 뼈다귀는 아니었단 말인가?'

할아버지의 신뢰를 받을 수 있다는 것은 어지간한 능력을 지니고 있지 않으면 불가능했다. 본인의 무력이 전설 급인만큼 사람을 보는 눈은 상상 이상으로 짰던 것이다. 예청이 멍하게 생각에 잠겨 있을 때 혁중 노인이 문밖을 향해 외쳤다.

"밖에 있는 세 녀석, 네놈들도 마찬가지다! 모두들 경거망동하지 말고 꼼짝 말고들 있거라!"

문밖에는 구천학 한 사람밖에 없어야 하는데 언제 세 사람이 되었단 말인가?

"특히 빨간 머리, 지금 혼자 마천각으로 쳐들어간다거나 하는 생각일랑은 꿈에도 품지 말아라."

언제 왔는지 구천학 옆에서 들어오지도 못한 채 왔다리 갔다리 하고 있던 염도는 화들짝 놀라 선착장 쪽으로 달려가려던 발을 슬그머니 내려야 했다.

"파란 놈, 너도 마찬가지다."

염도와 마찬가지로 어디론가 달려가려던 빙검은 어쩔 수 없이 들었던 발을 내려놓아야 했다.

이 둘은 혁중 노인의 심부름으로 해독에 쓸 약을 구하러 갔던 것이다. 천하의 염도와 빙검을 한 묶음으로 심부름 보낼 수 있는 것은 아마 이 노인과 비류연뿐일 것이다.

"쳐들어간다니요? 그런 마음 품은 적 없습니다, 노야."

문밖에서 변명 소리가 들려왔다. 바로 염도의 목소리였다.

"저도 마찬가지입니다, 노야. 저는 성격이 폭급한 이 녀석과는 다릅니다."

뒤이어 들린 목소리는 예청도 익히 아는 빙검의 목소리였다.

"그래? 그럼 됐고. 어쨌든 안 돼. 알겠지? 문제를 더 키우지 말아라. 그건 그렇고, 심부름시켰던 약재들은 모두 가져왔는냐?"

"네, 모두 가져왔습니다."

염도와 빙검이 동시에 대답했다. 그리고는 서로를 쏘아보며 '따라 하지 마!' 라고 동시에 외쳤다. 한 사람만 보내도 되는데 두 사람 모두 내보냈던 것은 붙여놓기만 하면 둘이서 만날 투닥투닥 싸우기 때문에 환자가 정양하는 데 방해가 된다고 시끄러워서 내보냈던 것이다.
"셋 모두 알겠느냐?"
확인하듯 다시 묻자,
"……예."
마지못한 듯한 대답이 문밖에서 들려왔다.
'예린아, 제발제발 무사하거라…….'
지금 예청이 할 수 있는 것은 기도하며 기다리는 것뿐이었다. 그것은 참으로 크나큰 인내를 필요로 하는 일이었다.

### 개안(開眼)!
—봉황의 날개를 묶은 사슬

'어머니……'

침상 위에서 가부좌를 틀고 앉아 있던 나예린이 천천히 눈을 떴다. 그녀의 백자기 같은 새하얀 이마와 가녀린 몸은 식은땀으로 흥건히 젖어 있었다. 정상적인 운기조식에서는 일어날 수 없는 현상. 또다시 실패였다.

"역시 안 돼……."

나예린은 자신이 갇혀 있는 곳이 어디인지 전혀 알지 못했다. 계속해서 관 안에 있었기 때문이다. 다만 이곳이 지상이 아니라 '지하'인 것만은 알 수 있었다. 이곳은 쇠창살이 달린 조그만 창 말고는 천장에 뚫려 있는 조그마한 통풍구가 전부였다. 그리고 그곳으로 흘러들어 오는 차갑고 눅눅한 공기에는 땅속 특유의 냄새와 감촉이 배어 있었다.

다만 감옥치고는 가구들이 제대로 갖추어져 있어서 황량하다는 느낌은 들지 않았다.

하지만 모든 것이 붉은 색조의 비단을 쓴 것은 마음에 들지 않았다. 마치 기방 같았던 것이다. 그러나 지금 나예린은 이곳이 강호란도인지, 마천각인지, 아니면 전혀 다른 별개의 장소인지는 알 수 없었다. 단서가 하나도 없었던 것이다. 그녀는 이곳이 어디인지는 알 수 없었지만 이것 하나만은 확실히 장담할 수 있었다.

**이곳은 바로 지옥(地獄)이었다.**

시시각각으로 공포와 두려움이 그녀의 정신을 갉아먹으려 벼르고 있었다.

지금까지 뼈를 깎는 수련을 통해 쌓아왔던 내공은 완전히 봉쇄되어 있는 탓에 그녀의 몸은 한없이 무력하기만 했다. 그리고 그녀를 이 지옥에 가둔 자는 그녀가 가장 두려워하는 악마 같은 자였다. 그의 존재를 떠올리는 것만으로도 그녀는 등골이 오싹해지고 마음이 불안으로 요동쳤다. 그 역시 그녀가 이렇게 공포와 불안으로 몸부림치길 바라고 있을 것이다. 몸부림치면 칠수록, 자신이 놓인 상황에 절망하면 할수록 그녀의 영혼은 점점 더 마모되어 갈 것이기 때문이다. 그런 현상은 그를 매우 흡족하게 해줄 게 분명했다.

하지만 그녀는 포기하지 않았다. 그녀의 의지는 아직 꺾이지 않았다. 아니, 꺾일 수 없었다. 이대로 무너지면 다시는 돌이킬 수 없다. 그 정도 자각은 가지고 있었다. 마음이 무너지면 그녀는 완전히 그에게 패배하고 만다.

과거에 그녀의 정신을 유린했던 악몽에서 두 번 다시 벗어날 수 없게 된다.

'반드시 여기서 탈출해야 해!'

그러기 위해서는 우선 부자유스럽게 속박된 이 몸을 어떻게 하지 않으면 안 된다. 그렇다. 그녀에게는 무엇보다 더 시급히 해결해야 할 문제가 있었다. 그건 바로 진기가 돌지 않는다는 것이었다. 운기조식을 위해 한 시진(두 시간) 이상을 앉아 있었는데도 성과는 조금도 나타나지 않았다.

몇십 번을 시도했지만 마찬가지였다. 운기조식을 해서 몸을 회복하려 해보았지만, 진기가 돌지 않았다. 마치 내공이 모두 사라져 버린 것 같았다. 처음에는 설마 단전이 파괴된 게 아닌가 걱정이 되었다. 그자라면 충분히 할 법한 일이었다. 그러나 살펴본 바로는 그것은 아니었다. 그렇다면 '점혈'을 생각해 볼 만했다. 하지만 점혈이라는 것도 만능은 아니었다. 그녀는 여러 가지 '해혈술'을 숙지하고 있었다. 그런데도 그 방법들이 전혀 듣지 않았다. 해혈술을 사용했는데도 점혈된 혈이 감지되지 않는 것으로 보아 점혈술은 아니었다.

그렇다면 남은 것은……

'금제(禁制)……'

그것도 전혀 그 존재를 느낄 수 없는 것을 보면 상당히 고도의 금제가 분명했다. 모종의 금제와 족쇄가 그녀의 자유를 구속하고 있었다.

'어떻게 하지? 난 무엇을 해야 할까……'

여러 번 시도해 보았지만, 역시 진기를 움직이는 것은 불가능했다.

이렇게 완벽한 폐맥금제술이 있다니 놀라울 뿐이었다.

금제는 점혈과는 다르다. 그것은 시간이 지난다 해서 풀리는 일도 없이 영원히 지속되는 궁극의 족쇄였다. 영령과의 싸움으로 인해 탈진한 상태에서 금제를 당한 나예린의 힘은 평범한 소녀 정도에 불과했다. 지금 이런 상태에서 그자에게 무슨 일을 당한다면 저항하는 것은 불가능했다.

'그때는 아혈이 점해지기 전에 혀를 깨무는 수밖에.'

그 이외의 선택지는 없었다. 상황은 절망적이라 해도 좋았다. 지금 이런 몸 상태로는 저 철문이 활짝 열려 있다 해도 탈출은 불가능했다. 검이 손에 들려 있다 해도 시시한 일반 무사에게도 꼼짝없이 제압되고 말 것이다. 그 뒤에 기다리고 있는 것은 굴욕뿐이었다.

'이 지옥을 탈출할 방법은 정말 없단 말인가……'

그때, 나예린의 마음이 꺾이려 할 때 그녀의 뇌리 속으로 항상 자신만만하게 웃고 있는 한 사람의 얼굴이 떠올랐다.

"포기하지 말아요. 모든 방법을 다 써본 다음에 포기해도 늦지 않아요. 뭐, 그러다 실패하면 한번 웃어버리면 그만이죠. 내공이 다 없어져도 강력한 의지만 있다면 어떻게든 해볼 수 있는 거예요."

그 얼굴이 떠오르자 짓눌려 터져 버릴 것 같던 가슴이 이상하게 차분해졌다. 그녀는 새하얗고 가느다란 손가락을 불규칙적으로 오르락내리락하는 봉긋한 가슴에 갖다 댔다. 돌처럼 무겁게 누르고 있던 무언가가 빠져나가고 있었다.

'그래, 아직 어느 것 하나 끝나지 않았어.'

아직 자신은 이렇게 살아 있었다. 밖에서는 비류연이 그녀를 위해 움직이고 있었다. 어쩐지 나예린은 그 사실을 더없이 명징하게 확신할 수 있었다.

"그 사람이 포기하지 않는데 내가 먼저 포기할 수는 없어."

밤하늘처럼 깊고 아름다운 눈동자 깊은 곳에서 별빛 같은 빛이 반짝였다. 희망을 모두 버리기에는 아직 너무 일렀다. 그녀는 이제 겨우 한 가지밖에 해보지 않았던 것이다. 아직 몇 가지 더 해볼 수 있는 것이 있을 터였다.

"진기는 봉쇄됐지만 내 의지까지 봉쇄되어 있는 건 아냐!"

그자는 그녀의 정신에까지 금제를 가하지는 못했다.

나예린은 가부좌를 튼 채 조용히 눈을 감았다. 그리고는 다시 집중하기 시작했다. 자신이 가진 또 하나의 힘, 내공과는 상관없이 선천적으로 가지고 있는 힘. 바로 용안의 힘을 더욱 강하게 발현시키기 위해서.

용안의 힘을 더욱 날카롭게 연마하는 것이 지금 그녀가 할 수 있는 유일한 길이었다.

그녀는 눈을 감은 채 자신의 내면 안으로 침잠해 들어갔다.

이 행동 끝에 희망이 기다리고 있을지, 절망이 기다리고 있을지는 아직 알 수 없었다. 과연 이게 무슨 도움이 될까 회의를 품고서 여기서 이대로 주저앉는 것도 하나의 선택지였다. 그리고 그저 누군가가 자신을 도와주길 절망 속에서 하염없이 기다리는 것이다. 저 하늘에서 누군가가 구원의 동아줄을 내려주길 바라며.

'그런 것은 이제 딱 질색이야. 그저 누군가의 도움을 기다리기만 해서 어쩌겠다는 거지? 나의 마음은 이미 꺾여 있을 텐데? 이 이상 그자를 즐겁게 만들어줄 수는 없어.'

가능성이 남아 있는 이상 끝까지 포기하지 않겠다고 그녀는 결심했다. 스스로 희망의 끈을 놓아버리면 그 순간 그녀에게 남아 있는 것은 끝없는 절망의 구렁텅이뿐이었다. 그러니 할 수 있는 한 끝까지 희망을 놓치지 않겠다고 그녀는 다짐했다.

그녀의 정신은 한 사람과의 만남 이후 조금씩 조금씩 단련되어 왔던 것이다. 그와 보낸 시간이 그녀의 영혼을 지탱해 주고 있었다.

'류연……'

그 따뜻하고 소중한 기억들이 있기에 그녀는 아직 포기할 수 없었다.


용안(龍眼)!

그것은 뭐랄까, 어느 날부터 그녀에게 있었던 능력이다.

그것은 사람들의 마음이나 감정이 마치 눈에 보이기라도 하는 것처럼 읽어내지는 능력이었다.

하지만 스스로 제어되는 능력은 아니었다. 타인의 마음을 읽고 싶지 않을 때, 그 추악한 마음에 접촉하고 싶지 않을 때 의식적으로 능력을 차단할 순 없었다. 인간의 정신은 깨끗하다고 단정할 수는 없다. 아니, 인간의 정신만큼 오염되기 쉬운 것도 없다. 강한 의지를 지닌 몇몇 사람만이 그 오염에서 벗어날 수 있는 것이다. 어린 소녀에게 인간의 숨겨진 추악한 정신을 읽는다는 건 견뎌내기 힘든 일이었다.

때문에 아직 어렸던 그녀의 정신은 주위에서 쏟아져 들어오는 추악한 감정의 소용돌이를 견딜 수 없었고, 점점 더 마음을 닫고 사람들과 거리를 두게 되었던 것이다.

또한 용안과는 별도로 그녀가 가지고 태어났다고밖에 할 수 없는, 보는 사람의 마음에서 어두운 본능을 자극하는 체질은 그녀에게 있어 치명적인 맹독이었다. 때문에 그녀의 능력은 그녀에게 고통 이외엔 아무것도 아니었다. 더구나 자연스럽게 사내들의 어두운 욕망을 자극해 그들을 휘어잡는 그녀의 그런 체질은 인간의 마음을 읽는 용안을 지닌 그녀에게 있어서 최악의 체질이라 할 수 있었다.

차라리 알고 싶지 않고 무지한 채로 있고 싶었다. 대부분의 사람들은 그런 정신의 어두운 부분을 외면하거나 스스로를 속여가며 살아간다. 하지만 그녀의 몸에 새겨진 능력이 그것을 불가능하게 했다. 그래서 한때는 이 눈을 저주하기도 했다. 이 더러운 체질과 함께.

그래서 그녀는 마음의 벽을 차곡차곡 쌓은 다음 그것을 얼림으로써 자신의 마음을 보호하고자 했던 것이다. 그 얼음을 녹여줄 한 사람을 만나기 전까진. 그러니 그녀는 이런 곳에서 포기할 수 없었다.

다시 한 번 그와 만나기 위해서라도.

그녀는 눈을 감은 채 조용히 자신의 정신 깊은 곳으로 침잠해 들어가기 시작했다. 자신 안에 잠재되어 있는 이 능력이 무엇인지 알기 위해서. 지금 그녀가 유일하게 의지할 수 있는 것은 용안뿐이었다. 그녀는 자신이 태어날 때부터 지녀왔던 이 용안이란 능력에 대해 처음으로 직시하기 시작했다.

한동안 마음 깊숙이 침잠해 있던 나예린은 그동안 자신의 용안이 읽어왔던 것들을 되짚어보았다. 그것들 중에는 단순히 독심의 영역을 넘어가는 것들도 많이 있었다. 특히 상대의 공격을 예측할 때, 사실 그녀는 상대의 마음을 읽고 그것을 피해낸 것이 아니었다. 하지만 그 검의 궤도를 알 수 있었다. 한 번도 본 적이 없는 공격들을 읽어내고 피해낸 적도 여러 번 있었다.

'그렇다면 난 그동안 무엇을 읽어온 거지?'

나예린은 천천히 눈을 떴다. 칠흑의 밤하늘처럼 깊은 눈동자 깊숙한 곳에서 별무리 같은 빛이 반짝였다. 그녀는 사람이 아닌 다른 것들을 바라보기 시작했다.

토옥!

천장에 맺힌 물방울이 떨어진다.

토옥! 토옥! 토옥! 토옥!

돌천장에 낀 습기가 방울로 맺혀 바닥에 떨어진다.

그것은 무척 기묘한 감각이었다. 집중하면 할수록 그녀는 자신의 능력에 대해 좀 더 자각하게 되었다. 이것은 단순히 타인의 마음을 읽어내는 독심 능력이 아니었다. 그것 이상의 것을 그녀의 눈은 비추고 있었다. 다만 지금까지 그녀가 그 사실을 인지하지 못했기에 의미를 가지지 못했을 뿐이다.

'모두 일곱 곳.'

그 사실을 읽어낸 다음에야 나예린은 이상한 점을 눈치 챘다. 그녀가 갇혀 있는 방 안 어디에도 물방울은 맺혀 있지 않았던 것이다. 방금 전 그녀가 알아차린 것은 모두 문밖에서 벌어지는 일이었다.

나예린은 좀 더 정신을 집중하기 시작했다. 그러자 자연의 흐름이 보다 선명하게 눈에 잡혔다. 두꺼운 철문과 돌벽에 가려져 보일 리가 없는데도 마치 직접 눈에 보여지는 것처럼 그녀의 머릿속에 용안으로 읽어낸 정보들이 재구축되며 영상이 비춰지고 있었다.

토옹!

바닥에 고인 물웅덩이에 떨어진 물방울이 파문을 일으키며 사방으로 퍼져 나간다. 그 울림이 사방의 벽을 두드린다. 벽에 부딪친 소리가 반향되어 다시 다른 방향으로 퍼져 나간다.

쏴아아아아아!

좁은 통로로 바람이 분다. 물이 떨어진다. 그리고 저 멀리서 사람의 미약한 발자국 소리가 들린다. 그들의 심장 소리까지 귓가에 또렷이 들리는 듯했다. 상당한 고수인 듯했다. 역시 아무에게나 감시를 맡기지는 않았던 듯하다.

지키는 사람은 두 사람. 고수이긴 했지만 생각보다 많은 수는 아니었다. 그만큼 금제를 신뢰한다는 반증. 그들은 지금 그녀의 방으로부터는 상당히 떨어진 곳에 위치해 있었다.

'내공만 회복할 수 있다면……'

경비 두 사람 정도는 어떻게 할 수 있을 듯했다.

지금 그녀는 무의식중에 이 세계의 흐름을 읽어내고 있었다. 거의 예지안에 가까운 힘이었다. 모든 현상을 꿰뚫어 볼 수 있는 능력이었다.

징조를 읽어내는 눈, 그것은 인간의 마음에만 국한되지 않고 세계의 징조조차 읽어낼 수 있었다. 거대한 현상이 발생하기 전에 나타나는 징조를 통해 그녀는 앞으로 벌어질 현상조차 이해할 수 있는 것이다. 그리고 자연의 흐름, 음양의 변화와 오행의 상생상극을 읽어냄으로써 보이지 않는 것조차도 선명히 볼 수 있었다.

용안의 진정한 개안(開眼)이 시작되고 있었다.

'일단 어떤 금제가 가해졌는지 알아야 해.'

그녀는 개안된 용안의 힘을 이용해 자신의 몸을 천천히 훑어보기 시작했다. 그냥 있는 정도로는 별다른 이물감이 느껴지지 않는 것으로 보아 그녀의 몸에 가해진 금제는 매우 미세한 것이 분명했다. 어쩌면 먼지보다 작을지도 몰랐다. 하지만 지금 그녀는 우선 그것을 찾아내야 했다. 그러지 않으면 아무것도 할 수 없었다.

무언가를 관찰할 수 있을 때 비로소 그것에 영향을 미칠 수 있는 것이다. 자기 몸에 어떤 조치가 취해졌는지 모른 채 그것을 제거하는 것은 불가능했다.

나예린은 의식을 집중했다. 그리고는 자신을 낱낱이 해체하는 기분으로 스스로를 관조하기 시작했다. 그것이 아무리 작다 해도 그것은 그녀의 몸 외부에서 들어온 이물질이었다. 애초에 그녀에게 속한 것이 아니었다. 그것을 단서로 그녀는 자신의 내부를 바라보았다. 뼈와 근육과 피의 흐름이 느껴지기 시작했다. 그녀는 자신의 의지로 움직일 수 있는 근육과 자신의 의지에 관계없이 움직이는 근육들을 관찰한다. 심장이 맥동하며 전신으로 피를 보내는 것을 관찰한다. 심장을 출발한 피가 사지백해를 향해 흘러나간다. 생명의 힘이 그 피를 타고 움직인다. 폐가 신선한 공기를 받아들이고 다시 탁한 공기를 내뱉는다. 그녀는 호흡이 무엇인지에 대해 관찰한다. 그리고 이해한다. 호흡을 통해 들어온 공기가 피를 타고 사지로 전해지는 것을. 자신의 몸 구석구석에 공기가 전해지는 것을. 이런 현상을 무엇이라 불러야 할지 모르지만, 이것은 인간이라면 누구의 몸에나 일어나는 현상이라는 것을 깨닫는다. 이것은 기의 수련과는 또 다른 과정이었다. 이것은 생명의 맥동이었다.

그녀의 의식이 피를 타고 전신 구석구석을 돌아다닌다. 모아졌다 확산되었다가 다시 모아진다.

돌고 돌고 돌고.

면면부절(綿綿不絶) 끊임없이 움직이는 생명의 고동 속에서 그녀는 인간의 육체를 이해한다. 그리고 찾기 시작했다. 자신의 육체에 침입한 이물질을. 이 생명의 순환에서 떨어져 나가 있는 이단을.

'찾았다!'

마침내 그녀의 의식이 생명의 순환 고리 바깥에 위치한 이물질을 감지해 냈다. 개수는 모두 총 서른여섯 개. 그 엄청난 숫자에 그녀는 잠시 놀랐다. 위치를 특정할 수 있었기에 그중 하나에 의식을 집중한다. 그러자 그것이 머리카락만큼이나 가는 금침이라는 사실을 읽어낼 수 있었다. 길이는 모두 제각각이었고, 모두 그녀의 중요한 혈들을 제압하고 있었다. 그것은 기가 지나가는 길에 말뚝처럼 박혀서 그것들의 운행을 방해하고 있었다. 그러나 너무나 가늘고 은미(隱微)해서 통증은커녕 이물감조차 느껴지지 않았던 것이다.

'이 방식은 설마…… 쇄봉금인!'

나예린의 봉목(鳳目)이 경악으로 인해 부릅떠졌다.

**육육쇄봉익금침폐맥대법(六六鎖鳳翼金針閉脈大法)!**

　머리카락보다 가느다란 서른여섯 개의 금침을 육체 깊숙이 박아 넣어 기의 흐름을 완전히 봉쇄하는 대법으로, 한 번 시술되면 두 번 다시 풀 수 없다는 궁극의 금제 수법이었다. 무림에 큰 죄를 지은 무림공적에 한해 그들의 내공을 영구히 봉쇄하기 위해 만들어졌다는 궁극의 금제.
　'난 두 번 다시 원래대로 돌아가지 못하는 건가…….'
　목이 타는 듯 아프고 머리엔 현기증이 났다. 마음 한가득 절망이 차오른다. 너는 두 번 다시 과거로 돌아가지 못해, 라고 마귀가 귓가에서 속삭이는 듯했다. 갑자기 검은 악의를 몸에 두른 '그자'가 생각나 토가 나올 것만 같았다.
　'안 돼! 정신 차려, 나예린!'
　스스로를 북돋우기 위해 속으로 외쳐 보지만, 마치 먼 곳에서 누가 외친 것처럼 마음에 와 닿지 않는다. 또다시 그녀의 앞을 가로막은 잔인한 시련에 마음이 무너지려 하고 있었다.
　가장 흉포한 악인들만 감금된다는 무림뇌옥 '무간옥'에서 지금까지 그 금제를 풀고 탈출한 사람이 있다는 이야기는 한 번도 들어본 적이 없었다. 아무리 강한 내공을 지닌 자라 해도 한 번 이 금제가 행해지면 평범한 일반인으로 돌아가고 두 번 다시는 예전의 내공을 회복하지 못한다고 한다. 개중에는 그 사실에 절망해 자살하는 자들도 적지 않다고 한다.
　'난 이제 어쩌면 좋지…….'
　그녀의 날개를 속박하고 있는 족쇄만 찾아낸다면 이 어둡고 차가운

지옥의 밑바닥에서도 다시 날아오를 수 있을 것 같았다. 그러나 그녀가 찾아낸 것은 날개를 묶는 사슬이 아니라 그녀의 날개를 부러뜨린 잔인한 칼이었다.

'난 이대로 두 번 다시 날아오를 수 없는 건가…… 이 절망의 구렁텅이에서…….'

눈앞이 캄캄해지고 목이 꽉 막힌 듯 숨 쉬기가 힘들었다. 구렁텅이에서 빠져나가기 위해 손을 뻗어보지만, 그녀가 디디고 있는 바닥은 밑이 없는 늪처럼 더욱더 깊어질 뿐이었다. 빛을 향해 뻗은 손은 희망에 닿지 않은 채 공허한 어둠만을 움켜쥘 뿐이었다.

두 눈 가득 눈물이 차올랐다.

'난 여기서 이대로 그자에게 농락당할 수밖에 없단 말인가? 나의 운명은 더 이상 나의 손으로 움직일 수 없단 말인가?'

그녀가 절망의 밑바닥으로 잠겨 익사하려 하는 찰나, 그녀를 향해 외치는 소리가 있었다.

―안 돼요, 예린! 절대로 포기하지 말아요. 운명을 움직이는 것은 인간의 의지니까요!

그것은 그녀가 가장 잘 아는 한 남자의 목소리, 바로 비류연의 목소리였다. 방금 그의 목소리가 귓가에 똑똑히 들렸던 것이다. 나예린은 깜짝 놀란 방 안을 이리저리 살펴보았다. 그러나 역시 비류연의 모습은 보이지 않았다.

'환청이었나…….'

그러나 그런 것치고는 마치 바로 곁에 있는 듯한 생생함이었다.
나예린은 비류연의 정신이 꺾이는 것을 지금까지 단 한 번도 본 적이 없었다. 어떤 권력도, 힘도, 배경도, 관습도, 관례도 그를 굴복시키지 못했다. 좀 제멋대로인 면이 있고 막무가내인 면도 있었지만, 그는 이 잔혹한 세계를 향해 꿋꿋이 자신의 의지를 관철시켰다. 타인이 이해해 주지 않더라도, 타인이 손가락질하더라도 눈썹 하나 까딱하지 않고서. 그녀가 가진 능력이 그의 모습과 성격 그대로 눈동자 안에 비춰지고 있는 듯했다.
갑자기 그 모습이 눈앞에 선명하게 떠올랐다. 절망이란 말을 모르는 듯 언제나 씨익 웃고 있던 장난스런 그의 얼굴이 떠올랐다. 아무리 힘든 상황에서도, 모두가 포기하는 상황에서도 그는 포기하지 않았다. 절망의 한가운데서 그는 미소 지을 줄 알았다. 그리고 그 손으로 운명의 파도에 맞서 싸웠다.
그러니 나도 맞서 싸우자.
'나는 아직 살아 있지 않은가!'
아직은 생명의 끈을 확실히 이 손안에 움켜쥐고 있었다. 그걸 놓을 생각은 추호도 없었다. 그리고 그가 해주었던 말대로 살아 있다는 것은 아직 미래가, 가능성이 남아 있다는 말이다.
'나의 미래는 내 손으로!'
그녀는 자신의 손을 한 번 내려다본 다음 힘껏 움켜쥐었다. 아직 그 안에서는 생명이 느껴졌다.
'포기하는 그 순간이 모든 가능성을 내던지는 순간. 그렇죠, 류연?'
이 길 끝에 남아 있는 게 비록 절망이라 해도, 그것이 나오는 그 순간까지는 절대로 포기하지 않으리라 나예린은 결심했다.

아무리 날개를 꺾였다 해도 봉황은 다시 날아오를 수 있다. 재가 되어도 불 속에서 다시 부활해 날아오르는 것이 바로 봉황이기에.

'아직 나의 영혼은 꺾이지 않았어!'

그녀의 정신에 깃든 영혼의 불길은 아직 꺼지지 않고 있었다. 그 불이 꺼지지 않은 이상, 아직 봉황은 죽은 게 아니었다.

"나도 싸울 테다."

이 지옥에서도 그녀는 살아남기 위해 싸우기로 결심했다. 과거의 악몽에 짓눌린 채 사는 삶은 이제 지겨웠다. 그녀는 자유로워지고 싶었다. 이 지옥으로부터도, 그리고 과거로부터도.

나예린은 정신을 집중해 의지력을 높였다. 그리고는 그 의지를 이용해 원래라면 자유자재로 움직일 수 없는 몸 안의 근육들을 의식적으로 자극해 움직이기 시작했다.

혈류의 흐름도 그 속도를 조절한다. 그리고는 세세한 근육들과 혈류의 압력을 이용해 그것들을 밀어내기 시작했다. 자신의 몸에 박혀 있는 가시를 빼낸다는 느낌으로 계속해서 의식을 집중했다.

중요한 것은 금침의 크기와 위치를 정확히 인지하는 것이었다. 그래야만이 정확히 근육과 피를 움직여 그것에 작용하도록 할 수 있었다. 물론 그 과정은 쉽지 않았다. 무엇보다 지금 그녀는 내공의 도움을 전혀 받을 수 없는 상태였던 것이다. 원래대로라면 온몸에 충만한 기가 좀 더 쉽게 근육 조직들을 움직이게 하는 데 도움을 준다. 그러나 그것이 불가능한 지금 그녀는 순수하게 의지의 힘만으로 육체를 조작해야만 했다. 그것은 매우 힘들고 지루하고 막대한 집중력을 요하는 일이었다. 하지만 결코 포기하지 않겠다고 시작할 때부터 결정해 놓고 있었다. 그러므로 그녀는 지루하고 끈질긴 작업을 계속해 갔다.

그녀의 날개에 박힌 말뚝을 뽑아내기 위해서.

## 무명(無名), 나서다
―심심풀이

"하암, 졸린데 우린 그냥 돌아가서 잠이나 더 자는 게 어떨까? 어때, 좋은 생각 같지 않아, 부대장?"

입이 찢어져라 하품을 하며 무명(無名)은 잔뜩 긴장한 채 서 있는 장소옥을 돌아보았다.

"안 됩니다. 절대로 안 됩니다."

작은 체구의 장소옥이었지만 반대할 때는 단호했다. 대장이 시도 때도 없이 게으름을 피우려 할 때마다 강력하게 반대하는 것이 바로 육번대 부대장이 대대로 맡아온 본분이라고 주장하는 이다웠다.

"정말 안 돼?"

심히 은근한 목소리로 묻는다.

"그런 애처로운 눈동자로 바라보셔도 안 되는 건 안 되는 겁니다."

침입자가 마천각 내를 어슬렁거리고 있는데 지금 잠이 오십니까?"
"응."
일말의 망설임도 없이 무명이 대답했다. 마천십삼대에서 가장 불행한 부대장으로 불리는 장소옥은 자신도 모르게 '끄응' 하고 신음 소리를 내고 말았다.
"제육번대 대장님답게 자리를 지키세요. 덤으로 체통도."
전자보다 후자 쪽이 더 요원했다.
"졸린데……."
무명에게 있어서 잠이란 것은 언제나 자도 자도 부족한 느낌이 드는 어떤 것이었다. 지금도 또 졸리다. 가서 더 자라고 몸이 명령하고 있는 듯한 느낌이었다.
왜 이런 현상이 일어나는지는 그 자신도 알지 못한다.
다만 눈을 뜨고 있어도 여전히 자고 있는 듯한 느낌이 드는 것이다. 자신이 지금 깨어 있다는 자각이 전혀 들지 않는 것이다. 덤으로 자신이 과거에 누구였는지 역시 전혀 기억이 나지 않는다. 그렇다면 지금 현재의 자신은 누구였는지 알고 있느냐 하면 그것도 아니다.
마천각의 제육 기숙사를 담당하는 사감이자 그 아이들을 이끌고 있는 육번대 대장이라는 대외적인 직책을 빼면 남는 게 뭐가 있을까? 이 육번대 대장이라는 자리도 그에게 있어서는 누가 하라고 하니까 했고, 누군가가 그 자리를 주고서 뺏고 있지 않으니 관성적으로, 혹은 습관적으로 계속 유지하고 있을 뿐이다. 그러다 보니 그 자리가 어쩐지 자신과 동일해져 버린 듯하지만 그에게 있어서 그런 자리 따위는 어찌 되든 상관없었다. 당장 빼앗아간다 해도 아무런 저항감도 없을 것이다.

무명(無名), 나서다 321

원래 그 자리는 자신의 자리가 아닌 것 같은 느낌이 들기 때문이다. 그러나 그렇다고 해서 자신이 있을 곳이 어딘지 정확히 아는 것은 아니다. 무엇을 하고 싶은지도 확실하지 않다. 그래서 그냥 마지못해 이 자리에 계속 습관적으로 머물러 있는 것뿐이다.

'난 무엇일까?'

꽤 철학적인 질문인 것 같지만, 그에게 있어서는 문자 그대로의 의미였다. 그것은 '난 무엇이었을까?'에 후행하는 질문이기도 했다.

과거가 있기에 현재가 있다. 그리고 현재를 양분으로 미래가 생겨난다. 이 셋은 완벽한 조화를 이루는 삼각형이다. 높음과 낮음, 뜨거움과 차가움, 김과 짧음 같이 상대적인 것이 아니라, 천지인, 정기신과 같이 완벽한 조화를 이루는 절대적인 가치인 것이다.

그러나 그의 삼각형은, 그의 완벽한 조화는 부서져 있었다. 과거라는 꼭지점이 부서진 그는 현재와 미래만이 하염없이 늘어서 있는 직선일 뿐이었다.

지금의 그는 뿌리가 없는 나무였다. 나무가 아무리 굵고 크다 해도 뿌리가 없으면 무슨 소용일까? 그래도 의미가 있는 것일까?

아무리 높은 지위를 가지고 있고, 아무리 강하다 해도 무슨 소용인가?

자기 자신의 진짜 이름조차 모르는데 말이다.


―나는 망가져 있다.


그런 자각이 있었다. 그러다 보니 '아무래도 좋다'라고 생각하게 되어버렸다. 그래서 그저 되는대로 흘러가는 대로 살아왔다. 그가 지닌 명백한 의사라고 해봤자 '단것이 좋다' 라는 것뿐이었다. 아마 그것이 그의 몸에 남겨진 과거의 잔재이겠지. 그의 몸이 기억하고 있는 과거. 확실히 단것을 먹을 때 그는 행복하다. 잃어버린 과거와 접촉했다는 그런 느낌도 든다. 하지만 역시 그것은 짧은 환상 같은 것이다. 사탕이나 엿이 입속에서 사르르 녹아 모두 사라지고 나면 덧없는 꿈처럼 과거와의 접촉도 끊어지고 만다.

그래서 그런 그에게 있어서 삶이란 것은 따분함과의 대결이었다. 어쩐지 살아 있으니 계속 살아갈 뿐이다. 가끔씩 자신이 누구였을까? 고민해 보면서.

처음에는 그도 열심히 자신이 누구였을까? 자신의 이름은 뭐였을까? 그리고 자신은 무엇을 하고 싶었을까? 끊임없이 생각하고 치열하게 질문하던 때가 있었다. 하지만 그것이 십 년이 지나고 이십 년이 지나자 서서히 그런 질문은 줄어들었고, 자기 탐구열 역시 소멸되어 갔다. 그리고는 그런 자기 존재의 의문을 품는 질문조차 습관적인 것이 되어갔다. 답에 대한 갈망도 시간의 흐름 속에서 서서히 마모되어 나갔던 것이다.

비상소집 같은 것은 사실 아무래도 좋았다. 이름도 잘 기억나지 않는 총대장의 명령 따위도 아무래도 좋았다. 하지만……

'어떤 녀석들일까?'

그가 안주하고 있던 세계가 약간 흔들렸다. 불시의 침입자에 의해. 이런 일은 수십 년만에 처음 있는 일이었다. 게다가 천겁령의 대공세 같은 것도, 백도의 총공격도 아니다. 상대는 아직 어린애들이라고 한다. 오히려 그 부분이 그의 흥미를 자극했다.

"대체 어떤 아이들일까?"

완고하게 굳어져 있던 그의 주변 세계를 흔드는 '이질성', 변수, 그것에 그는 조금 흥미를 느꼈다.

"무엇을 하고자 하는 걸까?"

그리고,

"어디까지 할 수 있을까?"

그것이 약간 궁금해졌다.

알아봤자 곧 잊어버리겠지만, 시간 때우기로는 딱 좋을 것 같았다.

따분함이라는 것은 어지간해서는 쓰러지지 않는 초강력한 적인 것이다. 마주 서는 것만으로도 두근거릴 수 있는 생사대적 따위는 이 무의미하고 무반응하고 지루하기 짝이 없는 따분함 앞에서는 상대도 되지 못한다.

따분함이라는 것을 쓰러뜨리기 위해서는 스스로의 마음부터 쓰러뜨리지 않으면 안 되는 것이다. 하지만 무패를 자랑하는 그 역시 아직도 이 따분함이라는 녀석만큼은 쓰러뜨리지 못했다. 그 절대강함을 자랑하는 따분함에 허무하게 패배한 그는 지속적으로 공물로써 '흥밋거리'를 제공해 주지 않으면 안 되는 것이다. 그렇게 해서 이 따분함이 잠잠해질 수 있도록 달래주지 않으면, 이 따분함이 분개해서 날뛰며 그의 정신을 미쳐 버리게 할지도 몰랐다.

평소에 그는 그 일을 잠으로 해결해 왔다. 잠을 자다 보면 따분함을 생각할 겨를이 없는 것이다. 이 허무한 세계보다 꿈속의 세계가 혹시 진짜 세계인 게 아닐까, 혹시 꿈속에 있는 자신이야말로 진짜 자신이 아닐까 여겨질 때가 있다. 그는 꿈을 통해 따분함을 따돌릴 수 있었다.

하지만 이번에는 잠을 자지 않고도 그의 따분함을 진정시킬 수 있을 것 같았다.

"한번 찾아가 볼까?"

무명의 입꼬리가 살짝 말려 올라가는 것을 보며 부대장인 장소옥이 물었다.

"어딜 말입니까, 대장님?"

"아, 당연히 침입자들을 찾아가는 거지. 방금 그렇게 명령받지 않았나?"

"대장님께서 명령받은 그대로 하신다고요? 그 말 진심이십니까?"

장소옥의 눈에는 불신의 빛이 가득했다.

"아하하하하! 아니, 내가 그렇게 신뢰가 없었나?"

"당연히 없습니다. 지금까지 단 한 번도 명령에 제대로 따르신 적이 없잖아요. 그래서 저희 제육 기숙사가 다른 대장님들한테 얼마나 많이 미운털이 박혔는데요."

무명의 전설적인 짬밥이 없었다면, 상당히 실질적인 부당한 처우를 당했을 것이다.

"아하하하, 그랬었나? 몰랐네."

"관심이 없으시니까 그렇죠."

"어쨌든 마음이 그렇게 정했으니, 그렇게 할 거다."

웃으며 그렇게 선언한다.

"에휴…… 할 수 없죠. 정 그러시다면 따를 수밖에요."

무명이 지금까지 하겠다고 하고 하지 않은 일은 한 번도 없다. 일단

한 번 정하면 무슨 일이 있어도 그것을 꼭 하는 인간이었다.
"좋아, 그럼 침입자들을 구경하러 출발!"
오른손을 힘차게 치켜올리며 어린아이처럼 외쳤다.
"자, 잠깐만요! 지금 구경이라고 하신 겁니까? 잡으러 가는 게 아니고요?"
그러나 장소옥의 이의 제기가 들리지 않는지 무명은 벌써 저 앞으로 성큼성큼 멀어져 가고 있는 중이었다. 또 시작이다. 장소옥은 한숨을 내쉬며 그 뒤를 쫓아 달렸다.
"대장님, 같이 가요!"
역시 자신은 마천십삼대에서 가장 불쌍한 부대장 같았다.

〈『비뢰도』제27권에서 계속〉

# 비류연과 그 일당들의 좌담회

비류연: 배—액(百)!

효룡: 마—안(萬)!

장홍: 도—돌(突)!

비류연: 파—아(破)!

장홍&효룡&비류연: 오오오오오오오오오! 짝짝짝짝짝짝짝짝!

비류연: 비뢰도가 이번 26권을 기점으로 천원돌파도 아니고 천오백원돌파도 아니고, 드디어 '백만돌파(百萬突破)'를 이루었습니다. 잘 믿어지지 않지만 사실이랍니다.

(다시 일동 박수!)

효룡: 나도 안 믿으려 그랬는데!

장홍: 나도 마찬가질세!

비류연: 괜찮아, 괜찮아. 작가도 못 믿고 있으니까.

효룡: 그렇군. (일단 납득)

장홍: 하긴 그렇지. 한국 무협 쪽에서 누계 백만 부 돌파는 처음이잖아, 아마? 본인도 좀 어리둥절하겠지. 실감이라고나 할까, 그런 게 나지 않을 수 있단 말이지. 사람이란 누구나 말이지, 미지에 대한 것에…….

비류연: (횡설수설하는 장홍을 향해) 아니, 꼭 그렇게 화제를 다른 곳으로 돌리기 위해 애쓸 필요는 없다구.

장홍: (삐질삐질) 화제를 돌리다니? 대체 누군가, 그런 짓을 하는 사람이? 난 어디까지나 경축할 일을 경축하는 것뿐이라고. 결코 다른 생각이 있어서 그런 것은 아닐세.

비류연: (손가락으로 장홍을 가리키며) 장 형한텐 참으로 다행한 일이라 할 수 있지.

장홍: (뜨끔하며) 뭐, 뭐가 다행이라는 건가?

비류연: 그렇잖아, 원래대로라면 그 현지처 여난자 문제로 죽느냐 사느냐 생사의 경계를 넘나들었을 텐데 말이야. 이런 큰 이슈가 '빵!' 하고 터지니까 묻혀 버렸잖아. 목숨을 건진 거지.

장홍: 이, 이, 이보게, 류연! 기정사실화하지 말라니까! 누가 현지처를 두었다는 건가? 난 결단코 결백하네. 내가 이런 큰 이슈가 터져 줘서 내심으로 안도하고 있긴 하지만, 그렇다고 해서 내가 꼭 그런 일을 저질렀던 건 아니라네. 겨우 묻히려고 하는데 왜 또 꺼내드는 건가? 자네, 나랑 무슨 원수라도 졌나?

비류연: 아니, 난 그냥 진실을 사랑하는 사람으로서 어디까지나 짚고 넘어갈 건 확실히 짚고 넘어가는 게 앞으로의 무사안일을 위해서도 좋다는

거지.

장홍: 결혼 생활에 있어선, 무사안일해지는 순간 그 결혼은 끝장인 거라고. 자네 역시 나한테 원한이 있는 거지? 말해, 말하라고!

비류연: 아니, 글쎄, 불만은 전혀 없다니까요. 안 그래, 룡룡?

효룡: 맞아. 형수님이 아깝다는 생각이 들어서 이러고 있는 건 결코 아니라고요. 그런 아까운 형수님을 두고도 그런 짓을……. 흑!

장홍: 그, 그, 그런 짓이라니! 그런 짓이라니! 난 억울해! 억울하다고!

효룡: 게다가 주물럭까지! 이 색남! 변태! 아저씨!

장홍: 주, 주물럭이라니! 그, 그건 사고였다고! 불가항력(不可抗力)이었단 말일세!

효룡: 그럼 바람피운 것도 불가항력이었단 말입니까?

장홍: 그러니까, 그런 사실 없다니까? 오해일세, 오해!

비류연: 그거야 삼자대면을 해보면 알 수 있겠지.

장홍: 그래, 삼자대면을…… 아, 아냐! 그러니까 그 '삼자(三者)'가 없다니까. 나랑 아내랑 합쳐서 '이자(二者)' 뿐이라고.

비류연: 글쎄, 그건 과연 어떨지…….

장홍: 아냐, 아니라고오오오오오오오오오!

작가M: 자자, 진정하라고. 물론 장홍 자네는 이제 살아도 산목숨이 아니지만 말이야. 그동안 수고했어.

장홍: 안 돼! 이미 끝난 것처럼 확정 짓지 말라고! 작가 입에서 그런 말 듣고 싶지 않아!

작가M: ('난 이제 끝장이야. 더 이상 꿈도 희망도 없어, 어흐흑!'이라고 절규하는 장홍을 외면하며) 안녕하세요, 비뢰도 작가 M입니다. 여러분의 성원

비류연과 그 일당들의 좌담회 329

과 사랑 덕분에 비뢰도가 드디어 누계 100만 부를 돌파했습니다. 한국 무협 소설 최초라고 합니다. 이 일로 무협 소설을 쓰시는 분들의 지평이 조금 더 넓어졌으면 좋겠습니다. 항상 저의 곁을 지켜주고 뒤를 받쳐 주었던 저의 전우들 도움이 컸습니다.

이제야 겨우 하나의 힘겨운 고지를 넘어섰다는 생각이 듭니다. 하지만 막상 그곳에 오르고 보니, 아직도 가야 할 길은 멀기만 합니다.

그러면서 든 생각은, 독자 분들께 받았던 사랑만큼 저도 무언가를 해야 하지 않을까 하는 것이었습니다. 그리고 앞으로 더욱 정진하기 위하여, 다른 분들과도 이 마음을 함께하고 싶다는 생각이 들었습니다.

그래서 우선은 마음이 맞는 분들을 모아 창작 사무실을 하나 만들었습니다.

요즘 여러모로 명성(?)을 떨치고 있는 작가 겸 민완 편집자인 아크 이도경, 그리고 '마왕의 육아일기' 와 '밀레니엄 제로' 를 쓰신 방자나님, '천의 이름' 을 쓰신 가온비 방지연님(요즘은 이 두 분은 만화 '심연의 카발리어' 의 스토리를 담당하고 계시죠), 또한 어떤 의미로는 불꽃신의 분신······이라 할 수 있는 'K.O.G.' 의 레디오스 홍성화님, '사립사프란 마법 여학교(였던 학교)' 와 '꼬리를 찾아줘!' 를 쓰신 나름 평화주의자 강명운님, 그리고 '화산검종' 과 '무당괴협전' 등 여러 무협 작품으로 유명하신 광협 한성수님, 그리고 자신은 민간인이라고 주장하는 집사(?) 펜타쿠님까지 현재 총 여덟 분이 메인 멤버로 이루어진 사무실입니다.

또한 곧 통조림합류하실 '데이 브레이커' 작가 펜릴 백서현님과 최근 들어 실력이 일취월장하고 있는 일러스트레이터 이든헌터, 그 외에도 불시에 통조림당하시는 몇몇 작가 분들이 계십니다.

비뢰도 25권 좌담회를 보신 분이라면 기억하고 계실 겁니다.

여러분은 세상을 향해 외치고 싶은 것이 있습니까?

라는 질문을 말입니다. 세상을 향해 외치고 싶은 것이 있는 분들을 위한 장소를 만들었으면 좋겠다고 생각했습니다. 그래서 저희 사무실 멤버를 비롯한 여러 작가 분들과 함께 뜻을 모아 [프로젝트 N]을 가동하기로 했습니다.
이 오랜 기획은 드디어 2009년 1월에 빛을 보게 될 것 같습니다.
[프로젝트 N]의 'N'은 바로 소설&일러스트 창작 사이트 노블코어(NOVELCORE)의 N입니다.

많은 프로 작가 분들과 함께, 저 역시 오랜만에 연재를 해볼 생각입니다. 오랫동안 쓰고 싶었지만 이야기의 흐름상 쓸 수 없었던, '비뢰도(飛雷刀) 외전(外傳) 태극(太極)의 장(章)'이 그것입니다. 이 외전은 바로 '그분'의 이야기입니다. '그분들'일 수도 있겠군요. 어쨌든 그런 이야기입니다.
그 이외에도 여러 재미있는 작품들이 많으니 오셔서 즐겨주시기 바랍니다.
무협, 판타지, 라이트노벨, 만화 스토리, 일러스트, 그리고 출판 편집까지. 다양한 분야에서 활동하고 계신 전문가들이 한데 모였습니다. 각 분야의 여러 분들이 참여하고 계신 만큼, 작가뿐만 아니라 출판을 담당하고 계시는 편집자의 시선으로 자신의 작품이 어떻게 보여지는가도 알 수 있는 좋은 기회라고 생각합니다. 서로의 글에 대해 이야기하며, 창작에 대한 이야기를 나누는 것도 좋다고 생각합니다.

　나중에는 지옥(地獄) 단련실(鍛鍊室)을 만들어 신청자에 한해 입관 신청을 받고, 거기 관장에 아크를 앉힌 후 마음 약한 전 멀리서 따뜻하고 지긋한 시선으로 바라볼 예정이긴 하지만, 그건 어디까지나 예정일 뿐이니 안심하고 참여하셔도 됩니다. 예정이란 언제든 바뀔 수 있는 것 아니겠습니까? 여간 어디까지나 매우 평화롭고 조용한 사이트입니다. 뒤에서 누군가가 날카로운 칼로 정신봉을 깎으며 훈련 메뉴를 짜고 있긴 하지만 그런 일은 결코 일어나지 않습니다.

　이번 [프로젝트 N]을 통해서, 엔터테인먼트 창작계의 메트로폴리스가 생성되었으면 좋겠습니다. 세상을 향해 외치고 싶은 이야기를 가슴속에 품고 계신 분들은 두루두루 많이 참여해 주셨으면 합니다.

　오픈 행사와 겸해서 '비뢰도 백만돌파 이벤트' 도 당 사이트에서 열릴 예정입니다. 백만돌파 이벤트에 대한 자세한 사항은 뒷페이지를 넘기면 보실 수 있습니다. 푸짐한 상품도 걸려 있으니 많은 참여 부탁드립니다.

www.novelcore.net
2009년 1월, 시작됩니다.

많이 기대해 주세요.
그럼 비뢰도 27권에서 뵙겠습니다.

비류연 : 잠깐, 우리 얘기는? 우린 아직 얘기 안 끝났다고.

장홍 : 아냐, 얘기 끝났는데 더 해서 뭐 하나. 이번엔 여기까지 하자고.

효룡 : 아닙니다, 장 형. 진실은 밝혀야죠, 진실은. 아, 저기 마침 형수님이 오십니다.

장홍 : 안 돼애애애애애애애애애애애!

비류연 : 도망간다, 잡아!

효룡 : 오우!

**비류연&나예린—치미도르님**

* 저번 권은 그린 이가 오류였습니다.

비류연─보리구운님

비류연&연비—혈청님

비류연&나예린―네코러브님

나예린―보리구운님

비류연—마음님

# 비뢰도 飛雷刀
## 100만 부 돌파 기념 이벤트

올 겨울 달콤한 핏빛으로 물들어라!
무협 소설의 신화 「비뢰도」의 흥행 돌풍은 아직 끝나지 않았다.
비뢰도와 함께 시작된 무협 소설의 신화는 계속된다.

꿈의 기적! 100만 부 돌파의 성공 신화!
### 무협 소설 분야에서의 전례 없는 100만 부 돌파 기록!
그 달콤한 흥행의 비뢰도는 끝까지 계속된다!

무협 소설의 스테디 셀러!
### 비뢰도 100만 부 돌파 기념 이벤트
비뢰도의 흥행 돌풍은 아직 끝나지 않았다.

### 이벤트 상품 (상품 이미지는 실제와 다를 수 있습니다)

[1등] 황금열쇠 1명
(순금 10돈)

[2등] PSP 게임기 3명

[3등] 10만 원권 백화점
상품권 10명

### 이벤트 기간
2009년 1월 5일 ~ 2009년 2월 4일

### 당첨자 발표
2009년 2월 16일

### 공모전 분야
비뢰도 관련 UCC, 카툰, 일러스트 중 택1

### 이벤트 참여 방법
http://www.novelcore.net 홈페이지에 방문하신 후 '비뢰도 이벤트' 메뉴 또는 '비뢰도 이벤트' 광고 배너를 통해 UCC, 카툰, 일러스트 중 원하시는 분야를 선택하여 독자님께서 제작하신 결과물을 해당 게시판에 등록해 주시면 되겠습니다.

- 유행이 아닌 자유추구 -
WWW.chungeoram.com
BOOK Publishing CHUNGEORAM

# 저작권 보호!!
## 장르문학의 성장에 힘이 되어주십시오.

### 저작물의 무단 전재와 복제, 불법 다운로드! 이것은 관심이 아니라 무관심입니다!

작가님들은 창의적 열정과 시간을 투자해 자신의 꿈과 생계를 유지합니다.
한 권의 책을 만들어 많은 사람들은 자신의 인생과 미래를 설계합니다.

## 저작물 속에는 여러 사람의 노력과 희망이 담겨 있습니다!

저작물의 무단 전재와 복제, 불법 다운로드는 여러 사람들의 꿈과 생계를
위협함으로써 장르문학을 심각한 상황에 빠뜨리고 있습니다.

### 이제는 무관심이 아니라 관심으로 장르문학의 성장에 힘이 되어주세요.

[도서출판 **청어람**은 항시적인 저작권 보호를 통해 장르문학과
여러분의 희망을 지키겠습니다.]

> 저작물의 무단 전재와 복제, 불법 다운로드는 법률에 의해 처벌받을 수 있습니다.
> 저작권법 제97조의5 (권리의 침해죄)
> 저작재산권 그 밖의 이 법에 의하여 보호되는 재산적 권리(제73조의 4의 규정에 의한 권리를
> 제외한다)를 복제·공연·방송·전시·전송·배포·2차적 저작물 작성의 방법으로 침해한
> 자는 5년 이하의 징역 또는 5천만 원 이하의 벌금에 처하거나 이를 병과(동시에 두 가지 이상의
> 형벌을 지우는 일)할 수 있다.

# 魔刀爭霸

## FANTASTIC ORIENTAL HEROES

# 마도쟁패

### 장영훈 新 무협 판타지 소설

## 오색혈수인(五色血手印)을 찾아라!

『보표무적』, 『일도양단』에 이은 장영훈의 세 번째
거친 사나이들의 이야기! 『마도쟁패(魔刀爭霸)』

마교 제일의 타격대 흑풍대(黑風隊)의 최연소 대주.
흑풍대주 칠초나락(七招奈落) 유월(柳月).
강호서열록(江湖序列錄) 가(假) 서열 오십육 위, 진(眞) 서열 칠 위.

교주의 외동딸 비설의 폭탄선언으로 시작되는 운명의 거대한 수레바퀴!
거대 마도문과 마교를 둘러싼 치열한 음모와 피튀기는 암투!
가슴을 울리는 호쾌한 대결과 박진감 넘치는 전투의 연속!

### 우리가 바라마지 않던 진정한 사나이들의 역동적인 이야기가 전개된다!

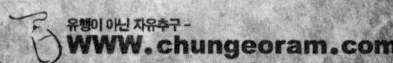

WWW.chungeoram.com

유행이 아닌 자유추구 -

Book Publishing CHUNGEORAM

Book Publishing CHUNGEORAM

휴머니티가 내재된 마도인(魔道人)들의 이야기가 펼쳐진다!
# 치명적인 매력의 주인공, 마도지존!
# 드디어 강호에 출현!

박현 新 무협 판타지 소설
FANTASTIC ORIENTAL HEROES

# 마도천하

## 초극강 먼치킨, 처절한 복수극의 흐름에서 탈피해, 진정한 마도천하를 그린다.

뭔가 남들과는 다른 꿈을 가진 사람들. 뭔가 남들과는 다른 삶을 살고 싶은 사람들. 그런 창조적이고 독특한 정열을 가진 사람들이 모여 같은 꿈을 꾸게 되는 그런 동화 같은 세상!

각박한 현실에서 벗어나 마음 내키는 대로, 거침없이 세상을 살고 싶은 사람들. 그들을 대신하여 묵자후를 비롯한 천금마옥의 마인들이 세상 밖으로 뛰쳐나온다!

과연 그들이 만들고 싶은 세상은 어떤 세상인지, 다같이 흥미롭게 지켜보자!

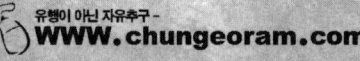

유행이 아닌 자유추구 -
WWW.chungeoram.com

Book Publishing CHUNGEORAM

潛行武士
# 잠행무사

김문형 新무협 장편 소설

*"흑랑성에 들어간 사람 중에
다시 강호에 나온 이는 없다."*

서장 구륜사와의 결전을 승리로 이끌며
중원무림에 홀연히 나타난 문파 흑랑성(黑狼城).
그러나 흉흉한 소문이 사실로 드러나
무림맹으로부터 사파로 지목받고 멸문당한다.

그로부터 일 년 뒤.
강호의 은원을 정리하고 금분세수를 하려는
청위표국의 국주 송현은 마지막으로 무림맹의 의뢰를 받아들인다.
그것은 바로 금지 구역 흑랑성에 잠행하는 일.

송현은 무림에서 외면받는 무사 네 명을 선출하여
소림승 진광과 함께 흑랑성에 들어간다.
흑랑성의 비밀이 하나씩 드러나면서 밝혀지는 진실은
그들을 목숨을 건 사투로 끌어들여 가는데……

**액션스릴러로 만나는 무협
잠행무사!**

유행이 아닌 자유추구 -
**WWW.chungeoram.com**
Book Publishing CHUNGEORAM

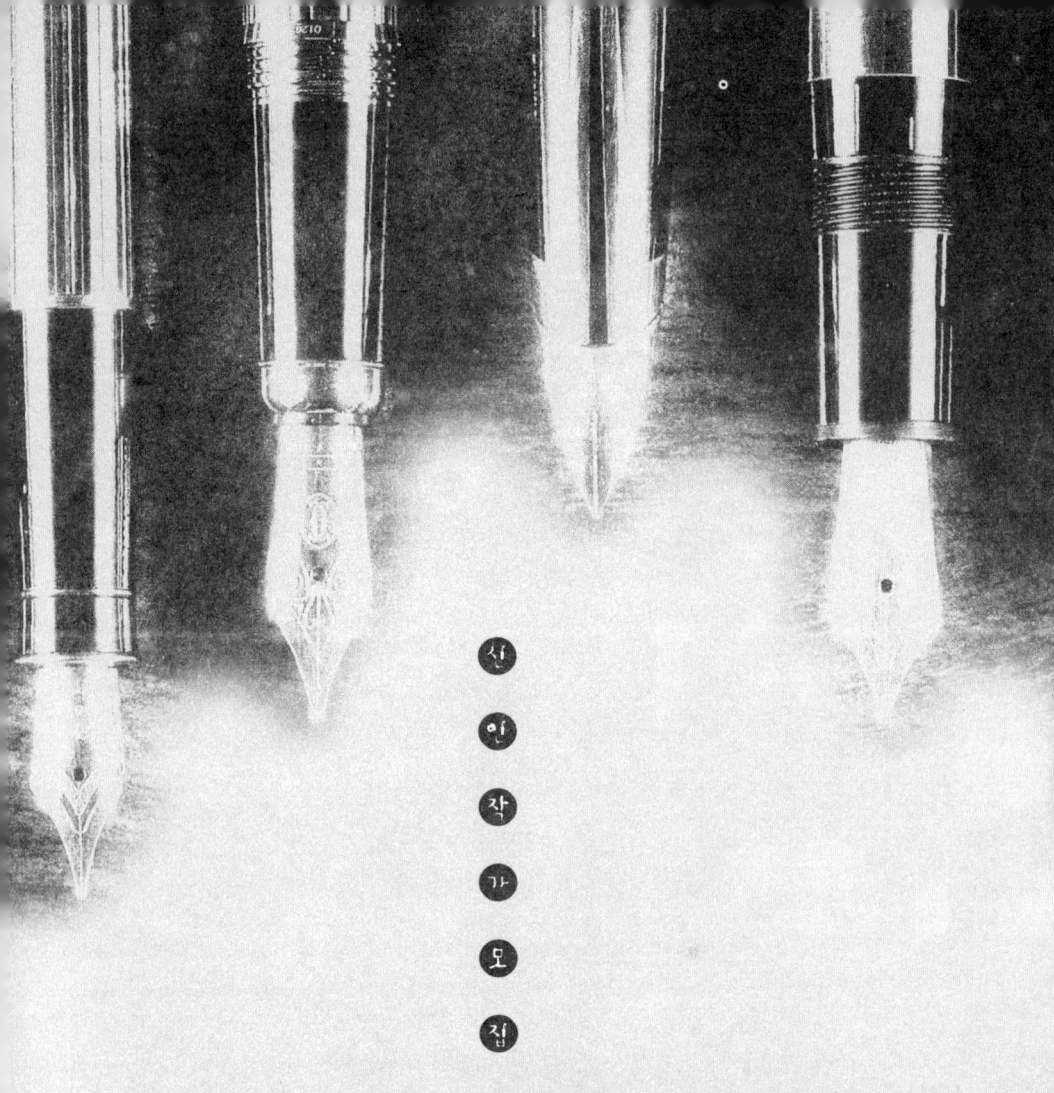

신
인
작
가
모
집

**시작이 반이라고 했습니다.
작가의 길에 대한 보이지 않는 벽을 과감히 깨뜨리십시오!
청어람은 작가 지망생 여러분들의
멋진 방향타가 되어드리겠습니다.**

저희 도서출판 청어람에서는
소설 신인 작가분들을 모집합니다.
판타지와 무협을 사랑하시는 분들의 많은 참여를 바랍니다.
소정의 원고(A4용지 150매)를 메일이나 우편으로 보내주시면
검토 후 출판 여부를 알려드리겠습니다.

**주소**:경기도 부천시 원미구 심곡1동 350-1 남성B/D 3F 우편번호420-011
**TEL**:032-656-4452 · **FAX**:032-656-4453
http://www.chungeoram.com
**e-mail**:chungeoram@chungeoram.com

# 은하의 계곡
# 무천향 武天鄕

허담 新무협 판타지 소설

뿌리를 찾아가는 목동 파소의 여행.
그 여정의 끝에서
검 든 자들의 고향 대무천향(大武天鄕)을 만난다.

### 검객 단보, 그는 노래했다.

…모든 검 든 자들의 고향 무천향.
한초식의 검에 잠든 용이 깨어나고, 또 한초식의 검에 잠든 바다가 일어나네.
검의 흐름을 따라가다 보면 어느새, 세월도 잊어버리고,
사랑도 잊어버리고, 무공도 잊어버려…….
결국에는 자신조차 잊어버리는…….

은하의 가장 밝은 빛이 되어버린다는
그 무성(武星)들의 대지(大地).
아, 대무천향(大武天鄕)이여!

유행이 아닌 자유추구 -
WWW.chungeoram.com
BOOK Publishing CHUNGEORAM

# 낭왕 狼王

유행이 아닌 자유추구 -
**WWW.chungeoram.com**
BOOK Publishing CHUNGEORAM

별도 新무협 판타지 소설

살내음 나는 이야기에 여러분은 가슴 졸인 적이 있는가?
남들이 볼까 두려워하며 책을 가리면서 읽었던 구절을 몇 번이나 반복하며
읽은 적이 없는가?

구무협의 향수를 그리워하던 별도가 결국은
〈무협의 르네상스〉를 부르짖으며 직접 자판 앞에 앉았다.

"제가 무협을 쓰기 시작한 이유는 더 이상 읽을 책이 없었기 때문입니다."

모든 일은 4년 전부터 시작되었다.
살인사건을 배경으로 펼쳐지는 음모와 배신, 사랑과 역공작, 그리고 정사!

우리 시대의 이야기꾼, 별도의 새로운 글, 〈낭왕狼王〉!
〈천하무식 유아독존〉, 〈그림자무사〉, 〈검은여우毒心狐狸〉에
이은 그의 또 하나의 역작!

조돈형 新무협 판타지 소설

# 운룡쟁전

雲龍爭天

『궁귀검신 1, 2부』, 『운한소휘』,
『마도십병』의 작가 조돈형!!

새로운 무림 최강의 전설이 도래하다!!
운룡쟁천(雲龍爭天)!!

팔룡전설의 기재 팔인(八人)의 등장으로 들썩이는 천하(天下)!!
그러나 여기 진정한 전설이 눈뜨려 하고 있으니!!
그가 무림에 모습을 드러내는 날, 새로운 전설이 탄생할 것이다!!

**온 무림이 숨죽이며 기다리던 도극성의 무림행!!**
**이제 시작이다!! 나를 막을 자, 그 누구냐!!**

유행이 아닌 자유추구 -
WWW.chungeoram.com

BOOK Publishing CHUNGEORAM